U0925655

花火
魅丽文化
花火工作室

我想与你共度余生

是今
SHIJIN
著

江苏凤凰文艺出版社
JIANGSU PHOENIX LITERATURE AND ART PUBLISHING, LTD

这个世界上，
能让她放下一切心结，
心甘情愿，甘之如饴，
约下一生一世的人，
唯他而已。

目录
CONTENTS

第一章 我记得那美妙的一瞬

清晨六点半，莫斐被手机吵醒，迷迷糊糊看到屏幕上的名字，眼皮一跳，愣了愣。

这人已经两年没有回国，忙成了隐形侠，春节期间莫斐想给他打个电话问候一声，也是十次有八次找不到人。今天他主动打电话来，而且是一大清早，必定是有急事或是出了事。莫斐匆匆接通电话，听见熟悉的清冷声音："我记得你上次说过，和你女朋友分手后又复合？"

电话里的声音虽然有点哑，语气却一如既往的冷静镇定，不像是出了事。

莫斐松了一口气，说："是啊，怎么了？"

奇怪，这人从来不八卦别人的私生活，当然，也谢绝别人八卦他的，怎么一大清早就问这个？

"怎么挽回的？"

难得这位大神居然有纡尊降贵来请教问题的时候，莫斐顿时便来了精神，抱着枕头兴奋地说：“打电话道歉，发微信送红包，买礼物送花，接送上下班。怎么，你谈恋爱了？被分手了？谁啊？”

聂修没有回答他的问题，直接跳过他的八卦话题，问了下一个问题：“如果联系方式都被删除了呢？”

“那挽回的难度就比较大了，她把你拉入黑名单了？”

聂修沉默了两秒才说：“是我把她……”

莫斐愣了一下，不确定地问：“你说的是佟夕？”

“嗯。”聂修回答得很快，没有迟疑。

莫斐没作声，停了一会儿，叹了口气：“如果是佟夕的话，你就自求多福、听天由命吧。她姐出事后，她就放弃了结婚的打算，现在我姐又离了婚，她连恋爱都不想谈了。”

莫斐的双胞胎姐姐莫丹，也是佟夕的好友，最近刚刚和沈希权离婚。

聂修沉默两秒，沉声说：“我有十四天假期。”

莫斐嘴角一抽，不客气地说：“十四天假期很长？挽回我那不谙世事的小女朋友，我都花了一个半月好不好？别以为你是学霸就什么事都能搞定，那也看是什么事啊，老大。我那女朋友顶多就是仪琳小师妹，你这可是灭绝师太级别的……”

莫斐话没说完，电话就被挂断了。莫斐拍了下脑门，忘了这人护短。

就算是分了手的前女友，聂修也不让人说她一点不好。当初两人分手的时候，流言满天飞，傅行知不了解内情，替他打抱不平，就说了一句佟夕有什么好，他立刻翻脸走人。自此，几个朋友不再在他跟前提“佟夕”这个名字，视为禁忌。

可是，莫斐刚刚说的也是实话啊。短短十四天想要挽回一个既不想结婚又不想谈恋爱的前女友，尤其是两人分手时还是他主动提出分手的，这绝对是不可能完成的任务！

早上七点钟。

保姆从花圃里剪了几枝含苞待放的蜡梅回去插瓶，路过餐厅门口，看到已经摆上去十五分钟的早餐还没有被动过的迹象。

半夜两点钟赶回家的聂修站在窗前，寒冬腊月里只穿着一件衬衣，脊背像雪松一般挺拔。

即便是暖气充足的房间，恐怕早饭也有些凉了。保姆走到跟前，关切地问："早饭我给你热一热吧？"

"不用了，谢谢。"

聂修把半截烟摁熄在水晶烟灰缸里，离开餐厅上了楼。父母都没起，二楼静悄悄的，没一点声音。这是位于梅山脚下的一栋私人别墅，每年冬天，聂振夫妇便来此居住，方便泡温泉。

屋内暖气太足，聂修推开了卧室的半扇窗。即便是萧瑟寒冬，入目依旧是郁郁葱葱的绿色，往事夹在若有若无的梅香中，像烟一般在脑中飘。很多事不是说忘就能忘，也不是想忘就能忘。曾经被他亲手删除的电话号码其实还在脑海中留存着，物理的删除方式不过是个自欺欺人的把戏。

他最近陆陆续续拨过那个电话号码数次，每一次都是"您拨打的电话已关机"，不是停机，也不是忙音，显然，电话号码还保留着，她只是不再用。

早上七点半，星园小区。

佟夕像无数个清晨一样，在厨房准备早饭，苛求完美的性格在照顾四岁的佟桦时，体现得淋漓尽致。面包、牛奶、水果蔬菜小拼盘，既保证营养全面，还要兼顾可口美味。

她在忙碌中，厨房料理台上的定时器响了，三分钟到。

她从锅里捞出两只鸡蛋，放入凉水中浸一下，拿起来的那一刻，脑海中闪过一个人的影子。和一个人谈恋爱，多多少少会被对方影响。那个人时间概念极强，做任何事都会规划得井井有条，包括煮鸡蛋的方式，都像是按照设定的程序进行——将水烧开之后关火，让鸡蛋在热水中焖三分钟，这时候鸡蛋里面的蛋黄刚好凝固成一种合适的口感，既不老，又不嫩。

他们在一起时，他的很多习惯都潜移默化地影响了她的生活。还比如，他做完饭，所有的东西都要原封不动地放回到橱柜里，料理台上干干净净，什么都不放。于是她的厨房也一尘不染。

这些受他影响而养成的小习惯时常会提醒她，让她不由自主地想起他，这让她十分不快。她的本意是想要彻彻底底、永永远远地忘记他，甚至做梦都不要梦到他。然而，事与愿违，她昨夜还梦到和他在浠镇的石桥上观星。

早饭准备好，她去叫醒佟桦。

小男生迷迷糊糊地揉着眼睛，嘟着嘴说："我还没睡好呢。"

佟夕揉了揉他睡得乱糟糟的头发："动作快点，吃完饭，我送你去许延家。"

听见许延的名字，佟桦立刻精神抖擞地从床上蹦了起来。

许延是佟夕堂哥佟鑫的儿子，比佟桦大一岁，两人上同一所幼儿园，是非常要好的朋友。一周前幼儿园放了寒假，许琳琅邀请佟桦去家里和儿子做伴。佟夕早上送他过去，晚上下班再接回来。

佟夕明白，这是许琳琅在变相地帮她。不然的话，她就要找一个临时保姆来看着佟桦。

早上八点钟，许家。

许琳琅一大清早就和儿子吵了起来。因为放寒假，她给许延安排的钢琴课有点紧，惹怒了小朋友。

为了缩短和妈妈的身高差距，壮大自己的声势，许延赤脚站在沙发上，义正词严地说："你不是经常对姥爷姥姥说，你自己的人生你自己做主吗？那我的人生，我也自己做主！我不想练琴，就像你不喜欢相亲，不喜欢结婚一样！"

许琳琅被噎得两眼冒火，想要揍人。她的手还没抬起来，许延仰着漂亮的小脸提醒她："君子动口不动手。我姥爷在楼上。"

许琳琅将张开的手指默默地握成拳——我忍。

有个聪明的孩子自然很让人骄傲，可是，太聪明了也比较难管。许琳琅每每吵不过儿子的时候，都会在心里咬牙切齿地吐槽他那个亲爹：真是有其父必有其子，倔起来和他爹一个样。

就在母子俩斗成乌眼鸡的时候，佟夕和佟桦来了。

许延如见救星，扑到佟夕的跟前，叫了声小姑姑，飞快地拉着佟桦就开溜了。两个小孩叽叽咕咕地跑上了楼梯，跟两只离了笼的小鸽子一样。

许琳琅一边指着沙发请佟夕落座，一边用手掌抚平因为发怒而拧巴了一早上的皮肤，表情十分感伤："有了儿子，我就从女神变成泼妇了。"

佟夕忍着笑意，一本正经地说："绝对没有，你还是女神，泼辣的女神。"

许琳琅被逗笑了。

保姆端了茶水过来，佟夕接过杯子捧在手里，不好意思地说："琳琅姐，我有件事想要麻烦你。"

许琳琅和佟鑫闪婚闪离，佟夕只来得及叫了几次嫂子，此后再见面，便改了口。

"什么事，你只管说。"

"我春节期间想要去一趟芦山乡，让佟桦在你这里住几天，等我回来再来接，你看行不行？"

许琳琅一口答应："行啊，我求之不得呢。有了佟桦，许延也不会天天缠着我了，今天晚上你就别来接他了。"

"谢谢琳琅姐。"

"客气什么。你不是一个人去吧？"

"不是，沈希权说还让陆宽开车带我过去。"

许琳琅见过陆宽，那是个英俊寡言的退伍军人，沈希权的司机，身手了得。去年也是他陪着佟夕去了一趟芦山乡。

许琳琅忍不住打趣："你俩朝夕相处一起过春节，没发生点什么？"

佟夕失笑："琳琅姐，你以为是惠特尼·休斯顿的音乐剧《保镖》呢？我哪有那个心思。再说，别说是陆宽，就是安迪站我面前，我都不会动心的。"

安迪是《肖申克的救赎》的男主角，这部影片是佟夕最爱的影片，她看了无数遍，几乎台词都能背下来。

许琳琅笑意盈盈地问："那要是聂修呢？"

佟夕垂下眼帘，手指在茶杯上蹭了蹭，微微笑着说："你不提，我都忘了这个人了。"

许琳琅伸出两根手指，将她的下颌托起来："看着我的眼睛。"

佟夕眨了眨眼，一本正经地问："你的眼睛是测谎仪吗，许总？"

许琳琅扑哧笑了。

佟夕担心这个话题继续下去，自己招架不住，连忙起身告辞。

许琳琅也要去公司上班，开车顺路送了佟夕一程。

上午八点五十分，佟夕刚刚进了公司，就被前台小姑娘叫住，说是有人给她送了东西过来。

佟夕还以为是快递，却看见她递来一个松木色长纸盒，打开，里面躺着几枝蜡梅，含苞待放，香气扑鼻。

花枝像是从树上新剪下来的，透着股寒气。佟夕问："有快递单子吗？"

前台姑娘说："不是快递，是有个男的亲自送过来的，还问了咱们公司几点上班、几点下班。"说完，她又补了一句，"哎呀，人长得好帅。"

影视公司最不缺的就是美女帅哥，他们公司签约的艺人里面不乏各色美男，这个送花的男人，居然能让见惯帅哥的前台姑娘花痴，也是不容易。

佟夕戏谑地问："你没有偷拍一张照片？"

前台姑娘摇摇头："我倒是想呢，不过，他气场太冷，眼神挺吓人的，我没敢。"

漂亮女孩儿被人送花追求是常事。大学里还好，众人都知道佟夕有个男神级别的男朋友，无论是能力、学历、外形，还是家世，都碾压别人十八条街，没人自不量力地去碰壁。直到大学毕业进了公司，她才陆陆续续收过几次花，大都是玫瑰，这是第一次收到梅花，而且送花的人还没有透露姓名，倒是稀罕。

花枝下有一张秋香色卡纸，上面写了四行俄文，是普希金的一首诗——

我记得那美妙的一瞬，

在我的面前出现了你，

有如昙花一现的幻影，

有如纯洁至美的精灵。

佟夕原本是一点都不好奇送花人是谁的，因为早就断了恋爱的心思，但是，此刻，被成功地勾起了好奇心，因为没几个人知道她懂俄语，喜欢诗歌。

她微微蹙眉，这会是谁呢？

上午九点四十五分。

傅行知从车库上到一楼大堂，正准备换乘电梯，一抬眼看见旁边站着个人，手里的车钥匙差点掉到地上。

抱臂靠在花岗岩墙柱上的男人往前走了两步，拍拍他的肩："当老总就是好，快十点才来上班。"

傅行知又惊又喜地瞪着他："你什么时候回来的？"

聂修笑了笑："今天。"

如果聂修不说今天的话，傅行知会马上跳起来：老子和你二十多年的交情，你为什么不马上来找我，居然还隔夜再来找！信不信以后老子天天请你吃隔夜饭、隔夜茶。

傅行知对这个回答很满意，两眼放光地看着许久不见的好友。这个在国外从事尖端生物制药研究的人，是不是服了什么灵丹妙药，长途飞行居然没有一丝倦意，真不是人。

傅行知这种直勾勾、火辣辣的目光，非常容易让过往行人产生误解，聂修将他扯进了电梯。

秘书正在焦头烂额地接电话，乍然见到老总笑得像一朵鲜花似的从电梯里出来，惊得手里的话筒差点掉落。这位奇葩老总经常迟到早退也就算了，每天到公司都是一副“老子不想来上班，老子挣钱都是为了给你们这些员工发工资”的臭脸。

见惯了他板着一张脸，突然看到他笑靥如花的样子，秘书惊吓之余，产生了浓烈的好奇心，壮着胆子看看让老板笑靥如花的到底是何方神圣。

傅行知脾气臭归臭，人也是真的帅，然而，他身边这位比他更出挑，容貌忽略不说，单看气质，便让人侧目。

傅行知路过秘书的办公桌，脸一板，扔了句“送两杯咖啡进来”。说完，他转瞬又露出笑靥如花的笑脸，转向了他身侧的聂修，两种面部形态的转换速度之快让人咂舌。

秘书的目光一路追随着两个英俊的男人进了办公室。嗯，今天的受气份额因为这份眼福也值了。

两年没见，傅行知正打算好好地叙叙旧，聂修却跳过了这一步骤，开门见山地说：“我有两件事要拜托你。锦程的房子给我留一套朝向好的。”

傅行知爽快地说：“行，要多大面积的？”

聂修说：“五六十平方米吧。”

“你要这么小的干什么？”傅行知不解，聂家有钱，别墅也买得起。

“不是我住。”聂修接着说，“还有件事，香樟园有套房子，麻烦你找个人出面买下来，回头再转到我的名下。”

傅行知更加不解：“什么意思？买房还绕一个弯儿？你钱多喜欢交税？”

聂修直说：“是佟夕家的房子，凶宅，卖了两年没卖掉，也没人敢租。我不想让她知道是我买的。”

傅行知愣了一下，旋即便明白了聂修的用意，他买下香樟园的房子，好让佟夕有钱去买新房。锦程是傅行知公司开发的楼盘，实验小学在小区里设了一所分校，目前十分抢手。佟桦再过两年也该到上小学的年纪了。

傅行知啧啧一笑：“这么有情有义的前男友，我头回见。”

聂修默然片刻，平静地说：“把那个前字去了。”

傅行知瞪大了眼睛：“什么意思？你们复合了？”

聂修摇头：“暂时还没有。”

傅行知那时在外地念书，不清楚两人分手的内情，只知道分手是聂修提出的，其中缘由，聂修闭口不谈。时隔三年，今日难得有机会，傅行知终于还是忍不住问道：“你们当年怎么回事？”

聂修垂眸沉默片刻，很坦然地说：“我当时脑子进了水。”

爱之深，责之切，导致失去理智，也失去智商，铸成大错。

要不是亲耳听见，傅行知打死也不会相信聂修会这么评价自己。他掏了一下耳朵，确认自己没有幻听。聂修简单的一句话，把什么都担了下来，但是，具体原因，还是没说。

傅行知和他算是从小一起长大的朋友，知道他不喜欢心思外露，也就不再打探，拍拍他的肩，祝他好运，又问：“晚上一起吃饭？”

聂修起身说：“晚上有事，回头再约你。我回去休息，你忙你的，不用送。”

车子开到星辉大厦附近，刚好是个红灯，他看向那座楼顶支着一颗星辰造型的大厦，微微蹙眉。其实，对于复合，他并没有十足的把握，但是，迎难而上是他的强项。

春节前最后一个工作日，众人已无心工作，整个公司都弥漫着一股放假的气息，尤其是外地的员工，脸上全都写着四个字：归心似箭。

上午十一点钟。

佟夕在茶水间碰见策划总监，问起春瞳的那篇《雪井》，老板究竟什么态度。作者投稿过来好几个月了，到了终审这一关卡了许久都没有结果。

随着 IP 火热的风潮，公司每天都接到如雪片似的投稿作品，经过几轮挑选，送到魏总监这里的也不计其数。

不过，这篇稿子魏总监印象较深，佟夕一提，他就说："稿子的内容和质量都是挺不错的，可惜，数据不够，公司还是希望能做大 IP。再者，现在提倡家庭和谐、生二胎，这篇稿子的内容却涉及女权、家暴、婚姻法第二十四条这些比较敏感的东西。所以，老板比较犹豫。"

"您说得对，不过，这样的题材具有现实意义和批判精神，可以引起一些反响和反思，比如……"佟夕列举很有代表性的几部影片。

"这个，你也知道咱们的审核制度……"

佟夕看着总监为难的表情，干脆地说："那我回绝算了。"

她一痛快，魏总监又犹豫了："嗯……再考虑考虑。你就跟她说公司放假了，年后再说吧。"

佟夕只好笑笑说："好的。"

回到办公桌前，她点开QQ，作者春瞳的头像是灰的，签名三年不变：落了片白茫茫大地真干净。这是《红楼梦》结尾的一句。

她在对话框里敲了几个字，却又一个一个删掉，然后将 QQ 最小化，挂在了右下角。

窗外天光灰暗，据说今日有雪。

她捧着杯子，有点走神。放在电脑旁的手机忽然响了一声，是微信有个来自远岫影业的添加好友申请。

因为工作关系，她的微信联系人几乎全是各个影视公司、播出平台或是作者、出版社、经纪人。看到这个名字，她毫不设防地点了通过，奇怪的是，对方加了她，也不说话。等了半分钟不见动静，她把手机放在一边。

十分钟后，一无所获的"远岫影业"将手机扣在腿上，右手捏着眉心。佟夕的朋友圈全是工作，公司新戏开拍、艺人宣传、平台播出……基本等于一份中国电视报，个人生活，只字不提。

上午十二点钟。

佟夕和同事一起去吃饭，在餐厅里抽空给莫丹打了个电话，问她的失眠好点没有。

莫丹和沈希权离婚，佟夕心里充满了歉疚。如果当初聂修不是为了追她而提议莫丹去浠镇写生，莫丹也就不会认识沈希权。

许琳琅说："我佩服你这种把什么责任都担到自己肩上的勇气，但是又不是你包办了他们的婚姻，你内疚什么？"

许琳琅说得很有道理，可佟夕还是忍不住内疚。

吃过饭，佟夕和同事从餐厅回来，又收到一束花，不过，这次是花店送来的黄色玫瑰。

佟夕隐约记得黄玫瑰是道歉的意思，脑海中过了一遍，似乎最近没和什么人起冲突。花中有一张秋香色卡纸，显然送花人和早上的是同一人，纸上也写着一首俄文诗，叶赛宁的《白桦》。

这首诗对她来说，有点特殊意义。她还未出生的时候，在安娜的肚子里特别活泼好动，佟国安和安娜坚信这一胎是个男孩儿，早早就想好了名字叫"佟桦"，取自《白桦》，谐音童话。

谁知道生下来是个小姑娘，佟国安觉得佟桦这名字不适合女孩儿，便给小女儿重新取名叫佟夕，因是七夕那天生的，乳名叫七七。

多年后，佟春晓生下佟桦，佟夕升级当了小姨，喜不自胜地给聂修打电话报喜，顺便讲了佟桦名字的来历。

聂修听罢，问她："若是你姐生的是个女儿呢？"

佟夕也没多想，随口就说："那就留给我儿子用啊。"

聂修握着话筒，沉默了一会儿，说："你儿子姓聂行不行？"

难道送花的人是他？这个念头在佟夕脑海中一闪，转瞬便被推翻。

他此刻应该还在英国，即便是回国探亲，也绝对不会和她联系，更不会送花给她，毕竟当初是他提出的分手，而且态度很坚决……

“我们之间到此为止，我已经删除了你的所有联系方式，请你以后不要再骚扰我。”

她记得特别清楚，他用的不是联系，而是骚扰。这个词仿佛一把剑刺在她的心上，以至于，这一场分手，比她想象中要疼得多，伤口久久不能愈合。据说初恋的成功率只有百分之一，他们两人先是异地恋，后是异国恋，分手仿佛是情理之中。

她时常会想，如果分手的时候他态度好一些，或许她此刻早就云淡风轻地释怀了，不至于每次想起来，都觉得心口疼。

不明来历的蜡梅和玫瑰在暖气的熏蒸中，散发出更为浓郁的香气。

心宽体胖的同事趴在桌上午休。佟夕没有午睡的习惯，盯着那两张秋香色的卡纸一动不动，很遗憾的是，俄文让她无从辨认笔迹。

因为父母过世很早，她不喜欢和别人聊自己的身世，很少有人知道她出生在海参崴，十一岁才回国。知道她懂俄语又很喜欢诗歌的，除了家人，便是她熟悉的朋友。前台小姑娘说送花的是个男人，这范围就更小了，她思来想去，觉得只有三个人：堂哥、沈希权和聂修。

堂哥最近被调到外市挂职锻炼，应该不会是他，一来他相貌没那么出色，不会让前台小姑娘夸赞；二是，他从来不走文艺路线，每日和金钱打交道，送人礼物通常不是纪念币便是黄金，是个很务实的人。

沈希权在生意场上浸淫多年，养成八面玲珑的脾气，见陌生人永远都是笑容可掬、春风拂面，尤其是面对异性，更是风度翩翩，十足的绅士风范。当年，莫丹对他近乎一见钟情，便是被他的表象迷倒。而前台小姑娘说，送花的那人气场很冷，眼神吓人，最符合这个描述的就是聂修。

他和沈希权恰恰相反，对熟悉的人温文尔雅、和煦可亲，对陌生人，从眼神到气场都透着漠然高冷的气息，周边空气仿佛都写着四个字——生人勿近。

只是，两人分手后，断得十分干脆彻底，互相拉黑，互相删除一切联系方式，就连共同的朋友——莫斐和莫丹，都很有默契地不在她和聂修面前提起另外一个人。彼此在对方的世界里销声匿迹，就像是从未认识过。

他怎么可能在时隔三年的时候给前女友送诗和鲜花？

第二章 不想再见到你

午后一点半。

善解人意的老板在公司群里发话让大家提前下班，预祝大家新年快乐，并随手发了红包。影视公司就这一点好，放假比较早，此刻离正经春节假期还有一周。

佟夕收拾完东西，刚刚走到公司门口，手机响了，是个陌生的手机号码打来的。她接通电话，对方客客气气地问："您好，请问您是莫丹女士的朋友吗？"

"是的，请问您哪位？"

"我是挽回工作室的张经理，莫女士好像是喝多了，在我们公司待了一个小时不走，麻烦您来一趟我们公司，带她回去。实在不行，那我们就只好报警了。"

佟夕觉得很奇怪，问他怎么知道自己的电话号码。对方解释说："莫女士是我的客户，她在我们这里填了资料，好友一栏填的就是您，并留了您的电话号码。”

“你把地址发过来，我这就过去。”

张经理火速给她发了条短信过来。她按照地址打车过去，果然在写字楼里见到了莫丹。莫丹果然是喝了酒，两眼发直，脸颊绯红，而且脾气特别大，气壮山河地拍着人家的桌子：“给我退钱！今天不退钱，我就不走！”

若不是亲眼所见，佟夕真不敢相信一向温柔如水的莫丹会如此强悍。坐在桌子后面的男人看见佟夕，如见救星：“您可来了。”

听声音，显然这位就是刚才给她打电话的张经理，她问怎么回事。

张经理噼里啪啦地开始解释：“是这样的，莫女士三个月前委托我们公司替她挽回婚姻。虽然没有挽回成功，我们也尽心尽力、全心全意地为她忙碌了三个月，也是要收一部分费用的。可是莫女士非要说，我们没替她挽回成功，应该全额退款。您看，我们当初是签过合同的，合同上写得清清楚楚。”

说完，张经理十分委屈地从抽屉里拿出一份合同给佟夕看。

佟夕还没来得及瞄一眼，合同就被莫丹一把扯过去，呼啦啦一挥，差点扇到张经理的脸上：“退费，不退，我不走。”

佟夕拉住莫丹四处挥舞的胳膊，把合同抢救下来还给张经理。仗着自己将近一米七的身高，再加上最近几年狂练跆拳道练出来一把力气，她把娇小玲珑、身高只有一米六的莫丹连拖带抱地往外带。

张经理紧随其后，佟夕还以为他要赶紧关门大吉，谁知道他拿出一张名片，笑容可掬地递给她：“如果您以后有需要，欢迎随时联系我。”

佟夕两手搂着莫丹，没空去接，也无意去接，客客气气地说：“多谢，我不会有这种需要。”

张经理毫不气馁地微笑：“以防万一，有备无患嘛。”

佟夕十分坚定：“没有万一。”

张经理笑容可掬：“那您慢走，欢迎下次光临。”

这服务态度和敬业精神让佟夕叹服，也多多少少明白莫丹为何会在这里一掷千金。双鱼座的莫丹是个极度不懂得拒绝的人，这种人往往要被伤得体无完肤了才会长一点记性。

莫丹闹了一场挺累的，再加上喝醉了，被佟夕送到家，就一头倒在沙发上睡过去了。

佟夕揉了揉酸疼的肩膀，打量着她的新居。这是离婚后沈希权分给她的一套公寓，看着还不错，只是屋内有点凌乱，看得出来，主人根本无心收拾。

茶几上一片狼藉，分散着一沓资料，佟夕看到“挽回工作室”几个字，好奇地拿起来翻了翻。各种挽回招数，真是让人大开眼界，而其中有很重要的一项，那便是如何全方面地改变自己，让对方眼前一亮，重新产生兴趣。

佟夕恍然大悟，怪不得莫丹最近一直穿着恨天高般的鞋子。莫丹对自己的容貌向来自信，一直素颜示人，唯一不满意的就是身高，偏偏沈希权这次出轨的对象是个模特，身高一米七八，可谓是锥心一剑，刺中莫丹的要害。

可是，佟夕分明记得，当初沈希权曾说过，他就喜欢莫丹这样小鸟依人的女生，喜欢莫丹看他时充满崇拜的眼神。

连这样甜得倒牙的爱情都能瞬间生了蛀虫，你说还有什么是可以相信的呢？反正佟夕是早就不信了。

莫丹清醒时，已经是黄昏，屋内没开灯，光线不足，却足够看见沙发上坐着一个人。暮光中的身影漂亮而单薄，只是看上去有些孤寂。

“咦，你怎么在这儿？”莫丹表情讶异，显然午后的事情她是一点都不记得了。

佟夕活动了一下略微僵硬的腰肢，把她今天在挽回工作室的光辉事迹说了一遍。

莫丹不敢相信自己会做出这种事，瞪大眼睛连着问了几遍“真的吗”。

“千真万确。”佟夕指了指旁边餐桌上的半瓶酒，很认真，也很真诚地夸她酒量真不错。

莫丹羞臊地捂住脸，解释说：“我最近一直失眠，想喝点酒催眠睡一觉，鬼知道怎么会跑到人家公司里闹啊。”

她清醒的时候，绝对不会这么胡搅蛮缠，张经理也是因为和她打了许久交道，知晓她平素温柔有修养，所以才容忍她在办公室里闹了一个小时，既没有叫警察，也没有叫保安。

“你别再穿那种恨天高般的鞋子了，沈希权出轨不是因为你矮，你这会儿就是断骨增高变成一米八，他该变心，也一样会变。犯错的是他，又不是你，你好端端的，为什么要找自己的毛病？还根据对方的喜好来改变自己？呵呵，这不是胡扯吗？”佟夕毫不客气地说，“出轨的男人，你还要挽回，还要复合？

莫丹眼睛一瞪：“你以为我挽回沈希权是想和他复合？”

佟夕讶然：“难道不是？”

莫丹呸了一声：“已经扔掉的垃圾，我再拾回来继续用，我有病啊！我是为了报复！我等他甩了那个模特，我就立马甩了他！让他尝尝被抛弃的滋味，加倍！”

这还差不多，看来莫丹的智商还在。佟夕松了一口气，说：“时间宝贵，何必浪费生命和过去纠缠，咱们有出息点，努力挣他双倍的钱！”

“要不是他让我在家闲着，我说不定已经成了知名画家！”莫丹越说越气，又忍不住开始痛骂沈希权是个浑蛋。

离婚的事情，她不想和任何人说，前几天还在微信朋友圈秀恩爱到天怒人怨，转眼间成了弃妇，她丢不起这个人。她唯一的倾诉者是佟夕。因为佟夕是她和沈希权共同的朋友。

佟夕很尽心尽职地洗耳恭听，心情十分复杂纠结。换作是除了沈希权之外的任何一个人，做出婚后出轨、始乱终弃的事情，佟夕只怕不仅仅是拉黑、绝交这么简单，一定会找人去修理一顿。

可这个人，偏偏就是沈希权。严格来说，比起莫丹，沈希权和佟夕更亲。

莫丹是佟夕认识聂修后才认识的朋友，而沈希权和她是浠镇同乡，相识已经十余年之久，对她亦兄亦友，还对她有恩。在她最需要帮助的时候，站在她的身后替她遮风挡雨、替她消灾解难的都是沈希权。所以，她一边对他的出轨大为气愤，一边又碍于情义不能和他绝交，夹在莫丹和他之间，搞得自己十分纠结。

等莫丹发泄完了，佟夕才告辞离开。巧的是，刚走到小区门口，她便接到了莫斐的电话，他的语气又是惊讶又是羡慕："我的天哪，你们公司居然都已经放假了！"

佟夕美滋滋地说："是啊，你怎么知道的？"

莫斐没回答她的问题，转而问她晚上有没有时间，要请她吃饭："这段时间都是你陪着我姐，我得好好谢谢你。"

佟夕笑："客气什么，应该的，不用请吃饭，心意我领了。"

莫斐期期艾艾地说："其实吧，是一个朋友的私人会所新开业，送了几张代金券，再不去就过期了。"

如此一说，佟夕倒是没了一点负担，笑着说："行啊，叫上莫丹一起，我刚好就在她小区门口。"

莫斐忙说："别、别、别，我还有一件非常重要的私事要拜托你，不能让我姐知道。你等我十几分钟，我过去接你。"

自从和聂修分手后，佟夕和莫斐很少来往，实在猜不出他会有什么事要拜托自己，直到一刻钟后坐上他的车，才问清楚。

莫斐的女朋友的偶像刚好是佟夕公司的签约艺人，莫斐奉命替她要一张偶像的签名照。

佟夕打趣："这种小事还用得着你大张旗鼓地请吃饭啊，打电话吩咐我一声就行了啊。"

莫斐嘿嘿一笑："以后说不定经常要找你呢，她的偶像一拨一拨换得可勤了。"

佟夕笑意盈盈地打量他："你不吃醋啊？"

"吃什么醋啊，那些偶像都是镜花水月，她只要对我不花心就行了。"

佟夕忍不住点赞："哎哟，你这个男朋友真不错。"

莫斐偏过头，笑嘻嘻地问："那你要不要再找个男朋友？"

佟夕摇头，唇边挂着敬谢不敏的微笑。

莫斐不死心，强力推荐有"男朋友"的各种好处，舌灿莲花，拿出了有史以来最强的推销水准。

佟夕面带微笑地听他说完，提出了自己的不同意见："任何事情都有两面性，我承认你说得很有道理，但是，对我来说，男朋友是一种性能不可靠、救援不及时、关键时刻掉链子的非生活必需品。"

莫斐暗暗将这一条条罪状和某人对上号，发现自己只能干笑，完全没法反驳。

"售后维护也很费劲，一旦疏于保养便会不告而别，不翼而飞。"

莫斐继续干笑："……"

"因为亲眼见证过这种产品的全部缺陷，我并不打算再入手。"

莫斐干笑之余，在心里替某人默哀……当年天真无邪的小姑娘，如今已久经沙场，心冷如铁，不是那么好追、那么好哄的了，兄弟，你前路艰辛啊。

说话间，车窗外开始飘起稀稀疏疏的细碎雪花，随后又渐渐下得密了起来，这是今年冬天的第一场雪。

会所的确偏远，车子绕着外环线快要跑到梅山脚下，才在一栋中西合璧的小楼外停下。此时，地上已经白成一片，庭院里的树木也白了。

楼内装潢古色古香，暗金色的地砖，浅杏色的壁纸，走廊的墙上挂着水墨山水画，包厢的雕花木门外挂着篾片编织的帘子，房间里悬着宫灯，橘红色的光一丝丝透出来，有浮生如梦之感。

佟夕看着这些景物，心里一阵恍惚。

莫斐笑盈盈地问："是不是很像我们第一次吃饭时的那家饭店？"

是很像，那天一起吃饭的，除了莫斐和莫丹，还有聂修。

屋内摆设十分雅致，木桌、木椅，桌角的瓶中插着几枝梅花。佟夕不由自主地想起今日收到的梅花和黄玫瑰。那些花她没拿，都留在了办公室，只把两张卡纸放在了包里。因为不是汉字，也无从辨认笔迹，她好奇归好奇，却也懒得去猜，以静制动，以不变应万变，送花的人该出现的时候自然会出现。她很早以前，就学会了沉住气。

莫斐很绅士地给她拉开凳子，替她铺开餐巾，说：“你先点菜，我去一下洗手间。别心疼钱，点贵的，反正有代金券。”

佟夕撇撇嘴，很豪气地说：“我是花钱小能手，一次能给你用完，你信不信？”

莫斐比了个 OK 的手势，嘻嘻一笑：“使劲花，反正不是我的钱。”

佟夕觉得他的笑容有点古怪，还以为他内急，笑了笑，也没在意。

莫斐去洗手间了，屋里陡然静下来，佟夕翻着菜谱仔细看着。话是那么说，可她哪能当真那么放肆，勤俭节约是美德。再者，莫斐和莫丹虽然是双胞胎姐弟，但是，她和莫丹成为好友，也是因为沈希权的关系。和聂修分手后，她和莫斐一年中难得见几次面，算不上很要好的朋友。

身后的房门响了一声，她以为是莫斐，也没回头，依旧看着菜谱。直到人走到对面，她才隐隐觉得不对，抬眸的同时，菜谱从手里滑落。

啪的一声轻响，像是炸在心里的一声惊雷，猝不及防地与这人重逢了，她没有一丝准备，刹那之间，一种沉入水、要被狂潮淹没的窒息之感涌上来。

站在面前的男人几乎没变，只是清瘦了些许，越发显得五官深刻，瞳仁如墨，看人的时候，有一层光潜伏在冷静的眼波下。

在反应过来这不是幻觉，也不是梦境的那一刻，佟夕起身就走，动作干脆利落，不带一丝犹豫。

聂修比她更快，上前两步，伸手将她拦住。

佟夕不假思索地抬手一挥，力气很大，可是横在面前的手臂没有动。聂修反而顺势将她的手腕攥住，叫了声：“七七。”

“我想和你谈谈。”聂修的声音反而很不冷静，语气凝重恳切，甚至带着请求的味道。这是她记忆中从未见过的模样，他一贯自信骄傲，没有低头的时候。

“我和你没什么可谈的。”

"关于分手的事。"

佟夕打断他："我不想谈。"

关于过去，她不想提及，只想遗忘。甚至眼前的人，她都不想多看一眼，她转开脸看着桌角的花瓶。那一瓶梅花撞入眼帘，她突然明白，原来送花的人当真是他。

聂修低头看着她的侧颜，声音有些发涩："对不起，七七。"

听到这迟到许久的道歉，佟夕心里一阵发酸。原来，时隔多年，她还是不能释怀。

"都过去这么久了，我早已不在意。"她语气超脱且无所谓。

聂修知道她说的不是真话，喉结动了动，却一个字都说不出来。这一声道歉根本无法治愈万分之一的伤痕。

短暂的沉默，时间和空气仿佛凝固成一个巨大的铁块，压在心头，让人难以呼吸。佟夕不想和他叙旧，也不想再谈论任何关于过去的话题，她急于离开，可是，他握着她的手腕不放。

她到了冬天便手脚冰凉，他恰恰相反，她的手腕被他紧握在掌心里，热量透过肌肤，往四肢百骸里涌。被遗忘的身体接触的记忆都被唤醒，第一次牵手，第一次拥抱，第一次……只是那些曾经甜蜜的过往，此刻只勾起了她无法言说的抗拒。

她挣扎几次无果，冷冷地抬眸："请你放手。"

她这样的反应，早在聂修意料之中，冰冻三尺，非一日之寒，也不可能在一夕之间就破冰化解。无论心里多么急，却也只能告诉自己慢慢来。

他松了手，低声说："我送你回去。"

"不用。"佟夕快步走出包厢，一路疾走，心里像是烧起一团火，莫名地气恼，不知道是因为被莫斐设计了，还是因为突然和聂修见面，抑或是，发现自己居然如此轻易地就被他的出现牵动情绪，失去冷静。

走过古色古香的回廊，聂修一直在她的身后，保持着一步之遥的距离。

她比他矮了将近二十厘米，即便步子迈得再快，也比不上他的速度，她总不能不顾形象以百米冲刺的速度往外跑。

走到台阶下，外面已经是一片白茫茫的世界，鹅毛大雪下得又急又密，看架势仿佛是将攒了一年的雪都倾盆倒下。

天气不好，这里又偏僻，周围根本没有出租车的影子，佟夕此刻才明白，莫斐把她约到这里是有预谋的。她拿出手机点开打车软件，居然附近也没有车，真是运气“好”到爆。

佟夕将羊绒大衣的帽子戴上，严严实实地挡住整个脸颊，连视线的余光都被挡住。也不全是因为冷，潜意识里，她觉得这样就可以不用看见他的侧影，也让他不能看见她的脸。

“这地方不好打车，我送你回去。”聂修站到她的面前，用后背替她挡住风。这是他以往的习惯，冬天只要在室外，他都会站在风口替她挡风。可是，再多的温柔都不及分手时的那一剑。痛的感觉总是被记得更长久，也更清晰。

她条件反射般往旁边挪了几步，避开了曾经的“挡风板”，拨通莫斐的电话。

距离莫斐离开包厢不过三分钟，就算他此刻离开了，也不会走很远。

莫斐刚刚把车子开出大门，一看是佟夕打来的电话，头皮一紧，本来想装死不接，可是，手机不屈不挠地响，他只好硬着头皮接通，小声地赔着笑说：“什么事啊，佟夕？”

“你三分钟之内不来送我回去，我们以后绝交。”说完，她将电话挂断了。

电话里清脆的声音透着一股寒意。莫斐知道佟夕的性情，无奈之下，只好掉转车头风驰电掣地开回去。

佟夕径直走下台阶，对身侧的聂修视而不见，如同他第一次见她那般。

那是她回国后的第一个生日。在老家浠镇的习俗中，十二岁这个生日特别重要。七夕那天，姐姐佟春晓在浠湖春天订了一个豪华的包厢，叔叔婶婶专程从浠镇赶来T市，堂哥刚入职不久，用攒了两个月的薪水给她买了一个金镯子，上面刻着梵文的六字真诀。

他学的是金融，毕业后进的是银行，却不耽误他研究风水命理、周易八卦。

《红楼梦》里巧姐的生日就是七夕，而佟夕的父母在去年发生车祸离世……他嘴上不说，心里却蛮担忧这位小堂妹的命运，所以送了这么个礼物。

往年都是父母给佟夕过生日，请了同学来家里热热闹闹开个小派对，邻居家的两位小哥哥也会一起过来，拉着手风琴给她唱歌。那样的日子一去不返。

当着亲人的面，佟夕没有表露出一丝难过，只是找借口去卫生间的时候，在水池前用凉水冲着眼睛。水流到唇边，残余着微微的咸味。她走过回廊的时候，空气中飘来含笑的香气。她站在台阶上，仰脸看着夜空，心里暗暗地告诉父母，自己一切都很好。

一片寂静中，她听见了微弱的声音，像是有人在撕东西。她扭过头，看到九点钟的方向，有个瘦高的年轻人，站在垃圾桶前，穿着白色短袖和卡其色短裤。

佟夕原本只是无意地瞟了一眼，等发现他撕的是一张百元大钞时，视线定住，像是慢镜头一样地看着他的手。那是一双非常漂亮的手，骨节修长匀称，右手食指上有颗黑痣，因为肌肤白皙，那一点墨色便格外醒目。很巧，她也有。叔叔说，痣长在这里，表示聪明，学习好。

一百块钱啊！为什么要撕掉？她心疼得都忘了自己的伤悲，眼睁睁地看着他将那张钞票撕得特别碎，撕成小到无法粘贴的碎片，扔进了垃圾桶。有两片小碎片掉到地上，他拾起来，扔进去。

准备离开的时候，他抬起头。佟夕这才发现他不过是个少年，个子虽然很高，但是看年纪，也不过比她大两三岁的样子，眉眼十分好看，但是，神情拒人于千里之外，仿佛蒙了一层霜的冷月。

她低着头下了台阶，两人成垂直的方向，交错而过。

或许这第一面的擦身而过，早就预示了他们之间的结局。

佟夕打开车门，莫斐一看她的脸色便知结果不妙，十分乖巧地当不认识聂修，连个招呼都没打，带着她离开。

佟夕像是寒冰雕成的人，面无血色，沉默不语。车子经过桥上的一盏盏路灯，漫天雪花在光下飞舞盘旋，如梦如幻。她咬了下嘴唇，再次确定这场重逢并非是梦。

她不明白他为何要大费周章地让莫斐来安排这场见面。做不成恋人就做朋友这种事是莫斐干得出来的，但不是他聂修可以做到。她和他一样，都是当断则断的性格，分手就做好了老死不相往来的打算。

莫斐有点尴尬，赔着笑脸说："聂修知道你不会见他，只好拜托我安排一下，你别生气。"

佟夕置若罔闻，过了一会儿好像才听见他说了什么，声音飘忽地"嗯了"一下。

莫斐即便没在现场，也知道这次见面是以失败而告终。当然，这都是意料之中的事情，挽回佟夕哪能那么容易。时隔三年，他们的感情变淡不说，当初还是聂修提的分手，挽回难度堪称极限挑战。

果然，聂修失败到这一面只见了三分钟，就算在"荒郊野岭"，他也没能争取到送佟夕回家的机会。看来，想在这十四天里挽回她是不可能了。这第一天已经完结，进度为零。

作为好友，莫斐实在不忍心。车子开了十几分钟，估计佟夕的气消了不少，他开始小心翼翼地替聂修说点好话，能帮一点是一点呗。

"聂修这几年一直单着。"

他的话没说完，就被佟夕打断："我想听一会儿音乐。"声音轻飘飘的，却异常坚定。

"……"莫斐打开了车载音响，全程很明智地保持沉默，再也不提聂修两个字，只是在绞尽脑汁地想着还有什么招数。

佟夕一路沉默，直到车子即将开回到住处，远远看见星园小区的大门，才如梦初醒，对莫斐说："麻烦你把我放到超市门口，我要去买点东西。”

地面已经变成白色，车子碾过薄薄一层积雪，靠边停下。

推开车门，一股清冽的空气扑过来，佟夕感觉仿佛终于从一个糟糕的梦境中醒来。她进了超市，喧闹的人群让她紧绷了一路的心情得以放松，失去理智的大脑也开始慢慢恢复正常。

她后悔方才见到聂修的反应有些过激。她应该表现得早已忘了过往，大人不记小人过，才是上上策。

她方才反应那么激烈，只会让他觉得自己还没从过往中走出来，还在记仇。所以，下次碰面，她应该冷静淡然一些，就当他是个陌生人好了，没必要和他翻脸，也没必要让自己生气上火。

她给自己做了半天的心理建设，让自己消气、平静，可是，一转念，她不想再有下次，压根一点也不想再见到他。况且，他今晚被弄得这么难堪，依照他的傲娇脾气，也不会再有下次。

她买了许多东西，为后天去芦山乡做准备，饼干、面包、果汁、矿泉水，还有一些洗漱用品，连带着陆宽的那一份。

提着沉甸甸的袋子走进小区，靴子踏在雪上，咯吱作响，她担心摔跤，一路低着头，没注意到楼前停着一辆车。

直到猝不及防手里一轻，佟夕吓了一跳，还以为有人抢东西，抬眼看去，愣然呆住。

聂修竟然等在她的楼下。

在她一愣神的工夫，聂修将她手里的袋子提了过去。

佟夕深吸一口气，压着脾气问他："你怎么知道我住这里，莫斐告诉你的？"

聂修说："我以前来过。"

佟夕本想问他什么时候来过，忽然又觉得无趣，早已过去的事情，还问什么？她伸手去他手里提袋子，他却拦住她："我帮你提上去。"

"不用，我提得动。"

"挺沉的，我帮你拿上去。"

佟夕不耐烦起来："你总不会还想着让我请你进屋喝茶吧？对不起，不方便，和我同住的还有个男人。"

聂修点头："知道，一个四岁的男人。"

佟夕望着他："你怎么知道？"

"我什么都知道，所以，向你道歉。"

佟夕态度冷淡："我接受你的道歉，你可以走了。"

时隔三年的道歉，没有什么意义。当下，她只想让他快点离开自己的视线。她伸手去提袋子，他还是执意要送她上楼。

佟夕耐心耗尽，脾气压不住了，使劲一攮，说："你放手。"

不知是不是因为声音太大，竟然把树上的雪给震了下来。噗的一声，一团雪擦着她的刘海掉到地上，眼前飞起一片白色雪花。

佟夕条件反射地闭了一下眼，后悔自己不该又没控制住自己。

聂修终于松开袋子，伸手去拨弄她头发上的雪。

他的手指碰到她的额发，她倏然一惊，睁开了眼。

聂修的视线从她的额头落到下颌，轻声说："你瘦了。"

佟夕没有回他的话，转身进了电梯，并以最快的速度按了关门键。看到他被隔断在视线之外，没有追过来，她靠着电梯厢壁，重重地呼出一口气。

这一场突如其来的重逢，就像是原本心如止水，却突然扔进去一块石头激起千层浪的感觉，实在让人心烦意乱，很想发火。

她胡乱地在厨房里弄了点晚饭，吃完之后，收拾厨房，习惯性地把料理台打扫得一尘不染。停手的那一刻，她看着干干净净的台面突然察觉，这是聂修的个人习惯，于是一赌气，把放到橱柜的锅又端出来，放到了煤气灶上，将抹布随手一扔，扔到了水池边。

可是，过了一会儿，她进去倒水喝，发现锅和抹布十分扎眼，到底还是把锅放进橱柜，将抹布收了起来。关上柜门，她有点无力，仿佛这是一场小小的战斗，这个回合，聂修赢，她输。

她一个晚上心情极度恶劣，做什么都没心情。屋里的电视机开着，放着《喜羊羊和灰太狼》。还是佟桦平时看的那个台，她没有去换，她什么也不想看，只是想让屋里有点声音。

太安静的气氛会让她忍不住回忆往事。那些过往蠢蠢欲动地潜伏在无处不在的空气中，让她呼吸的时候，都感到不安、烦躁。放在茶几上的手机响了一声，她拿起来看到一条微信，点开是“远岫影业”发来的一个文档。

她心里感觉有些奇怪，点开看到的第一句话便是：七七。看到这个称呼，她心跳加速，没看中间的内容，直接往下翻到最后。

“我知道我做错了很多，不管你是否原谅我，我都会尽我所能去弥补。聂修。”

看到聂修两个字，佟夕像是被什么东西刺中了眼睛，几乎没有任何犹豫，就选择了删除。这条微信里写了什么，她一点也不想知道，她只想恢复平静如水的心境。

这一夜，佟夕翻来覆去睡不着，直到夜里三点才迷迷糊糊入眠，梦里乱七八糟的，全是聂修。他永远都是自信从容的样子，好似这世上没有什么他办不到的事情。她在梦里告诫自己，不要沉迷，不要沉迷……她当年就是被他这样的风度给迷惑了。

她处于半梦半醒的状态中，昏昏沉沉，一直醒不过来，后来是被沈希权的来电给吵醒的。

“你打算什么时候去芦山乡？我提前跟陆宽说一声。”沈希权的声音有点沙哑，话语中夹着几声低咳。

“明天就去，今年放假早，我等会儿去拿车。”

沈希权在电话里叹口气：“你也真是固执，守了两年还不死心。我早就说了，他不敢回老家。”

“他妈刚摔断了腿，我不信他当真禽兽不如，过年都不回去看一眼。”

沈希权知道劝不住她，她认准的事情，不达目的誓不罢休。他顿了顿，又问：“要真抓住他了，你打算怎么办？”

佟夕咬着牙轻笑："我当然想要一刀一刀凌迟他啊。"

沈希权吓了一跳，忙说："你可别做傻事，你还有佟桦要养呢。"

佟夕答："放心，我不会乱来。"

沈希权松了一口气，又问春节这几天佟桦怎么办。

佟夕说："和许延做伴呢。"

"不如和我做伴，我一个人过春节好寂寞。"

佟夕很认真地回复："那不行，你这种感情不专一、说变就变的男人，我怕你带坏佟桦。"

沈希权在电话里哼了一声："没良心。"

海边湿冷，寒风刺骨，一入冬，他便时不时地要发一场病。前天气温骤降，他又不幸中招。

往年有莫丹照顾他，给他端水喂药，今年他孤家寡人，在家休息几天，病却越来越重，昨晚断断续续地咳嗽了一整夜。三百平方米的房子，只有他和一个不住这里的保姆，此刻还未到保姆的上工时间，他连个使唤的人都没有。

他孤魂野鬼似的飘下楼，在电视柜左边的抽屉里找出两片感冒药吞下。吃完药，他无力再飘上楼，便窝在客厅给张秘书打了个电话，交代她等会儿过来一趟，把公司要处理的文件带过来，顺便再带一瓶甘草片，特别交代是 ×× 制药厂生产的。

佟夕随便吃了点早饭，便打车直奔南郊的租车行。

沈希权是跟三教九流都有来往的人，认识的人特别多。租车行的老板姓赵，也是沈希权介绍给她的。这两年，她都是从赵老板这里租一辆车开到芦山乡。车子也不能太新、太好，不然在一个穷乡僻壤的地方太显眼，必然引起关注。她前两次租的都是昌河车，这个牌子的车在农村特别常见，而且车里宽敞，方便休息。

租车行位于南郊，位置有点偏僻，宽敞的院子里停了十几辆车，大门右侧有一排平房，靠里一间，就是赵老板的办公室。

佟夕每年都要来一次，熟门熟路地上了台阶。赵老板隔壁的一间屋子开着门，里面摆放着一张绿色台球桌。她经过时，无意地扫了一眼，看见一个男人的背影，弯着腰面朝里，手里拿着一根台球杆，正在击球。

她心里扑通一下，这身形怎么这么眼熟？转念，她又觉得不对，他怎么可能会在这儿，真是心里有鬼，见谁都像他。

赵老板已经等候多时，很热情地招呼她坐，把一份合同递给她，说车子刚刚叫人检查过，加满了油，只管放心开。

租车合同就两页纸，可就因为刚才那一眼，她乱了心神。一份合同，她看得分外慢，半晌没有动静。那个身影真的很像他，如果不是弯着腰，而是站直的背影，她一眼就能确定。

赵老板不知她在走神，笑着打趣："上班了就是不一样，比以前当学生的时候稳重严谨多了。"

佟夕回过神来，不好意思地笑："在公司里经常审核合同，养成抠字眼的习惯了。"

签好合同，赵老板把一把钥匙递给她，说："你去试试车。"

再次经过那间屋子时，人已经不再。佟夕恍恍惚惚地松了口气，想着当真是看花了眼。

赵老板站在台阶上，指着三米开外的一辆昌河车，说："你试试。"

佟夕上了车，在院里试了一圈，没什么问题。她高考完的那个暑假去考的驾照，不过平时少有机会开车。去芦山乡的时候，也都是陆宽开车，乡下路况不好，她技术不是特别好，也就不去逞强。有了佟桦这个负担之后，她变得特别惜命。

车子绕了一圈，开到平房前的台阶下，佟夕刹住车，扭过脸对赵老板打声招呼说再见。她刚要准备走，身边的车门响了一声，转头一看，副驾驶座上已经坐上来一个人。

佟夕握着方向盘，开始做深呼吸，竟然真的是他。T市这么大，居然能在这个偏僻的南郊偶遇？这绝对不可能。

佟夕不客气地问："你怎么在这儿？""跟踪"两个字在她心里打了个转，没被说出口。

“沈希权让我来的。”

佟夕咬着唇，怎么可能，沈希权和莫丹结婚的时候，聂修一直在英国，两人没什么来往。再者，前段时间，沈希权去英国散心，不知怎么碰到聂修。听莫斐说，聂修将沈希权狠揍了一顿，替莫丹出气。所以，两人眼下应该是老死不相往来的关系。

聂修将左手搭在方向盘上，说：“我来开车。”

“不用，请你下去。”佟夕此刻能维持平静的语气已属不易。

“雪没融化，路面很滑，你开车技术不够娴熟，容易出事。”聂修的声音虽然柔和，但眼神和语气都透着不容置喙。以往她特别迷恋他这点，觉得特别有男人味，此刻却最讨厌，恨不得一巴掌把他推出去，或是一脚把他踢下去。不过，按照他的身高、体格，她也知道自己做不到。

两人僵持了片刻，佟夕怒道：“你老跟着我到底要干什么？”

聂修恳切地看着她，语气带着浓浓的歉意：“我想把以前没做到的事都补上。”

佟夕闻言，喉咙哽住，声音有点变调：“不用，谢谢。”她没想到自己心里竟然藏着这么多的怨，被他一句话全都勾了起来。

“你见到我这么生气，是不是因为……”聂修只说了半截话，剩下的都含在眼神里。

佟夕不耐烦地问：“因为什么？”

聂修不作回答，默默地看着她。曾经心有灵犀的两个人，默契到一个眼神便知道对方在想什么。

因为她还没放下他，还耿耿于怀，还念念不忘，所以才如此介意，反应如此激烈？

佟夕从他的眼神里读出了这个意思，被这么一激，说道：“好啊，那就麻烦你了。”她推开车门，把驾驶座让给他。

聂修悄然松了口气，还好，激将法一如当年般好用。

佟夕不再坚持，主要原因就是这路况她实在没把握，还是安全第一。既然他们见都见了，也不在乎再多见那么一会儿，反正她不理他就是了。

回程的路上，她冷着脸看着窗外，一副“心情不好、别和我说一个字”的表情。

身边的男人很识相地保持沉默，像个尽职的司机。

第三章 留下的会是美好的回忆

张秘书足足跑了七间大药房，才买到了沈希权指定了制药厂的甘草片，匆匆赶过去，保姆轻手轻脚地给她开了门。一开门，保姆先把手指放在唇边嘘了一声。

张秘书立刻放轻了呼吸，蹑手蹑脚地走进玄关。

宽阔的客厅里，放着一张特制的宽敞罗汉床，穿着浅咖啡色方格睡衣的沈希权单手托着下颌，倚靠在秋香色的靠垫上，刚好入眠。

电视机开着，放的是财经新闻，却被调成了静音。张秘书只好坐在一旁看着无声电视，静悄悄地等，看电视都不敢看得太投入，时不时转头看一看老板醒了没有。当目光落到沈希权的脸上，她心里不禁涌起一阵感叹。

时间在他身上流淌得尤其慢，每一个与他初次见面的人，几乎都猜不到他的真实年龄。她第一次踏进恒唯公司应聘的时候，也猜错了他的年纪，以为他只有二十岁出头，后来看到他的身份证复印件，才知道岁月对他优待到令人发指。

她对老板最初的印象是英俊过人，其后是能力过人，再其后是神秘过人。他经常会去医院漫无目的地转转，然后让她用信封装些现金交给某个他不认识、她更不认识的病号，有时候是直接让她去付医疗费。他援助的对象基本上都是农村来的贫困孩子。

张秘书从来没见过这么做慈善的。他从来不去参加什么慈善晚宴，更不会给红十字会捐款，或是造福家乡建桥修路。很多商人都喜欢名利双收，他是个例外。相反，张秘书偶尔也听到一些八卦，说他不是什么善类。但这两年他断断续续随手捐给陌生人的钱，足够建一所希望小学了。

她正想着这些，突然响起一阵手机铃声，吓得她一跳，急忙去摸口袋，意识到不是自己的手机，才悄然松了口气。

沈希权好不容易咳嗽消停一会儿，打了个盹就被吵醒，气得睁眼就想要骂人，拿起手机看了一眼电话号码，却一丝脾气也发不出来，哑着嗓子喂了一声。

莫丹一听他的声音，就气不打一处来，气势汹汹地道："你是要破产了吗，沈总？这个月的赡养费怎么没打？"

离婚协议上，莫丹分掉他一半的家产，另外，每个月十五号，他还要单独付给她一笔赡养费，直到她再婚。

沈希权耐心地解释："我生病了，这几天没去公司。"

莫丹忽然安静下来。沈希权握着手机等她说下一句，电话却被干脆利落地挂了。

张秘书非常惊讶地发现，老板的脸上竟然出现了失落和心酸的表情，一向所向披靡的狠角色，居然也会有如此脆弱的时候，看来病得不轻。

沈希权没事喜欢去医院救助穷人，自己生病却从来不去医院，前些年全是被莫丹逼着去医院输液。可是，如今莫丹已经成了前妻，方才打电话来也只是催他付赡养费，丝毫不关心他的病体，自然更不会再像以前那样逼他去医院。

临近年关，公司忙成一团，沈希权偏偏在这个时候生病，出于对公司好的考虑，张秘书只能求助于佟夕。她在沈希权身边做了三年的秘书，非常清楚，除了莫丹，能让沈希权听得进去话的人唯有佟夕。

佟夕接到电话的时候，正好已经到了星园小区。

对于张秘书的嘱托，她很爽快地应承下来："张姐，你放心，我下午过去看看，要是严重了，就催他去医院。"

佟夕知道沈希权的这个习惯，据他自己说，年少时经常和人打架斗殴，又没钱次次去医院，就自己买药硬扛下来，长此以往，习以为常。

佟夕接完电话，聂修将车钥匙递给她。她面无表情地说了声"谢谢"，转身就进了电梯。聂修站在台阶前，隔着十几米的距离看着她，目光和以前每一个约会结束时一样，有不舍的意味。

佟夕从未觉得电梯门合得那么慢，简直像是电影里的慢镜头，过了好久才终于合上了。

她悄无声息地舒了一口气，全身都有一种来历不明的累。她拿出手机给沈希权发了条微信，说下午有事要去拜访他一次。

佟夕等了很久，沈希权才回复一个"好"字，佟夕仿佛看到了他有气无力的样子。

下午出门前，佟夕站住窗前，向外面看了看。连着两次聂修的突然出现，弄得她都开始疑神疑鬼起来。还好，他不在。

气温回升了一些，路上的冰雪还是没融化，佟夕对自己的车技不放心，她将昌河车停在楼下，自己打车去了沈家。

保姆给佟夕开了门，说沈希权在一楼的客房里休息。佟夕扫了一眼客房，房门半开着，一只男式拖鞋就被扔在门口，看来他是病得不轻，二楼都懒得爬上去了，就这样，还硬扛着不去医院，也是让人佩服。

保姆说："沈先生午饭没吃什么东西。"

佟夕问她做的什么食物，她说是米饭，还有四菜一汤。

"他一犯咳嗽就喜欢喝粥，你换着样儿给他熬粥就行，咸的、甜的轮着来。"

保姆小声解释："沈先生也不说，我哪儿知道呢。"

沈希权和莫丹都不喜欢家里有外人，这保姆是他们两人离婚后才从家政公司请来的，平素也不住家，就负责过来做午饭和晚饭。

佟夕低声说："你回去吧，晚饭我给他做。"

保姆求之不得，提前下了班。

佟夕在客厅里的沙发上坐下来，目光落到茶几上，看见一本《凯旋门》。奇怪，沈希权何时喜欢看这种书？她翻开扉页，才发现那是莫丹的书。书中有个书签，书签上有几片玫瑰花瓣，花瓣下面是一段对话——

"从那个时候起——当我们第一次见面的时候——我就不再知道该往哪儿去——是你给我的这一年，这是时间的礼物。"她慢慢地转过头来对着他，"为什么我不能跟你待在一块呢？"

"那是我的过失，琼。"

佟夕轻轻合上书，回忆起当年莫丹看这本书时，哭得一把鼻涕、一把泪的样子。她那会儿正和沈希权新婚，被沈希权宠到天上，发的朋友圈就是一幕幕的现实版言情剧。日子过得太甜了，她就特别喜欢看虐文，经常让佟夕给她推荐超级虐的书看。结果，没多久，生活真的虐了她一把。

沈希权移情别恋，不计代价地和她离了婚。听到这个消息，佟夕受到的打击不比她小。

如果说佟春晓的婚姻让佟夕产生了恐惧，聂修的无情让她对感情寒心，那么，沈希权对莫丹的背叛，真是让她彻底失去了婚恋的信心。

房间里响起咳嗽声，佟夕放下书，轻轻走过去。通过半开的房门，沈希权看见一个纤细的身影，不禁一惊，支起半个身体，再一看并非是莫丹，松了口气："你什么时候来的？"

佟夕看着他的脸色："你病了怎么不去医院？"

沈希用手指理了理头发，无所谓地说："就是咳嗽，老毛病，你也知道。"

"要不叫社区医院的人过来给你输液？"

"我哪有那么娇气。"沈希权从床上下来，单腿跳着去找拖鞋。佟夕看他动作还算利索，倒是放了心，病情并没有张秘书说的那么重。

“你晚上想吃什么？皮蛋瘦肉粥可以吗？”

沈希权点头：“你也别走了，多做点，晚上一起吃。我等会儿还有要紧事和你说。”

佟夕问：“什么事？”

沈希权卖了一个关子，说吃饭的时候再说。

佟夕顾念他中午都没吃饭，晚饭还是早点做好了，便转身去厨房准备东西。保姆挺尽责的，冰箱里满满当当什么都有。佟夕拿出一块儿肉化冻，又去淘米。

没离婚的时候，都是沈希权给莫丹做饭，哪怕是晚上有应酬，也要先回家给她做了晚饭再出门。当年在浠镇谁都敬畏三分的沈希权，若不是亲眼见到，谁能想到他会身穿围裙为老婆做饭。

可惜，琉璃易碎浮云散，谁又能想到他会移情别恋。在感情方面，他是个渣男，可是对朋友，又能两肋插刀。

在佟夕最需要支撑和帮助的时候，替她遮风挡雨、替她摆平一切的是亦兄亦友的沈希权。

佟春晓对佟夕好，那是因为佟春晓是她的亲姐姐。沈希权作为外人，可没义务对她好，所以，这份情义对她来说更难能可贵，也难以回报。

佟夕是个恩怨分明、知恩图报的人，她实在无法把他的好与不好割裂开来，只能以一种很矛盾的心态去对待他。

她切肉丝的时候，客厅的门铃响了。沈希权趿拉着拖鞋去开门。

这个时候谁会来？他那个新欢模特？还没等佟夕猜出第二个人，她就听见了熟悉的声音。她的第一反应是自己听错了。

而紧接着，从玄关处走进来的高大男人，将佟夕认为的不可能变成了现实。

她愕然地看着聂修。不知道这是碰巧，还是沈希权的安排。而聂修看到她时，目光平静，神色丝毫不惊讶，显然是知道她在这里。

佟夕立刻想到上午租车行里的事情，气不打一处来，立刻对沈希权扔了一记眼刀。

沈希权皮糙肉厚，硬地接了下来"我生病了，聂修来看看我不行啊。"

佟夕的火气被勾起来："你生病了，你的新欢怎么没来看看你？这个时候，难道不应该是她来积极表现、送温暖？你看看，你现在跟个孤寡老人似的。"

沈希权："……你个死丫头，你一天不怼我你就难受是不是？"

佟夕哼道："本来我看到你和莫丹还觉得世上是有真爱的，可是，你转眼就让我看到真爱是个笑话。你让我看到了人性的丑恶，对我的心灵造成了严重的伤害，怼你两句是轻的，还没找你要精神损失费呢。"

沈希权举手投降："行、行、行，都是我的错，我把公司赔给你行不行？"

佟夕一本正经地答："好啊，那你呢，改行当红娘？"

她意有所指，沈希权不会听不出来，他却故意装糊涂："我环游世界去啊。我年轻的时候总想着等老子有了钱就不上班，到处玩，后来，钱越来越多，老子却越来越忙，倒是一点玩的时间都没了。"

"所以，你打算让我越来越忙？"佟夕笑笑，"你对我这么'好'，良心不会痛吗？"

聂修从进了门就一直默然，表情严肃，此刻，终于忍不住眼中浮起笑意。

沈希权叹气："你现在好厉害，我好怕你。"

佟夕哼哼："对你这种婚后出轨的男人，我没有拳打脚踢已经很客气了。"

沈希权委屈不已："你到底站在我这边，还是莫丹那边？咱俩才是同乡啊，十余年的交情啊！"

佟夕瞪着他："我帮理不帮亲，我是正义的使者。"

沈希权转向聂修，抱怨道："你看看她现在凶成什么样了，你还想和她复合。"

"复合"两个字像是被扔出的炸弹，让人猝不及防，房间里有片刻的静默。佟夕不知道沈希权是不是信口胡说，立刻看向聂修。很巧，他也正看向她。视线相接，她便知道沈希权没有胡说八道。

她熟悉聂修的一切眼神，肯定的、否定的、不满的、嫌弃的……

聂修直视着她，说："我喜欢就行了。"这句话与其说是对沈希权说的，不如说是对她说的。

沈希权眼里含着笑，一副看好戏的表情。聂修看着她，目光深邃而坚定。

佟夕没想到聂修这次突然出现，竟有这样的打算。震惊、难以置信还有很多复杂的情绪，如同一股狂潮疯狂地涌上来，比那天她乍然见到聂修时来势更猛。

她第一反应就是起身离开，可是理智让她停步。

聂修的性格她很清楚，既然他打定主意回来复合，那必定是有备而来，不会轻易放弃。她离开不能解决问题，只会让他觉得还有希望，还会更加努力地争取。

有问题迎面解决，才能一劳永逸。这是沈希权告诉她的。当年沈希权也是这么做给她看的。

佟夕压住心里的汹涌，避开聂修的视线，对沈希权说："权哥，你忘了，我不打算结婚，也不打算恋爱。"这话是说给聂修听的，但是她看着聂修说话，会失去冷静。

沈希权笑盈盈地说："许琳琅也是独身主义者，最后还不是和你堂哥结了婚。"

佟夕努力让自己的语调平静下来："她那是奉子成婚。我连孩子都不打算要的，就更没必要结婚了。"

沈希权脸上的笑容挂不住了，侧目去看聂修，目光里全是同情。

聂修没什么反应，面色沉静。

他这样既不意外又不失望的反应，让佟夕越发地肯定了自己的猜测。她太了解这个人，他一旦做了决定，就不会轻易更改。所以，她只能用更狠绝的方式去打消他的念头。

“在我最需要帮助和支持的时候，男朋友不远万里地飞回来和我分手，这样惨痛的教训还不让我长点记性的话，那我也太傻了。”

沈希权道：“那是当年有误会，聂修的解释，你没看？”

“我对解释没兴趣，我只看事实。比如，权哥你当初对莫丹那么好，还不是一样说变心就变心，说离婚就离婚。你这样活生生的例子摆在眼前，你还劝我谈恋爱结婚？你不觉得这很没有说服力？”佟夕微微一笑，“又或者，权哥希望我再被人甩一次？”

佟夕说话时一直看着沈希权，眼角的余光都没冲着聂修飘过去一分。

沈希权尴尬地搓着鬓角，没法往下接话，被“以身作则”四个字给堵住了口。

聂修知道这些话都是说给他听的，并非是针对沈希权。他一声不吭地接下这些夹枪带棍的话，心犹如被火烤油煎，却无言以对。毕竟这都是事实，他对不起她在先，活该受此冷嘲热讽。

沈希权本意是打圆场做个和事佬，没想到场面搞得如此尴尬，赶紧拉着聂修说：“来、来、来，这边坐，咱们离易燃易爆品远点。”

佟夕说完这些，嗓子里像是被砂纸打磨过，弥漫着一股甜腥味。她倒了杯水，一口气喝下去半杯。将水喝下去，她的眼底起了水雾，她背过身去，仰着脸深深吸气。

积压在心里的陈年旧恨突然被淋漓尽致地发泄出来，她感觉说不出的痛快，也说不出的难过。

沈希权趿拉着拖鞋走过来，碰碰她的手臂，说：“让一下，我拿下茶具。”

佟夕往旁边让了让，看着沈希权从消毒柜里拿出茶具，又从冰箱里拿出上好的明前龙井，倒真是款待上宾的节奏。

聂修的外婆是浠镇人，但他从小在T市长大，外婆过世后，他更是很少回去，和沈希权几乎算是不相识的。

后来，沈希权娶了莫丹，聂修在国外，并没有回国参加婚礼，两人怎么突然就变得这么熟稔？

佟夕不想八卦，可忍不住好奇，低声问：“你们什么时候关系变得这么好？”

沈希权很认真地说：“我们打了一架之后，觉得很投缘，就好上了。”

佟夕：“……”这缘分也是惊天地泣鬼神。

沈希权端着茶具，下巴朝着客厅抬了抬：“出来一起喝茶吧。”

佟夕端着喝剩的半杯白开水，不耐烦地说：“我不渴。”

沈希权忍不住笑：“你不渴，你手里的是什么？”

佟夕将杯子放到台面上，瞪他：“我喝白开水不行啊。”

沈希权说：“那你做饭吧，我饿了。”

佟夕转过身，继续切没切完的肉丝，反正做完晚饭她就走人，不会多留一刻。让她讨厌的是，开放式厨房正对着客厅，她可以清晰地看见沙发上的两个男人。

沈希权的英俊原本是带着一些戾气的，但是，随着年岁渐长，再加上事业有成，风度气质都被镀了一层金，变得风度翩翩。

聂修只对陌生人清冷，在熟悉的人面前，孤傲被彬彬有礼的风度所掩盖，外表绝对看不出来他是个严苛自律、自尊心超强的人。

他们是出身、经历、性情各个方面都南辕北辙的两个人，而且几个月前，他们还打了一架，如今却像是久别的老友，心平气和地喝着茶聊着天。

佟夕觉得不可思议，聂修对他好友的出了轨的前姐夫，难道不应该是见一面打一顿？她搞不懂两人是怎么成为朋友的，沈希权的话，显然不可信。

将肉丝切好，佟夕在橱柜里翻了半天，没找到皮蛋，问沈希权。

沈希权转过身子说：“在下面第二个柜子里。”

佟夕弯下腰，在柜子的最里面翻出来一盒皮蛋，刚要站起身，身边光线一暗，聂修走到她的身侧，说：“我来剥吧。”他把她手里的皮蛋拿了过去。

佟夕也没客气，立刻起身让到旁边。

聂修在很多人眼中是天之骄子，想当然地以为他君子远庖厨，十指不沾阳春水，其实并非如此，他在国外练得一手好厨艺。

回国的时候，他曾经亲自下厨给她做饭，不让她动手，却也不让她走开，在厨房门口摆了凳子，叫她坐在那儿看。两人相恋以来，一直都是异地恋，每一次约会都格外珍惜，恨不得分分秒秒都在一起。

他在厨房里忙，她在门口守着他，和他说话，问东问西，聊这聊那，视线一秒都舍不得离开他。他人长得好看，即便是洗菜切菜都看上去赏心悦目，充满美感。

莫斐曾开玩笑，聂修整体形象完全可以当明星，哪怕拆开了，还可以当腿模、手模、内衣模特。莫斐说完后四个字，聂修将手里的一本书扔了过去，很准地砸在他的脑袋上。

只是，聂修脑子已经足够优秀到不必靠色相，十六岁考上B大，接着是被保研，出国读博，一路顺风顺水。对别人来说千难万难的事情，他看似轻轻松松就能办到。

因为他太优秀、太闪耀，所以她很快就动了心，他没怎么追，她就答应做他女朋友。或许是因为当年追到她很轻松，所以，他想着复合也应该轻轻松松，让沈希权搭桥，自己再道个歉，便能将过去翻篇，和好如初。

可是，时过境迁，她早已不是当初那个天真少女，心里早已千疮百孔，对情情爱爱的事情失去了兴趣，想得最多的就是怎么把佟桦教育好，给他最好的生活。

聂修把皮蛋剥好洗干净，放在盘子里。佟夕以为他要出去，他却站在旁边不声不响地看着她切皮蛋。这一幕和过去很像，只是两人调换了位置。过去是他做，她看着。

佟夕心里烦乱起来，没好气地问："还有事？"

聂修声音微沉："我们谈谈。"

佟夕很痛快地回绝："不用谈，我不可能和你复合。"

分手就是分手，她不会拖泥带水，也不会藕断丝连。虽然这几年，聂修很顽固地存在于她的梦境里，时不时出现，像野火烧不尽，春风吹又生那样，无法在心里除根，但是，对于复合，她从来没想过。

聂修并无受挫的样子，神情平静镇定。

佟夕皱起眉："你以为你是谁呢，想分手就分手，想复合就复合？你以为全人类都围着你转是不是？你是宇宙中心，还是世界主宰？你是能让时光倒流，还是能让人死而复生？"

顾忌沈希权还坐在不远处的客厅里，她声音不大，语气却很重。

聂修的自尊心有多强，她比任何人都清楚。如此难堪的话语，她有百分之一万的把握，必定会刺疼聂修那高傲到不可一世的自尊心，他必定会拂袖而去，从此对她的名字中的任何一个字都恨之入骨。

出乎意料的是，他既没有动气，更没有恼羞成怒，而是心平气和地看着她，目光温柔诚恳："不复合没关系，我重新追你。我会把过去没做到的事都补上。"

佟夕："……"

停了半晌，她才顺过气来，咬着牙，一字一句地说了三个字："不可能。"

她说得这样斩钉截铁，他依旧没有受到打击，反而挽了挽袖子，柔声问："你想吃什么？我给你做。"

佟夕觉得自己的拳头都打到了棉花上，满心都是疲倦。

"你做吧，随便。"她气急败坏地出了厨房，对沈希权说，"既然有人给你做饭，那我就走了。"

沈希权急忙说："吃了饭再走吧。"

"没胃口。"不等沈希权和聂修反应过来，她匆匆拉开房门就走了出去，一路走得很急，生怕聂修追出来。

走出大门，冷风灌入衣领，佟夕镇定下来，脑子清醒了许多。莫斐是聂修的好友，帮聂修制造机会合情合理，令人百思不得其解的是，沈希权为什么要撮合她和聂修复合？

当年佟春晓出事，佟夕四面楚歌，焦头烂额，聂修却在此时和她分手。沈希权知道后，说了一句话：“分就分吧，这样的男人，配不上你。”

无数人对沈希权的评价都是笑面虎、八面玲珑、投机取巧，但在佟夕的眼中，他是个很有担当，也很仗义的人。

她第一次见到沈希权，正好是她去往浠镇的第一天。那年的夏天尤其炎热，从出租车上下来，如同置身沙漠，热空气烫得皮肤火辣辣地疼。进了长途车站的大厅，感觉到空调的凉意，佟夕情不自禁地呼出一口热气，顺便将贴到脑门上的刘海吹起来。

佟春晓拿出钱夹正要去买票，有个看上去干净体面的中年人拦住她，说自己在车站被人偷了钱包，饿了一天没有吃饭，想要找她要二十块钱买点吃的，剩下的做路费。

佟春晓素来善良，二话不说拿了二十块钱给他。那个中年人千恩万谢地伸出手，钱却被一只手拦住了。手的主人二十岁出头，个子高挑，以佟夕的身高，视线刚好到他的上臂。小麦色的肌肤上文了一条青色的龙，不同于佟夕见过的那些文身，这是一条纤细秀气的龙，一点都不粗犷狰狞，看着还挺漂亮。

沈希权属龙，这是十二岁那年，他送给自己的本命年礼物。

最近他来往浠镇和T市的次数比较多，看着要钱的中年人觉得很眼熟，被拦住要钱的又是一个漂亮的姑娘，他便很仗义地出了手，问那中年人怎么不找警察帮忙。

中年人说是小事，不想麻烦警察，沈希权道：“那我替你买张票，你打算去哪儿？”

中年人一时没答上来，却说：“不麻烦你，给钱我自己买就行了。”

问了两句，沈希权心里已经明白怎么回事，笑了笑说：“你不是饿了一天吗？走吧，我先给你买几个馒头吃。”

那中年人却是一副不情愿的样子，畏畏缩缩地开始往旁边闪躲，眼看沈希权当真要拉他去吃饭，索性二十块钱也不要了，疾步离开。

佟春晓恍然明白过来，这人是个骗子，忙收起二十块钱，对沈希权道谢。

沈希权笑盈盈地说不客气。他笑的时候，不像寻常人那样两边的嘴角上扬，而是只有右边的嘴角挑起一个弧度，笑得漫不经心，却别有一番味道。

三人就此相识，巧的是，都买的是前往浠镇的车票。沈希权听说她们要去找佟建文，不禁笑了：“真巧，佟老师初中的时候还教过我。”

佟春晓又惊又喜：“是吗？那是我叔叔。”

上了车，两个大人说着话，佟夕在姐姐的身边，安安静静地翻着一本《福尔摩斯探案集》。

佟鑫和沈希权是中学同学。沈希权以前听佟鑫说过自己有个大伯常年在中俄边境做生意，第一个妻子病逝后又在那边结婚，生了个小女儿。眼前这个肤白如雪、棕色头发的漂亮小姑娘，显然就是佟鑫的那个混血小堂妹了。她五官混血的特征并不明显，只是睫毛很长，让人忍不住想要动手刮一下。

沈希权和佟春晓聊天的时候，佟夕把那本书翻完，又拿出来一本诗集，看的时候特别认真，嘴唇轻轻地动着，无声无息地默读。

浠镇离T市两个小时的车程，因为交通不够便利，名气也不大，迟迟未被商业开发，反而保留了水乡小镇原汁原味的美。

下车时，临近黄昏，天边烧着艳霞，弯弯细细的河道上架着一座座古老的石桥，桥下是绕着镇子的潺潺流水，榕树绵延，垂柳依依，炊烟浮在蒙蒙的水雾之上，放眼一看，有世外桃源的味道。

佟夕这是第一次来父亲的老家，乍一看十分喜欢。叔叔已经办妥了她的转学手续，开学之后，她便在浠镇中学读书。

佟建文知道她们今天到，特意推了自行车过来接她们，看见沈希权帮着佟春晓提了行李下来，不由得一怔。

沈希权笑盈盈地打了声招呼，先行一步离开。佟建文把行李放到后车座上，问佟春晓：“你们怎么认识的？”

佟春晓把在车站碰到骗子，最后骗子被沈希权识破的事情说了一遍。

佟建文摇头："这人你们以后少接触。"

佟春晓好奇："怎么了？我觉得他很好啊。"

佟建文道："他小时候就特别调皮捣蛋，父母去世后没人管束就越发无法无天，打架斗殴是家常便饭，要不是我帮他说好话，学校都能开除他十七八回了。在镇上开第一家网吧的就是他，很多年轻人都被带坏了，没事耗在网吧里打游戏。"

佟春晓笑道："那只能怨他们自己贪玩管不住自己，怎么能怨开网吧的人呢。"

"你不知道，这个人特别能钻营，知道佟鑫在银行上班，就老去找佟鑫，借机认识了近海集团董事长的女儿，也不知道使了什么手段，居然肯和他的小公司合作，要在浠湖旁边建度假村。你看吧，将来镇上肯定要变得乌烟瘴气。"

"商业化可以给大家带来收益啊，也没什么不好的。"

佟建文摆摆手："总之，这个人比较复杂，镇上的小混混都不敢惹他，你们少和他打交道。"

佟夕不解，沈希权看上去笑容可掬、彬彬有礼，在车站识破骗子，仗义帮忙，颇有侠客之风啊，怎么在叔叔眼中就成了坏人？

浠镇的房子大都临水而建，前门通巷，后门临水，佟家也不例外。祖上留下的老房子是典型的四水归堂南方民居，佟国安成年后在T市安了家，这老家的房子留给了弟弟。

佟建文只有一个儿子佟鑫，大学毕业后他也留在T市，如今老宅中便只有佟建文和周余芳两口子，也挺寂寞。佟春晓和佟夕刚好来和他们做伴。周余芳为人贤惠，早早地将东厢上下两层打扫得干干净净，给姐妹俩住。

佟夕对新家感到新奇，房间宽阔，推窗可见水，墙外有青砖垒出来的花坛，种着月季、蔷薇、木芙蓉、美人蕉。比起T市的三室两厅，她更喜欢这里，白日在家看书温习功课，太阳落了山，便兴致勃勃地去台阶下装水，浇灌院门口的花花草草。

沈希权的家就在佟家的隔壁。浠镇的房子大同小异，沈家的墙外也种了几棵月季，只是疏于打理，长得不太好。佟夕有时候看到花儿干得厉害，便随便过去浇一浇。

那天，沈希权从外面回来，刚好看见邻居家的小姑娘正给他浇花，便走到她的身后，笑盈盈地道了声谢。

佟夕没想到被他撞到，发窘地提着水壶，很有礼貌地叫了声“叔叔”。

沈希权忍不住乐了：“我和你堂哥是同学，你叫我叔叔？”

佟夕觉得他是个成年人，所以才这么叫，听他一说，马上就改口了。此后，他们每次碰面，她总是老远就叫一声“权哥”。

沈希权也是十一岁那年没了父母，在伯父家过着寄人篱下的生活，不同的是，他伯父是个尖酸刻薄的乡下男人，伯母更是个泼妇。熬了两年，他重新回到浠镇，自此开始一个人过活，挖空心思想着怎么挣钱。十六岁那年，他去T市二手市场买了七台电脑，租了个小门面，在镇上开了第一家网吧。学校的男生放了学便往网吧里跑，包括佟鑫。佟建文不待见他，便是从那时开始的。

沈希权不觉得自己做错了。诱惑无处不在，大多数人都是自己挡不住诱惑，却去埋怨别人。

命运是掌握在自己手里的，他比很多人更善于寻找机会、把握机会。大学念了一个学期，他便退了学，开始做生意，在房地产大热的时候，他注册了一家小公司，从房产中介做起。当佟鑫念完四年大学进了银行的时候，他的恒唯公司已经小有规模。

近海集团是佟鑫所在银行的大客户，通过佟鑫的关系，沈希权认识了董事长的独生女许琳琅。许琳琅慧眼识珠，觉得他是个人才，不介意他的公司规模，和他合作开发浠镇的旅游资源。

他施展浑身解数，在两地之间来回奔波了一年多，度假村的项目终于尘埃落定，开始筹建。自此，他留在浠镇的时日便多了起来。

两家相邻，他难免经常碰见佟夕。小姑娘很有礼貌，也很可爱，和他聊天的时候，经常扑闪着大眼睛，露出一副“我的天哪”的表情，有时候萌得让他不禁想，自己以后得生个这样的女儿。不过，那也只是心里一闪念而已，他醉心于挣钱，一点结婚的打算都没有。

年少贫困，让他比别人更知道钱有多重要，没钱的时候，努力挣钱才是正经事，别的都是虚的。

佟建文知道青春期的小孩不大好管，刚好他在一中任教导主任，上下班都带着佟夕一起走。出乎意料的是，佟夕似乎就没有青春叛逆期，乖巧懂事，让人十分省心，来到新学校也很快适应，成绩名列前茅。唯一让他不满意的地方就是，这孩子对沈希权充满了好奇，经常在大门口和沈希权一聊老半天。

佟建文当教导主任也是草木皆兵惯了，觉得这有点“早恋”的苗头，身为男性长辈又不好意思明说，就让佟春晓注意一点。

佟春晓觉得不可能，沈希权二十多岁的成年人，怎么会惦记一个十三岁的小丫头。

佟建文叹气：“你不知道现在的孩子，小学就知道递情书了。你抽空问问。”

佟春晓下了楼，看见佟夕盘着腿坐在太师椅上，怀里抱着一个放满了葡萄的大玻璃碗，那样子像是一只馋嘴的小猫。

九月的天，院子天井里的葡萄还剩最后一拨。斑驳的光线从树枝间漏下来，落到豆蔻年华的少女身上，流光溢彩的好时光，情窦初开，喜欢上一个人是再正常不过的事。

佟春晓心想，自己那时候何尝不是呢，只是不及妹妹这么胆大，见到喜欢的人便远远地避开，不敢多看一眼，打招呼聊天更是想都不敢想。或许是妹妹身上流着一半异国的血，又从小在国外长大，性格比她开朗大胆得多。

她斟酌着措辞，不想说得太直白，聊了几句闲话，终于把话题拐到沈希权的身上：“叔叔不喜欢沈希权，你以后少和他说话，要不然，叔叔该不高兴了。”

听姐姐提到沈希权，佟夕的表情并没有什么变化，一边挑着碗里的葡萄，一边说："叔叔看人太古板正统，在他眼里，脑子活一点就是钻营取巧，只有老实巴交、埋头苦干、被人欺负打掉牙自己往肚子里吞的人才是好人。"

佟春晓不禁失笑，叔叔的确是这样，用老眼光看人。

佟夕说："叔叔对沈希权有偏见，其实沈希权帮了堂哥好多忙。他刚去银行的时候，任务完不成，沈希权帮他想主意，去找广场舞的领舞大妈，给她送点礼物，让她发动跳广场舞的老太太们去银行存款，只要每人存一万，就送她们一套运动服。堂哥找了十几个大妈，那个月的绩效全支行第一名。后来沈希权又帮他疏通关系调到信贷科。其实叔叔应该感谢沈希权的。"

佟春晓也没想到还有这些内情，颇为惊讶。

佟夕往她微微张开的嘴唇里塞了颗葡萄，接着又说："近海集团肯和他的小公司合作，也是因为他能处理好镇上各方面的利益关系，国土资源局这一块儿也能摆平，还有那附近的地痞都得买他的账。总之，他能力很强，不是叔叔说的小混混。"

佟春晓好奇："他怎么和你这个小孩儿聊这些啊？"

"因为堂哥是他同学啊，再说，我老夸他厉害，他就愿意跟我聊天。"佟夕认真地问，"姐，你说男人是不是就喜欢被人崇拜啊？"

佟春晓扑哧笑了，点着她的脑门："你多大点儿人啊，懂得还不少呢。"

佟夕转了转眼珠，笑盈盈地说："姐，你不觉得他特别帅？"

佟春晓心里咯噔一下，小心翼翼地问："你不会是喜欢他吧。"

佟夕捧着碗，笑得太师椅直晃，差点没翻倒在地。佟夕的反应让佟春晓悄然松了口气，知道事情不是叔叔想的那样。

佟夕咯咯笑了半天才停下来，一本正经地说："我是觉得他和姐很般配啊，就像杨逍和纪晓芙，冯姑娘和黄药师，金蛇郎君和温小姐。"

很久以后，佟夕才想起当初自己举的三个例子个个都是悲剧。

佟春晓没想到她有这个心思，啼笑皆非地点着她的脑袋："小小年纪操的什么心哪，你作业写完了吗？一会儿我抽查你背单词。”

佟夕嬉皮笑脸地说：“姐，你喜欢不喜欢他？”

佟春晓笑着摇了摇头。

佟夕好奇地问：“为什么？”她真的觉得沈希权很好，和温柔貌美的姐姐十分般配。

佟春晓撩了一下鬓角的头发，说：“咱爸就是生意人。我很小的时候，家里曾经有段时间特别有钱，小朋友都特羡慕我。可是，后来，一笔生意赔了，我们家就变成负资产，爸跑去中俄边境做生意。我妈去世的时候，他都没来得及赶回来。我那时候就特别怨恨他，有两年的时间都不和他说话。后来爸爸不在了，我特别后悔。其实，他也不想这样，只是生活所迫，不得已而已。”

佟夕第一次听她提及往事。两人同父异母，都很有默契地不提自己的母亲，只谈论有关父亲的话题。

“我想要一份安稳的生活，生意人有一夜暴富的，也有因破产跳楼的，让我没有安全感，我不求对方大富大贵，只希望他安安生生地顾着家，别大起大落，让我担惊受怕。我过怕了那种生活，昨天还是小公主，隔天就有讨债的上门。”

佟夕对这些似懂非懂，看着佟春晓略显沉重的脸色，这个话题，她从此再也没提。沈希权每日在工地上，早出晚归，虽然两家只是一墙之隔，他们也并不经常见面。

转眼又是一年。期末考试结束后，佟夕和副班长被班主任叫到学校帮忙改卷子。夏日的天气说变就变，刚刚还晴空万里，转眼天黑如浓墨。班主任一看要下暴雨，赶紧让两人回去。两人出了校门，雨点就下来了。副班长家就在学校附近，于是带佟夕先回自己家，给她找了一把伞。

佟夕拿了伞还没走出巷子，便遇见了几个小混混。浠镇总共就这么大的地方，她的身份和容貌太招眼，想不引起关注都难。这几个小混混注意到她也不是一天两天了，只是她上学放学都和叔叔一起，周末也不爱出门，很少碰到。此刻骤然见到她孤身一人，衣服又被雨淋湿，这几人便不怀好意地跟上去，嬉皮笑脸地说：“哎哟，这不是那洋娃娃吗？”

“啧啧，你看看那皮肤多白，小腰多细。”几个人说些不三不四的话，跟着她不放，倒也不敢动手动脚，就是言语下流。

佟夕从没被这样羞辱过，气得两眼发黑，额角青筋突突直跳。到了叔叔家门口的巷子，雨刚好停了，她收起伞，猛地回身，伞尖对着其中一人的脸便狠狠地戳了过去。

积攒了一路的怒火，她下手也挺狠的，差点戳中那人的眼睛。

几个小混混倒是吃了一惊，被她戳中脸的那个人恼羞成怒，咬牙切齿：“臭丫头，敬酒不吃吃罚酒，今天非把你收拾了。”

佟夕当然不会束手就擒，拿着伞掉头就跑，反正不到五十米就是叔叔家。只是，没想到雨天路滑，刚跑几步，她突然摔了一跤，没等站起身，就被抓住了辫子。

刚好这时，沈希权从门口出来。佟夕急忙喊了声“权哥”。那几个人一见沈希权便松了手，佟夕赶紧跑过去站在沈希权的身后，心脏怦怦直跳，当真是吓到了。

沈希权接过她手里的雨伞，甩了甩水问：“怎么回事？”

几个小混混干笑着，其中一人解释：“权哥，她差点戳瞎我的眼睛。”

沈希权淡淡地笑了笑：“我替她给你赔个不是？”

他一贯都是见人带着三分笑，那一抹浅笑仿佛生在他的右侧嘴角。可是，那几个人见到他笑，却怯怯地说：“不敢，不敢。”

沈希权没搭理那几个人，低头看看佟夕，抬手搂着她的肩膀，拍了拍：“以后谁再欺负你，你跟我说，我剁了他的手，扔到河里喂鱼。”

这话显然是说给对面的人听的，那几个人不声不响地走了。

佟夕以前听叔叔说过很多次，沈希权是个笑面虎，心狠手辣，小混混都不敢惹他，她没怎么相信，今天才算是第一次见识到，惊讶之余，更多的是好奇。

“他们好像挺怕你的。”

“人都是欺软怕硬的，你比他们还狠，他们自然就怕你。我十几岁时打架厉害在镇上是出了名的。”

佟夕看了看自己细细的胳膊，心里盘算着等回了T市去报个跆拳道班，但是不是这个年纪学有点晚了？抬胳膊的时候，她才发觉沈希权的手还放在她的肩膀上，不禁悄悄地缩了一下肩膀。

沈希权最初认识她的时候，她看着还是个小姑娘，再加上是佟鑫的堂妹，心里也就没把她当外人，把手搭在她的肩膀时心无杂念。此刻察觉到她往后缩，他才突然想起来，小丫头已经十四岁了。

他把手从她的肩上抬起来，不轻不重地敲了下她的脑门，板着脸说：“别自作多情了，你这种小丫头片子，我看不上。”

佟夕脸腾地一下红了，捂着脑门，眼睛里透着不服气。

“我喜欢这样的。”沈希权从口袋里摸出手机，是部刚刚面世的智能机，薄薄的，十分漂亮，屏保是一个外国女人，身材火爆，妩媚妖娆，烈焰红唇。

佟夕认真地看了看，撇着嘴说：“还没我姐好看呢，权哥，你眼光不怎么样啊！”

沈希权又敲了她的脑袋一下：“小孩儿懂什么。”

后来，她为了报考编导专业疯狂地看片子，才知道那是70年代的一个好莱坞女明星。当时她单看照片，也并未觉得多么惊艳，直到看了几部老电影，才发现那女明星的的确确是个大美人，一颦一笑，风情万种。

莫丹的论调是人要看动态，静态美不算真的美。比如，某小鲜肉，照片上美绝人寰，演技惨绝人寰。然后，她又举了布拉德·皮特的例子：“我原先看他的照片觉得他一点也不帅，后来看《史密斯夫妇》和《特洛伊》的时候，哎哟，天哪，帅到爆啊。”

佟夕：“……”

莫丹和那位好莱坞女明显是截然不同的类型，一个娇小玲珑，一个高挑性感；一个樱桃小嘴，一个烈焰红唇。

沈希权打算追莫丹的时候，佟夕有次忍不住私下问他：“你不是喜欢那谁谁吗，莫丹和你喜欢的那一款不一样啊。”

沈希权想了想说："红玫瑰和白玫瑰的论调，你听过吧？"

佟夕啧啧："权哥，你这样就不对了啊，小心我告诉莫丹。"

沈希权摊着手一副无所谓的样子："没关系啊，莫丹喜欢布拉德·皮特，你看我哪点像他。"

佟夕叹气："你们这些一心两用的人啊。"

沈希权笑："这和喜欢古董、喜欢名画一样，不见得非要到手，过我眼，即我有。世上美人千千万，能克制住内心的欲望，守着眼前的这一个，就算是真爱。"

后来她和聂修讨论过这个问题。

聂修正在写报告，手指如飞地敲着键盘，忙到没时间看她，却很严肃地说："那不行，守着眼前的还不够，心里也不能有别人。"

佟夕笑起来："你这人好霸道，连放在心里欣赏一下都不行喽？"

聂修突然停下手里的事情，走到她的面前，跟班主任似的，盯着她："你难道还想在心里再放一个人，偷偷地欣赏倾慕？"

——当然不是，我欣赏倾慕的人只有你。佟夕正要说，忽然想起，他追她的时候，都不曾说过一句情话，于是临时改变主意，抿唇笑着不回答，偏要他着急上火。

聂修没作声，抬起她的下巴，低下头……

两分钟后，佟夕求饶："我眼里只有你一个，心里也只有你一个。你满意吗？"

第四章 浠镇是座充满故事的城

佟夕被那几个小混混扯住辫子，差点吃大亏，一气之下跑去理发店剪了头发。

傍晚，她在院墙外浇花的时候，沈希权从度假村的工地上回来，差点没认出来。她最近正在快速长个，原本就很纤细的身材，看着越发单薄瘦削，乍一看，像个男孩。

沈希权还以为理发店的师傅手艺太烂，打抱不平地说："这是哪家理发店剪的？这手艺是想关门啊！"

佟夕眼睛里含着笑，一点没有头发被剪毁了的郁闷："是我让师傅剪成这样的，我本来要剃光头，那师傅死活不肯，怕我后悔了去讹他。"

沈希权心里微微一沉，看不出来，这小姑娘有股子狠劲。

她剪完头发的第二天，佟建文去鹭鸶巷吊唁一位同学的母亲，回来后，就在院子里和佟春晓聊起这位同学的故事，权当给侄女提供一个写作素材。

他的同学叫江若菡，年少时就是镇上出了名的美女，在医学院念书的时候被星探发现，请去拍过广告。那时候很流行挂历，她的照片还被印成了挂历，卖得十分火爆。毕业后，她进了省医院。她丈夫聂振，高干家庭出身，是家里幼子，聂父住院的时候，他偶然遇见她，就这么一见钟情。

聂父讲究门当户对，认为江若菡是个寒门陋巷出来的小家碧玉，配不上自己的儿子，后来一调查，她还拍过广告上过挂历，更坚决反对这桩婚事。但是，聂振一直不肯放弃，磨了好几年，才得到了聂父的许可，和她结婚。婚后，聂振对她体贴入微，生个儿子还特别争气，小学连跳两级，今年刚被 B 大录取，才十六岁。

佟春晓忍不住说："这真是人生赢家啊。"

佟建文摇着蒲扇，感叹："可不是嘛，四十多岁了看上去也就三十岁出头的模样，和我站在一起，说我们是中学同学，鬼都不信。"

旁听了许久的佟夕接过话头："叔叔，你一点不老，我们同学都说你很酷。"

佟建文笑着拿扇子拍她："别哄我了，你以为我不知道我的外号是佟包公吗？"

佟春晓忍着笑，装没听见。佟夕也假装糊涂："哎呀，叔叔，你什么都知道啊。"

佟建文得意地扇着扇子："那是。"

吃过晚饭，佟春晓和佟夕一起散步，路过鹭鸶巷的时候，看到无数的花圈，摆满了整条巷子，街口停着好几辆豪车，许多人进进出出一户宅院的大门。

佟春晓说："这肯定是叔叔的同学家。"

佟夕好奇地朝着大门瞄了一眼，可惜也没看见叔叔那位美人同学。两人绕着河道走了一圈，绕回鹭鸶巷后街时，佟春晓的编辑来了个电话。

佟春晓坐在路边的石墩上接电话，佟夕慢慢往前走着等她。

河道上每隔不远都会架着一座小桥，佟夕信步走到桥上吹风，一抬眼看见桥那边的榕树下站着一个人。

他微低着头，手肘撑在石桥的栏杆上，黑色短袖衫上别着一个袖章，上面是个醒目的白色“孝”字。

佟夕直觉，这应该就是叔叔同学的儿子。或许是穿着一袭黑的缘故，他看上去比寻常的十六岁的少年要沉稳许多，再加上个子极高，一眼看去更像是个青年。

夏日天黑得晚，晚上七点半钟的光线依旧很足，足以让她看清楚他的眉眼容貌。

佟夕觉得他似曾相识，一时间却想不起来在哪里见过。

天边残余的晚霞，渐渐褪了颜色，窄窄的河道，水波无声无息，像是一条青色的带子。小桥流水榕树，就像一副构图完美的画，俊美的青年嵌在画里，对着水面出神，并没有看见她。

一群归巢的鸟飞过，转眼间，将这幅好看的画给打破了。一坨鸟粪落在他的胳膊上。

那一刻，他的表情，让佟夕忍俊不禁。

聂修皱着眉，往口袋里一摸，没带纸巾，于是抬着手臂，打算先用河水洗一下。他正要下台阶，忽然从桥上下来一个少年，递给他一张面巾纸。

穿着T恤衫和短裤的少年站在最后一级台阶上，还比聂修矮了一个头，聂修垂眼一看，不觉一怔。

因为背着光，灵气逼人的面孔有点朦朦胧胧，漂亮得不似真人，是一种介于男生和女生之间的中性美，雌雄莫辨，不可方物。

聂修说了声“谢谢”，接过面巾纸的同时，飞快地朝着少年宽大的T恤衫瞄了一眼，不敢细看，也不敢多看，匆匆一眼，嗯，好像貌似是个男生……胸部很平。

佟夕在他接过纸巾的时候，忽然看见了他食指上的痣，突然灵光闪现，终于想起为何觉得他眼熟。他竟然是那个在浠湖春天的走廊里撕纸币的少年。

这可真是不可思议！怎么会这么巧？

恰好这时，佟春晓打完电话，在桥边叫了声七七。

佟夕应了一声，转身跑回去。

聂修本来已确定少年的性别，此刻看着那道纤细的背影又疑惑了一下，一个男孩儿叫七七？

这一段小插曲很快就淹没在如水的岁月中，两人各自在自己的世界里过着各自的生活。

江家的老房子交给一位亲戚关照着，大门紧锁，院墙里的石榴树长得特别高，结的石榴从院墙外都能看到。佟夕偶尔路过，会想，这些石榴会不会有人来摘，不吃可就浪费了。

度假村的项目启动之后，佟夕时不时地听见叔叔和婶婶提起，说到几个地痞在背后指使被征地的农民坐地起价，在工地上闹事，被沈希权带了人过去收拾得服服帖帖。

强龙压不过地头蛇，有沈希权在这里可以解决很多问题，近海集团只需要投钱，其他一切都交给沈希权打理，倒是省心省力。

沈希权忙起来，佟夕难得见到他一面。很快到了春节，佟鑫回家过年时，沈希权为了感谢他牵线搭桥，送了极丰厚的礼物酬谢。和他一同来帮忙搬礼物的是一位三十岁左右的年轻人，名叫蒋文俊，是监理公司的工程师。

佟建文一看蒋文俊仪表堂堂，再一问是大学毕业，目前还是单身，当即便动了心思。

兄嫂不在，两个侄女的事情少不得他多费心。佟春晓已经二十七岁，在浠镇算是老姑娘，和她同龄的单身男人，有点出息的考上大学便不再回乡，留在镇上的便是没念过大学的。他想给侄女介绍个对象，都找不到人。

蒋文俊仿佛是从天而降的一个良人，条件和年纪都和佟春晓再合适不过。那天，佟建文对沈希权格外热情，邀请他晚上来家里吃饭，并特意邀请蒋文俊也一起过来。

沈希权从十三岁起便开始独自生活，熟知人情世故，察言观色的本事早已炉火纯青，佟建文的心思，被他一眼看破。他笑盈盈地一口答应，回去的路上还对蒋文俊说，工地上条件不好，不如来他家过年，反正他一人在家，两人可以做伴。

蒋文俊家在外省农村，春节不打算回去。于是，他回工地上收拾了两件衣服、带着洗漱用品便来了沈家。沈希权正跷着腿看股票涨势，电脑桌上的烟灰缸里有七八个烟头。

蒋文俊笑道："沈总也炒股票？"

"我上学那会儿在镇东头开了家网吧，自己晚上过去看场，闲着无聊，又不爱打游戏，就琢磨着怎么挣钱。后来知道有股票这个玩意，就研究 K 线图，在论坛混，看看技术帖，慢慢摸出点门道。"

蒋文俊如同找到知音："巧得很，我也炒股，不过，平时太忙，没空看盘，都是选一只股票做长线。"

沈希权递给蒋文俊一根烟，笑着说："有一次也是运气好，买到一只股票，恰好碰上重组，停牌三个月，开盘后一口气二十四个涨停板，那是我生平发的第一笔财。"

蒋文俊露出惊讶又羡慕的表情："沈总好手气。"

沈希权颇为感慨地笑了笑："人生向来都是有得有失，可能是上天看我父母双亡，格外关照我，这些年倒是运气一直不错。"

蒋文俊在沈家喝茶闲聊，度过了半日清闲的时光。傍晚时分，沈希权如约带着蒋文俊去佟家吃饭。佟春晓和周余芳在厨房里准备晚饭，佟夕听说有客人要来，也搬了小马扎坐在灶台前，帮忙择菜剥蒜。

蒋文俊和沈希权出于客气，走到厨房门口，探身问要不要帮忙。周余芳笑盈盈地说不用。

这是佟夕第一次见到蒋文俊，人如其名，文质彬彬，容貌清秀。

佟春晓正在杀鱼，抬眸一看沈希权身后站着一个陌生人，不禁多看了两眼，手里的鱼从案板上滑了出去。那条鱼在地砖上垂死挣扎，好巧不巧地蹦跶几下蹦到了蒋文俊的鞋上。

蒋文俊弯腰抓起鱼，递给佟春晓。

佟春晓不好意思地笑："把你的鞋子弄脏了。"

蒋文俊忙说："没事，没事。我这鞋子便宜得很，还不及这条鱼贵。"

两人说话的工夫，周余芳的目光在他们眉眼间来回打了个转，心里暗暗高兴。以过来人的经验，她看出这两人对彼此的第一印象不错。

那个春节，蒋文俊便住在沈家。沈希权每天都叫佟鑫过来打扑克牌或是打麻将，因为三缺一就顺便叫上佟春晓。

佟春晓在出版社工作，身边的同事大都是女性，二次元的朋友更是清一色的女人，难得有机会接触异性。而蒋文俊出身农村，家境贫寒，毕业后就一门心思地想要挣钱在T市立足，再加上工作忙碌，也一直单身。

两人年纪都不小了，选择伴侣的时候都很理智，不是一见钟情，也不是日久生情，在心里考量了彼此的情况，接触，了解，交往，然后相恋，其实和相亲差不多。

佟春晓在偌大的T市没有找到恋人，却在小小的浠镇碰到蒋文俊，这只能说是缘分。就像莫丹偶然来浠镇写生，和沈希权有过一面之缘，却在日后成了夫妻。

佟春晓和莫丹同属于温柔美丽型，认真讲来，佟春晓更成熟睿智，宜室宜家。

佟夕一直对沈希权没和姐姐成为一对感到遗憾，后来有一次问起沈希权为什么喜欢莫丹，不喜欢她姐。

沈希权想了想说，首先两人要有缘分，其次，若要长久维持，彼此之间的仰慕和欣赏必不可少。莫丹崇拜他，看他的眼神，如同看盖世英雄。

佟夕明白他的意思。

佟春晓的母亲病逝后，她跟着外婆生活，父亲常年不在身边，很小的时候就学会了独立，她克制而理性，不可能像莫丹那样，在沈希权面前变成娇滴滴的公主，被他宠爱娇养。

她在教育佟夕的时候，总说你不能依赖别人，一切都要靠自己。即便是父母，也可能随时撒手离开你，这个世上唯一能依赖的就是自己。她甚至提醒佟夕，不要对别人投入太多的感情，否则，失去他的时候会非常痛苦。

佟夕体会过失去父母的痛苦，所以对佟春晓的话，有很大程度上的认可。但是，感情并不能自由掌控，后来她发现自己很喜欢聂修的时候，隐隐有些害怕。有一次约会的时候，她就情不自禁地说："我不能太喜欢你了，不然，将来万一分手会很痛苦。"

聂修当即就板起脸："什么意思，你还做好了随时和我分手的准备？"

佟夕急忙解释："没有。"聂修气得饭都不做了，脸色比寒冰还冷。

佟夕自认理亏，默写了一首普希金的情诗作为检讨，好不容易才哄好了聂修。

但是，那句话在聂修心里生了根。

转眼过了两年，度假村建成，蒋文俊也将要离开浠镇，便和佟春晓商议一起回T市，两人年纪都已经不小，婚事也该提上日程了。

期末考试前，佟夕在台灯下写着作业，隐隐约约听见院子里乘凉的叔叔婶婶在闲聊。

"我想让他俩赶紧结婚，春晓非说不急，等七七考上大学再说。我担心夜长梦多，在镇子上没有比我们家春晓更好的姑娘，可回了T市就难说了，春晓三十岁了，不敢再耽误，你抽空劝劝她。"佟建文说。

周余芳说："你以为我没劝过？可是，她非要陪着七七。唉，这姐姐当得真是没话说，还不是亲的呢，同父异母都这么好。"

佟建文叹口气："我们佟家的人都仁厚，大哥对我也没话说，这么大一栋祖宅留给我一个人。"

佟夕放下笔，轻轻走到隔壁的房间。佟春晓正在写稿，看到佟夕进来，目光从电脑屏幕上抬起来，扫了她一眼，觉得不对头，忙问她："是不是有心事，怎么噘着嘴一脸不高兴？"

佟夕走到她的跟前，很认真地说："姐，你不用留在浠镇陪我，有叔叔婶婶在呢，再说我自己也会照顾自己，你回 T 市吧。”

佟春晓温柔地笑了笑：“七七，你是我的责任，你知道吗？爸爸走的时候连句话都没留下来，可是，我知道他在天上看着我呢。我要是不照顾好你，爸爸会不安心的。”

佟夕咬着下唇，什么也没说，回到自己的房间，低着头唰唰地写着卷子。她写着写着，卷子上的钢笔字被水渍晕开了一大团。

这辈子有这么一个姐姐是上天给她最贵最重的礼物。即便是后来爱上聂修，她也一样把姐姐放在聂修的前面。

转眼又过了两年。

佟夕放暑假的第三天，佟鑫从 T 市打来电话，说是自己结了婚，请父母过去参加婚礼。

这个消息顿时让佟家炸了锅，结婚这么大的事儿，他竟然先斩后奏，领了结婚证才通知父母去参加婚礼。

要不是天色已晚，佟建文能当夜赶到 T 市把佟鑫暴打一顿。后来听说女方竟然是近海集团董事长的女儿许琳琅，夫妻俩都呆了，接着，佟鑫又放了枚炸弹，说许琳琅已经有了身孕。

木已成舟，佟建文和周余芳也不知道该生气还是高兴，反正夫妻俩一晚上都没睡着，早上起来的时候，佟建文嘴角起了个大泡。

一家人刚刚收拾好，许家派来的豪车就到了街口，接他们去市里参加婚礼。夫妻俩昏昏沉沉地坐在加长版的豪车里，心情极度复杂，一路无话。佟夕也觉得像做梦似的，心里好奇得要命，堂哥一向老实巴交，直到大学毕业都没交到一个女朋友，怎么就突然桃花运旺到爆棚娶了一个白富美呢？

天哪，真是锦鲤一样的存在啊！

她更想不到的是，时隔四年，她和聂修在这场所有人都感到不可思议的婚礼上，第三次遇见了。

聂振的公司和许琳琅的父亲许世安的公司有业务往来，彼此也算是朋友。但是，许琳琅比聂修年长好几岁，再加上聂修打小就是不爱交际的性格，所以，和这位许姐姐见面的机会很少，但是经常会听到大人们谈论她的事情。

她是独身主义者，坚决不结婚，而许世安夫妻俩唯有这么一个女儿，还想着找个乘龙快婿来帮忙打理生意，然后让外孙继承家业。

许琳琅完全和父母的期望背道而驰，许世安夫妇为此和女儿斗智斗勇，甚至不惜以断绝父女关系相威胁，也未能让她妥协。

聂修听到这些，心里是颇为敬佩这位许姑娘的。然而，许琳琅特立独行了几年，突然有一天结了婚，而且私自举办了婚礼，没有邀请两家的家长和亲人，只请了一帮子年轻人，就在许家的庄园酒店里简单地搞了一个婚礼。

消息传出来，众人都不敢置信。

许世安在生意场上有那么多朋友，独生女的婚礼自然不能就这么随随便便，于是，过了两天，又在T市最豪华的酒店重新举行一场盛大婚礼，宴请亲朋好友。为了表示尊重，他还特意将新郎家的父母亲戚也一起从浠镇接来。

聂振自然也接到了请柬。聂修恰逢放暑假在家没什么要紧事，再加上也实在好奇，究竟是怎样的一个男人肯让许琳琅放弃坚持了多年的独身主义而步入婚姻的殿堂，于是便难得地和父母一起出席了她的婚礼。

见到新郎的那一刻，他有些失望。这种感觉估计是所有来参加婚礼的人的同感。平心而论，新郎佟鑫长得并不差，容貌周正，个子高挑。他们失望，是因为许琳琅的条件太过优秀，导致众人对她的丈夫自然而然地会在心里有一个预期值，而佟鑫显然是低于所有人的预期的。

聂修心里的失望比别人更浓一些，因为他认识许琳琅的前男友裴正钧。

裴正钧相貌出众，才华横溢，和聂修一样，说起来还是他的学长，都是从省重点T市一高出来的学霸。

裴正钧后来创办的公司智毓科技，是移动医疗这一领域的佼佼者。

因江若菡在省医院工作，智毓科技和省医院合作时，许琳琅曾经带着裴正钧登门拜访过几次，聂修对他印象很深。

这场婚礼上，唯一没有那么失望的，大概就是许世安夫妇。比起女儿死活不肯结婚，目前的结局，他们已经觉得谢天谢地。再者，佟鑫的条件也不算太差，大学毕业，出身于教师家庭，为人老实本分。

这样明显不般配的两人的结合自然引起很多猜测，据说，许琳琅肯“下嫁”给佟鑫，是因为近海集团是佟鑫所在银行的大客户，两人经常有业务上的往来，再加上某次饭局上佟鑫英雄救美，最终打动了许大小姐的芳心。

婚礼的豪华程度让人咂舌，但是，举行仪式时，新娘和新郎都比较拘谨。聂修有超乎常人的敏锐，许琳琅看着佟鑫时，眼中没有光，不像她和裴正钧在一起时的那种眼神。他预感到这场让人意外的闪婚可能会很快就结束。后来，事实证明他猜对了。

婚礼现场几乎全是许家的亲戚朋友和商界友人，而佟家总共只来了四个人，自然而然地成为众人瞩目的对象，聂修也隔着人群看了几眼。

新郎的父母衣装朴实，表情拘谨，人群中一眼便能认出来。旁边的两个女孩，年长的应该是堂姐，清秀美丽，气质温婉。堂妹背对着他的方向，看身形和打扮，仿佛还是个学生。

她腰身纤细，穿了一件杏色连衣裙，那裙子式样复古，收腰的百褶裙直垂到小腿处，再加上梳了一条乌黑的辫子，从背影看，像是民国旧画报上的少女。

江若菡听闻新郎家是浠镇的，便留神看看是否认识，这一看竟发现新郎的父亲是自己的同学佟建文。自母亲过世，她没再回过老家，时隔四年和老同学碰面，竟然是在这样的一场婚礼上，实在巧到无法解释。她带着丈夫和儿子挤过人群，上前打招呼。

佟建文骤然见到她，也惊讶不已，忙起身和他们夫妻握手，连连感叹真巧。江若菡笑道：“真没想到新郎是你们的儿子。”

佟建文叹气：“别说你没想到，我都没想到。”

周余芳在下面悄悄扯了扯丈夫的手，示意他不要多说。

聂振察言观色，也碰了碰江若菡的后背。江若菡立刻换了话题，问起佟建文身边的两个姑娘："这是？"

"这是我大侄女春晓，小侄女佟夕。"

佟春晓一看江若菡，果然如叔叔描述的那般，是个大美人，年近五旬却依旧风采照人。而站在她身边的聂修遗传了江若菡容貌上的所有优点以及聂振的气派。

佟春晓文采斐然，描写男主能用尽各种形容词，见到聂修，脑子里涌上来的就只有一句：太帅了。

佟夕并不是第一次见到聂修，石桥上惊鸿一瞥，他还带着点稚气。两年不见，他沉稳冷峻，气场全开，有一种不可接近的姿态。

佟夕很有礼貌地向江若菡夫妇打招呼："叔叔好，阿姨好。"她对着聂修迟疑了一下，不知怎么称呼为好。像小朋友那样，甜丝丝地叫"哥哥"也太羞耻了，于是她很"江湖"地称呼了一声大哥。

聂修听见这道清甜的声音，心微微一沉。

这女孩生得肤白如雪，眼睛明亮，五官明艳，哪有什么民国之风，第一印象简直大错特错。浠镇出美女，多清秀雅丽，少见如这少女般，有异域风情之美，十分招眼。

江若菡也忍不住在心里惊叹，便是整容都整不出这样一张毫无瑕疵的、美丽的脸，仿佛是有些混血的模样，可是又不大明显，复古的裙子，再配上沉静端庄的气质，乍一看，仿佛一幅空灵的画。

佟建文记得聂修是十六岁考的大学，算着如今该毕业了，便问在哪里工作。

江若菡笑盈盈地答："没上班，被学校保研了。"和每个当妈的一样，她一脸骄傲和自豪。

佟建文啧啧称赞，羡慕之情溢于言表，完全忘记了自己身边还有一位连大学还没考的准高三生。

佟夕上一次自信心被打击得碎成渣还是从海参崴回来，插班到T市一小，期末考试考了个全班倒数第一。今天这是第二次。她在班里成绩优秀，一直担任班长，本来还挺自信，此刻听见只比自己年长两岁的聂修已经念完大学，还被保研，瞬间自尊心受到了沉重的打击。

再者，这是她第三次见到聂修，可是对方显然把她当成陌生人，对前两次的见面明显是一丝印象也没有。于是乎，打击变成双重的。

不去想不快乐的事，也不去和别人比较，是她这些年来积攒的宝贵经验。她很快调整好心情，转而去关注堂哥和堂嫂。

仪式举行完了，佟鑫带着许琳琅来见父母。佟夕激动得只想鼓掌，堂哥真棒！娶了个美若天仙的嫂子！

可惜，天仙嫂子没有接收到她火辣辣的目光，许琳琅和佟建文夫妇打过招呼之后，弯腰拉住了佟春晓的手，挤挤眼睛，笑得十分顽皮："你跟我来一下。"

佟春晓莫名其妙，也不知道这位第一次见面的弟媳要干什么，只好跟着她起身，走进了一间休息室。

许琳琅关上门，抱住佟春晓的肩膀，兴奋地说："没想到你就是春瞳啊！"

佟春晓瞬间面红耳赤，不知所措。

许琳琅开心不已："我上大学的时候特别喜欢看你的书，买了一套《云水之城》，现在还在家里的书柜里放着呢。"

佟春晓捂着半边脸，不好意思地笑道："佟鑫也真是的，怎么到处乱说啊。"

网络文学刚刚兴起的时候，她在一家出版社当编辑，自己工作之余也顺便写文章发到网上，后来渐渐有了人气，稿费比工资还高一些，便萌生了专职写作的念头。

从出版社辞职之后，她到底还是心里没底，担心收入不够养活自己和佟夕，便把 T 市的房子租了出去，搬到了浠镇。一年的房租足够她们姐妹俩在浠镇生活，就算她没收入，生计也不成问题。反正她只要有电脑和网络，在哪里码字都是一样。浠镇环境优美，物价又低，叔叔刚好是老师，佟夕上学也有着落。还好，专职写作之后，她成绩不错，现在小有名气，不过她不喜欢张扬，她的笔名也就家里几个人知晓。

佟春晓和许琳琅在房间里聊天，佟夕在外面的座位上不时转头看向那间休息室的方向，看姐姐出来了没有。

聂修坐在邻座，和她的位置成四十五度角。

她的视线扫过他十七次，却一次都没撞到他的目光。

佟夕觉得这个概率小到和他母亲与她叔叔是同学一样不可思议。在她第十八次转头看向那间休息室的时候，两人的视线终于相碰。

佟夕仿佛很惊讶聂修居然在看她，长眉一挑，目光顿了一下，然后对他露出一个礼貌的微笑，笑靥浅淡，一闪而逝。还没等聂修看仔细，她已转过脸去。

聂修莫名觉得嗓子有些发干，他端起手边的玻璃杯，一口茶喝下去，忽地想起司马相如《上林赋》的那一句：长眉连娟，微睇绵藐，色授魂与，心愉一侧。

终于，姐姐和许琳琅走了过来。

佟春晓对许琳琅说："那是我妹妹佟夕。"

许琳琅方才心思都在佟春晓的身上，此刻才注意到小堂妹，一眼看去，便对佟夕爱得不行。她怀孕后，特别想要生个漂亮女儿，见到佟夕，简直心都要化了，弯着腰笑盈盈地问："你是小仙女吗？"

桌上的客人忍俊不禁，佟夕红了脸，目光流转时，再次碰到聂修的目光。奇怪，喧嚣欢笑中，他也在笑，可偏偏让人觉得与众不同。

第五章 初次见面，我喜欢你

婚宴结束之后，许世安让人在酒店里安排了两间豪华套房，让亲家一家好好休息，翌日再送他们回浠镇。

这样周到体贴又毫无架子的亲家，自然是无可挑剔，佟建文却总觉得心里不安，可是又说不出来哪里不对，仿佛天上掉下馅饼，可是，这馅饼太大，砸得他头晕眼花，疑似一场梦。

佟鑫送完客人，回到酒店的房间，告诉父母他和许琳琅要去度蜜月，一会儿就去机场。

佟建文忙问："度蜜月回来后住在哪儿？"

佟鑫说："住在许琳琅的娘家。"

佟鑫大学毕业后，佟建文在市里给他买了小房子，拿出大半辈子的积蓄，也只够付首付，面积也才六十三平方米。许家条件优渥，家里还有保姆，许琳琅如今怀着身孕，她父母肯定心疼女儿，不会让她住在他的小窝里。

这个结果，佟建文在来时的路上就猜到了，叹着气对老婆说："我怎么觉得咱儿子跟倒插门似的。"

周余芳比他想得开，笑眯眯地说："孙子都有了，想那么多干什么。"

佟夕扯了扯佟鑫的袖子："哥，有没有照片？一寸两寸的都行。"

佟鑫问："干吗？"

佟夕一本正经地说："哥的运气太好了，回头我把你的相片放文具袋里，肯定逢考必过。"

佟鑫啼笑皆非地敲了一下她的脑门："当你哥是锦鲤啊。"

佟建文催着儿子赶紧走，别误了飞机。佟春晓和佟鑫一起下楼，她难得回 T 市一趟，打算趁这个机会去出版公司和编辑见个面，谈谈新书的创作计划，还有旧书的加印。

佟夕留在房间里看了一会儿电视，觉得无聊，便跟叔叔说了一声，到图书大厦买书去。她在 T 市住了两年，图书大厦是她常去的地方，佟建文比较放心，只叮嘱她早去早回。

到了图书大厦，她径直上到三楼，去挑需要的与影视相关的专业书。暑假里，人格外多，很多小朋友把这里当成图书馆，消磨一天的时光。

佟夕刚在图书大厦没待多久就电闪雷鸣，下起了暴雨。T 市的夏天便是如此任性，偶尔台风经过，整个城市一片狼藉。大雨瓢泼，下了两个小时，还没有停歇的趋势，佟夕只好给叔叔打电话，让他不要等自己吃饭，她等雨停了再回去。

结果，她打完电话没多久雨就停了，这场突如其来的暴雨困住了不少人。

聂修虽然开了车来，图书大厦却没有地下车库，露天停车场在大楼的东侧，走过去必定衣衫全湿，他有洁癖，不想淋得一身湿漉漉的，否则回头车座椅套还要清洗，十分麻烦，便待在楼上的图书室内，等到大雨停歇才下楼。

他从楼梯缓缓下到一楼，看到靠近门口的结账台前有个杏色的身影。他微微一怔，视线绕着她周围转了一圈，只有她一个人，并未见到佟春晓。

要不要打招呼？他犹豫的当口，突然从旁边蹿出来两个小学生，排到了他的前面。

佟夕一如既往不喜欢东张西望，做什么事都极其专注，等柜员结账的时候，几乎保持着同一个姿势，没有回头，全然不知道身后有人一直在注视自己。

结完账，她把书放进一个折叠的无纺布袋子里，径直右转，走出了书店的大门。

站在聂修前面的两个小孩，翻着口袋找了好久的零钱，磨蹭半天才结了账。

聂修以为这一耽误佟夕早已离开，开了车出来，却没想到在路口见到了她。她提着一个袋子站在马路边，袋子上印着一只憨态可掬的小熊。她似乎在等车。

天气不好，搭车不便。他不介意送她一程，却又担心他和她只有一面之缘，她不会轻易坐一个陌生人的车。犹豫归犹豫，将车子开到她的旁边时，他到底还是踩了刹车。

佟夕等了半天也没见公交车的影子，连着过了几辆出租车都载了客，正在暗暗焦急，猝不及防听见有人叫自己的名字，垂下眼眸，发现一辆私家车停在自己的右侧。

车里的人，正是聂修。佟夕先是露出一个惊讶的表情，而后笑着说："是你啊。"

雨后刚刚放晴，光线仿佛蒙着一层薄雾，她的笑容像是拨开云层的那一道绚丽的阳光。

聂修的心跳慢了半拍，喉结微微滚了一下，他才说："下雨了，车不好搭，你去哪儿？我送你。"

婚宴上闹哄哄的，聂修站在父母身后，只是和佟建文打招呼的时候叫了声叔叔，此后便保持沉默，佟夕也没在意他的声音，此刻才发现他说话的声音真是好听。好听的不单是声音，还有那种语气，沉着从容，有一股让人信服的力量。

若他是一个陌生人，佟夕必定拒绝。可是，江若菡是叔叔的同学，还是浠镇同乡，她略一迟疑，便上了车，报了地址。

聂修一听，发现是中午举办婚礼的酒店，便说："早知你们不回浠镇，我妈该请你们吃饭尽地主之谊的。"

佟夕忙说："不用，不用，许伯伯都安排好了，我们明天一早就回去。"

聂修的心莫名地往下沉了些许，明天就回去……这想法在脑子里打了个转儿，便空出来一阵短暂的沉默。

佟夕于是率先开口说："我以前见过你。"说完，她发现这句开场白特别像是搭讪的套路，于是自己先笑了，接着又追了一句，"是真的。"

聂修露出讶异之色："什么时候？"如果是见过，他应该对她有印象。

"四年前，你外婆过世的时候，我在鹭鸶巷的后街看见你。"佟夕轻轻笑着，"当时你胳膊上落了鸟粪，我递你一张纸给你，不知道你还记不记得。"

聂修听到前面没有印象，听到鸟屎忽然就想起的确有这么回事。但是，当时他隐约记得递出纸巾的是个男孩儿。这记得，还不如不记得，不便出口，于是，他略带窘意地说："我想起来了，抱歉，没认出你来。"

佟夕眼睛弯弯地笑着说："没关系，我猜你也记不得了。其实我在更早以前还见过你。"

聂修更为惊讶，侧身看着女孩儿笑盈盈地说起六年前的那一面。她巧笑倩兮，美目盼兮。他极少见到一个女孩儿这样喜欢笑，笑起来又这么明媚好看。

他记性很好，佟夕讲起的往事，很快在脑海中浮出来，他解释说："那天我和几个朋友去吃饭，饭店门口有个卖莲蓬的老太太被人骗了，我用了一张真钱给她换了下来，把那张假钱给撕了。"

佟夕露出恍然的表情："哦，假的啊。"她的长睫毛在琉璃似的眼睛上轻轻地一扇，聂修觉得心里一阵风起。他没想到竟然和这女孩儿早就见过两面，竟然有这样的缘分而不自知。

"你知道我为什么记得你吗？"

聂修情不自禁地问："为什么？"心里悄然升起某种期望。

佟夕指了指他方向盘上的右手食指："你撕钱的时候，我特别心疼，就盯着你的手看，那里有颗痣。很巧，我也有一颗。"

聂修看着她纤细的右手上，同样的位置有同样一颗小黑痣，不禁心里一动，轻轻地说："是很巧。"

佟夕抬起眼眸飞快地看了他一眼，不好意思地笑了笑："还有，你一直没怎么变。"

聂修望着她："你的意思是，我十四岁的时候就已经长得老气横秋得像二十岁？"

佟夕忍俊不禁，忙笑着摇头："不是，我的意思是，你的身高和面貌都差不多定了。如果是小时候见到的，我肯定会认不出来。"

聂修从未相信过缘分，于是上天在今天给他一个实实在在的例证，让他明白，这缘分有多奇妙。

换作是任何一个人，在不知情的情况下，被一个漂亮的小姑娘记住了这么久，心里都会起波澜，他亦不例外。

他十分想问她多大，担心太冒昧，换了个问法："你在念大学？"

"我开了学就读高三。从海参崴回来，我留了一级。"

聂修一看她刚才还笑得好好的，转眼就不笑了，脸色微红，眼睛也垂了下去，顿时明白她是在拿他和她对比，于是立刻跳过了这个话题。

刚好，他有个同学来自圣彼得堡，去年寒假他们几个同学一起去玩了一趟，于是就此打开话题，聊起俄罗斯的风景习俗。

聂修只是游客，自然没有佟夕了解得深刻，渐渐变成她讲，聂修倾听。

聂修这才知道她父母因车祸离世，她回国跟着姐姐佟春晓生活，过了两年姐姐又带着她从T市去了浠镇，投奔叔叔。

这样的生活经历，却未在她身上留下颠沛流离的痕迹。她也没有孤苦无依的神态，显然，她姐姐功不可没，必定是给了她很好的关怀和爱护，才得以让她无忧无惧地长成这般模样。

离开图书大厦相对僻静的道路，拐入主干道，路况明显开始糟糕起来，道路两侧都是水坑，行人、电动车、自行车都挤到了路中间，只给机动车留出一条车道，车行缓慢，越来越堵，最后，他们在一个路口被困住。

聂修等了几分钟，眼看前面没有一点挪动的架势，便开始打方向盘前后左右慢慢腾挪，最终从车流中撤出来，拐进了旁边的一条岔路上。

佟夕此刻还没摸过方向盘，更没有考过驾照，看他神乎其神的车技，忍不住说："你好厉害。"

聂修失笑："这有什么厉害的，开车和骑自行车差不多。"

佟夕无意地问了一句："那你觉得什么厉害？"

"实现一些人类一直想要实现的理想。"

聂修并非装高深，只不过，这个回答和自己的专业有关罢了，恰好被她一问就随口一答，谁知气氛立刻冷了下来。

他本来看上去就难以接近，身上有种超乎同龄人的成熟稳重，他这句话一出，佟夕咬着嘴角，感觉到了一条大大的鸿沟，感觉好像没法聊下去了。

聂修见她咬着嘴唇不说话，立刻明白自己又犯了大错，连忙补救："刚才你一直在聊你的生活，我什么都没说，这不大公平。你有没有什么想要问我的？"

他的眼角微微上挑，但因为黑瞳大，反而没有半分风流柔美之气，目光深邃锋利，有深入心底之感。佟夕对上他的目光，心里一恍惚，将视线移开，说："没有。"

聂修自小学起，便有女生拐弯抹角地打探他的各种情况。他难得主动一次愿意聊聊自己，居然被拒绝，还真是……颇为意外。

佟夕并非不好奇，只是萍水相逢，担心自己了解太多，万一不小心喜欢上他了，岂不是糟糕？

这条小路几乎没什么车，两侧种着香樟树，雨后潮湿的空气中飘着一股独特的香气。拐出去再经过一条主干道，就是许琳琅举办婚宴的酒店。

聂修无意识地放慢了车速，想着这幽静的道路若能再长些就好了。

佟夕不识此处的小路，车子减速也没觉出什么，只是以为路窄需要缓行。就在车子即将开出路口时，她看见路边有只小猫躺在湿漉漉的地上，小尾巴还在旁边的水坑里。

佟夕忙说："好像是受伤了，我下去看看。"

聂修停了车，和佟夕一起下了车。小猫看样子也就满月不久，一条后腿有血迹，也不知道是擦伤还是骨折。

佟夕抬头问他："附近有宠物医院吗？"

聂修说："上车找找看吧。"

车里干干净净、一尘不染，佟夕担心小猫弄脏了他的车，便把自己买的书拿出来放到后排的座位上，将小猫放进无纺布的袋子里，抱在膝上。

聂修看到封面上有镜头语言、如何拉片的字眼，都是和影视相关的书籍，心里想，莫非她是要报考电影学院？以她的外形，当演员是完全没问题的，素颜已经美得惊人，只怕上了妆要倾国倾城。

车子开出这条小路，拐到一条比较宽敞的道上，很快找到一家宠物医院。医生给小猫处理了伤势，顺便又给小猫打了驱虫针，处理完一切，两人才想到一个问题，这只小猫怎么办？

聂修率先说："我妈有严重洁癖，家里不让养任何宠物。"

佟夕一脸为难："我姐姐对猫毛过敏，也不能养。"

两人同时看向那个宠物医生，那小伙子连连摆手："我们只负责诊治，不收养。"

佟夕又把目光投向聂修。聂修无法描述那目光，只是忽然间便明白了以往不解的一些事——为何那些枭雄臣服美人的石榴裙下，赴汤蹈火，在所不辞。

他拿出手机打电话给莫斐，问："你姐姐还养不养猫？我这边刚刚拾了一只小猫，才满月的。"

聂修知道莫丹家里已经养了两只猫，担心她不要，便开始描述小猫的长相。

如果不是声音和电话号码都对，莫斐简直怀疑这个人不是聂修的真身。因为家传的洁癖，这个素来对宠物敬而远之的人，捡了一只小猫不说，还啰唆地形容这只奶猫如何貌美，如何可爱。

莫斐很嫌弃地打断了聂修的啰唆，说："我去问问我姐，你别挂电话。"

聂修拿着手机等莫斐的回话，面前的落地玻璃窗，映出一幅画面，亭亭玉立的少女，手里抱着一只白色小猫，可入诗入画。

佟夕站在他的身后，忐忑不安地等消息，开始一直关注着他的手机，因为小猫的命运取决于手机里的那个人。不知道怎么回事，不知不觉间目光渐渐飘到他的手指上——那手指纤细修长，精致白皙，仿佛不沾人间烟火——再到线条完美的下颌、凸起的喉结……

终于，手机里响起莫斐的声音："你送来吧。"

聂修松了一口气，说："好，我马上过去。"他一扭脸，正对上佟夕的目光。

来不及收回视线，佟夕只好硬生生地接住他的目光，目光相接的那一刹，她的心跳有点加快，不知是紧张还是别的原因。

"我有个朋友，他姐姐愿意收养。"

佟夕喜极，粲然一笑，说："太好了，真谢谢你。"

聂修笑笑，心里冒了一句：怎么谢呢？

他本来就是要送佟夕回酒店，所以这一路都是朝着酒店的方向开的。

佟夕坐上车没过两分钟，便看见许家安排的酒店就在路边。然而，聂修没有先把她送到酒店的意思，车子呼地一下从酒店旁边开过去，明显还提了速。

佟夕抱着小猫，话到嘴边却又咽了回去。

小猫是两人一起捡的，让他把自己送回酒店，把小猫交给他独自处理的话，她实在有点不好意思说出口。可是，万一他朋友住得十分遥远，岂不是要耽误很久才能回去？

她憋了一会儿，终于忍不住问："你朋友家住得远吗？"

聂修答："不远，十五分钟路程，一起去吧。"

佟夕看着后视镜里越来越远的酒店，只好硬着头皮说："好啊，一起。"

莫斐和莫丹在小区门口等着聂修。远远看见聂修的车子开过来，两人都没想到和他同来的还有一个姑娘。

当佟夕抱着小猫下车的那一刻，莫斐的脸上十分完美地诠释了一个惊艳的表情。莫丹学美术出身，专业所致，对一切美的东西都格外敏感，包括美人，见到佟夕，她也看直了眼睛。

聂修简单地给三人做介绍，只说了名字，并没有深入介绍，他一开始也只是打算把小猫送给莫丹就走，谁知莫斐提出要一起吃晚饭。

莫丹也附和道："一起吃饭吧，附近开了家私房菜馆，新开张，打折呢。"

聂修转头看着佟夕，用眼神征求她的意见。自然，他心里也想和她多待一些时间。

佟夕和姐弟俩刚刚相识，觉得不大方便，便对聂修说："你和他们去吧，我打车回去就好，不用你送了。"

聂修没采纳她的意见，说："一起去吧，吃完了，我送你。"语气是不容置喙的肯定。

莫丹指着斜对面的街口："对啊，很近的，你看就那家。"

三个人齐声邀请，盛情难却，佟夕只好答应。

莫丹将小猫和钥匙交给莫斐，交代他送回家。莫斐欸了一声，飞奔回去。

佟夕便跟着聂修和莫丹去了那家新开张的私房菜馆，暴雨天气，食客很少，显得十分幽静。包厢极具古典气息，垂着红色宫灯，挂着篾片编织的帘子，隐隐约约听见细微的流水声。

佟夕看得入神，没留意脚下，突然一个台阶踩空，身子一歪。聂修伸手托住了她的腰。肌肤相碰的那一刻，两人都是心头一跳。佟夕说了声谢谢，貌似大方，其实心里如小鹿乱撞。

聂修面不改色地说不客气，碰过她腰肢的指尖酥麻半晌，心里许久难以平静。

忽然间，好像有什么东西在两人之间生根发芽了。

莫斐很快送了小猫回去，飞奔赶来。他一向话多，看见漂亮女孩儿也不会怯场，属于憨厚大胆的那一类男生。聂修平素和女生打交道很多，但基本上全都是被动，论主动打开话题，不及莫斐。

莫斐也不会顾忌哪些问题能问，哪些不能问，落座之后，怀着一腔好奇，就问起佟夕的年纪、学历。听闻她读的是浠镇高中，他惊讶地问："你不在T市？"

佟夕解释："我的家在这里，不过，我这几年在浠镇念书。"

莫丹道："浠镇我知道，都说景色极美，不亚于同里、周庄，最关键是人还少。"

佟夕点了一下头，实事求是地说："是很美的。人少，是因为没被商业开发，当地的很多年轻人也都出去打工了，镇上比较空。到了晚上，是真的万籁俱寂，满天星星仿佛就在头顶上。若在浠湖泛舟，便能体会诗中所说的'醉后不知天在水，满船清梦压星河'的意境。"

她这一描述，莫丹顿时听得心生向往。

莫斐忙说："我姐姐一直说要去浠镇写生的，回头我们去了就联系你，你电话号码是多少？"

佟夕报了自己的电话号码。莫斐立刻拿了手机拨过去，然后说："这是我的，你存一下。"

佟夕说好，低头把他的手机号码存上，又很认真地问："是文采斐然的斐吗？"莫斐连连点头。此时，一直在旁边沉默的聂修，拿出手机说："我也记一下吧。"

莫斐一惊："你还没她的电话号码？"

佟夕替聂修回答："我们也是今天中午刚刚认识。"

莫斐面露喜色，太好了，刚才他还担心这是不是聂修喜欢的女孩儿，原来也是刚刚认识。

聂修报了自己的名字和电话号码，佟夕偏头问：“束身自修的修？”

聂修点头。大部分人都问是不是杨修的修，或是修养的修。当初聂修的祖父取名时，说的就是“束身自修”这四个字，佟夕是唯一一个刚刚好说到这四个字的人，不知道这算不算是一种缘分。

莫丹因为弟弟和聂修是好友，和聂修也颇为熟悉，知道他和陌生人聊天的时候，很常见的动作是微微低垂眼帘，给人一种高深莫测的感觉，既可以让人以为他是在十分投入地倾听，也可以让人以为他其实在走神，魂游天外。到底是哪种情况，也唯有他自己知道。

但是，这一晚，莫丹很惊异地发现，佟夕在说话的时候，聂修放弃了他一贯的习惯，眼神牢牢地锁在佟夕的脸上。

莫丹不动声色地想要仔细观察一下，他的眼神是否有爱慕的意味，可惜什么都没看出来。聂修深藏不露的功夫，在莫斐、傅行知和聂修这三人小团体中拔得头筹，其次是傅行知，自家弟弟是最傻白甜的一位。

因为这家菜馆是刚开业，菜肴做得十分精致，量也足。佟夕吃得不多，莫丹食量也小，莫斐今天踢了球，饥肠辘辘，直到聂修都停了筷子，他才吃到五分饱。

佟夕对莫丹说：“我出去一下。”

聂修以为她去了卫生间，直到莫斐放下筷子，还没见人，觉得不大对，便请莫丹去卫生间看一下。

不多时，莫丹回来说：“佟夕不在卫生间。”

聂修立刻拿起手机给佟夕打电话，一听说她在前台埋单，立即起身。

佟夕出门时带的现金都买了书，只剩下四十多块钱，不够结账，万幸还带了一张银行卡。可是，饭店刚开业，收银员说刷卡机还没弄好，暂时只能现金支付。她只好去旁边的银行取了点钱，一来一回耽误了时间。

聂修穿过回廊走过去时，她已经结完了账，正往钱夹里放零钱。

“怎么能让你埋单。”聂修的语气中有微微的自责。

佟夕认真地说："应该我埋单啊，你送我回家，莫丹帮忙收养小猫，难道不该我谢谢你们吗？"

聂修骨子里比较传统，让一个女生埋单，总觉得哪里不对。他拿出钱夹，要把钱还给佟夕。佟夕不肯接，说："你下次再请我吧。"

她也只是随口一说，聂修却很认真地说好，并强调："下次我请你，你可不要拒绝。"

佟夕笑笑不语，心里觉得不会再有下次了，此后恐怕再也不会遇到他。

聂修送她回到酒店，叔叔问她吃了饭没有。她也没什么隐瞒，如实告诉叔叔，下雨天碰巧遇见聂修，和他一起吃的晚饭。

佟建文也没多问细节，只"哦"了一声，说那孩子十分厉害，三岁看老，小时候去浠镇的时候，他便和同龄的孩子很不一样。

佟夕十分好奇他如何不同，不过，最终还是没问。

他们萍水相逢，转瞬各奔东西，大概再见无期。不过，即便再无见面的可能，她也不会忘记曾经认识过这样一个人。

大雨肆虐过的城市，夜晚分外安静空寂，路面的水迹在路灯下闪着波光。

车里放着最喜欢的古典音乐，聂修却一点都没听进去，心思飘忽，不知所在。这种情况很是反常，他隐隐约约感觉到有什么事情要发生。

四十分钟后，车子开回梅山别墅的车库中，他没有立刻上楼，坐在车里，拿出手机给好友之一傅行知打电话。

电话里的傅行知那边吵吵嚷嚷，仿佛是在聚会。聂修说："你找个僻静的地方，我有要紧事和你说。"

傅行知拿着手机从KTV包厢里出来，一边走，一边问什么事。

聂修听着他电话里安静到几乎没噪音了，才问："如果你喜欢上一个准高三的女孩儿，你是等一年等她考上大学再追，还是现在？"

"这还用说，当然是现在，先下手为强。进了大学那还不是水入大海，羊入狼群。在虎视眈眈的学长的包围之下，对了，还有学姐，那成功的概率可就大大降低。”

聂修又问：“会不会影响她学习？”

“怎么会呢，爱情也是一种动力啊，而且你这会儿追到她，刚好可以让她考B大，学长学妹，近水楼台，同校校友。”

聂修觉得挺有道理，果然经常谈恋爱的人就是经验丰富，深谋远虑。

三人小团体中，莫斐和傅行知都经历过恋爱，唯独聂修，属高不可攀的高深莫测型，不断有人追，却从未被追上，今日居然动了凡心。

傅行知好奇得不行，火烧眉毛似的追问：“你是不是看上谁了？”

聂修坦然承认：“嗯，今天碰见一女孩儿。”

傅行知更为激动：“我去，一见钟情啊？”

聂修否认：“不是，六年前见过。”

“我认识吗？在哪儿上学？咱们什么时候一起吃顿饭？”

这些问题，聂修跟没听见似的，非常友好地说：“你去唱歌吧。”

第六章 悄然埋下一颗种子

晚上十点钟，佟春晓和编辑吃完饭回到酒店，想起一天没和蒋文俊联系，便打了个电话过去，顺便将堂弟结婚的消息告诉了他。

蒋文俊吃惊的程度不亚于她："这么突然？事先一点没听你提过。"

佟春晓解释："他和许琳琅闪婚，我们也是昨天晚上接到消息，今天一早就被接到 T 市来参加婚礼了。"

蒋文俊立刻问："你说的是许世安的女儿许琳琅？"

佟春晓说："是啊。"

蒋文俊被惊到，半晌后才羡慕地说："你堂弟这是嫁入豪门了！好有福气啊！"

佟春晓笑道："什么豪门，人家很平易近人的，对我叔叔婶婶特别客气周到。"

的确是很客气周到，翌日吃过早饭，许世安又安排了司机送他们回去。到了浠镇后，司机从后备厢里搬出一箱茅台酒和一箱洋酒，说是董事长送给亲家公的，给周余芳的礼物是高档护肤品，给佟春晓的是知名奢侈品品牌的手提包，给佟夕的是一条白金项链。

佟建文虽然只是镇上的老师，那知识分子的傲骨却一点不少，坚决不肯收这礼物。司机急得汗都下来了，一个劲儿赔着笑脸说："老板交代了，您要是不收，我回去没法交差啊。"

佟建文不想司机为难，最终勉强收了礼物，但心里颇不是滋味，门第悬殊太大，实在有种一言难尽之感。

镇子不大，许家又派豪车接送，佟家的喜事很快在邻里之间传开。当天院子里络绎不绝来了不少贺喜的邻居和同事，蒋文俊也来贺喜，还带来了沈希权的一份礼金，十分厚重。

佟建文收了邻居和同事的礼金，自然要请客酬谢。蒋文俊建议去浠湖度假村的酒店宴客，因为沈希权的关系，酒水菜肴都可以打折，而且度假村的酒店绝对是目前镇上最高档豪华的酒店。

佟建文把这事交给蒋文俊去安排。蒋文俊办事效率极高，第二天便订好了酒店。

从镇子到浠湖度假村，步行过去也就二十多分钟。佟夕平时都是过着两点一线的生活，度假村建造期间，一次也没来过。走到湖边的白沙堤时，她发现原先种的杨树不知何时全都换成了高大的凤凰木，红色的、像火炬一般的红色花朵，开得热烈奔放、如火如荼，再往里是一片一片的珍珠梅，一眼看去，如香雪之海。

一进度假村的大门，便是浠湖酒店。正如蒋文俊所说，它不亚于T市的星级酒店。因为佟鑫和许琳琅去度蜜月没有回来，就在酒店门口摆放了一张婚纱照，权当新郎新娘也到了场。

佟家没有什么亲戚，周余芳的亲戚也少，加上邻居同事，一共六桌客人。席间，佟夕见到许久未碰面的沈希权。因忙着度假村开业，他清瘦不少，倒更显得风度翩翩、潇洒英俊。

酒宴结束，沈希权邀请大家参观度假村。一座座仿古的中式院子，用竹林和大乔木隔成独立的区域，用植物和山石造景，再借助原有的浠湖资源，整个度假村都像是世外桃源，虽然此刻是午后，走在树荫之下却有习习凉风，空气纯净，带着甜味。

室外可以垂钓或是水上泛舟，室内有各种娱乐休闲设施。众人边看边夸赞这度假村建得漂亮。

佟建文小声对周余芳说："让咱们来这儿办酒席，等于给度假村做一次宣传。"

周余芳笑："人家就是聪明，你还老说他不务正业。"

"我原先也是怒其不争，遗憾他有这份聪明劲不去好好读书，却四处瞎折腾，如今发现，不读书或许也是对的，他天生就是做生意的料。你看佟鑫，老老实实读书上学，如今还在还房贷，若不是我们帮衬，何时能买得起房？"

周余芳性情乐观随和，笑嘻嘻地说："人各有命，我们佟鑫还娶了个好老婆呢。"

说到佟鑫的婚事，佟建文便开始操心佟春晓，因为这两天蒋文俊就要回T市了，虽然离浠镇不远，但毕竟是异地。他担心夜长梦多，又出变故，日夜都愁得紧。

刚好佟春晓和蒋文俊都在身边，佟建文便说："要不你们先把结婚证领了，回头再办婚礼。"

蒋文俊笑着看了一下佟春晓，说："我当然是没意见。"

两人都到了而立之年，结婚也是水到渠成的事，佟春晓不想再让叔叔婶婶挂心，便点头答应下来，说："刚好我下周带佟夕去市里上补习班，找个时间去领证。"

佟建文乐得喜笑颜开，心头一块大石终于落下。

他们从度假村回来，下了一场大雨。

雨停之后，佟夕在院子里修剪欧月的残花，佟春晓在楼上叫她："七七，你的电话。"

佟夕噔噔地跑上楼，接过手机，看到显示的名字，呆愣了两秒才接通。

"我是聂修。"

当真是他。听着他的声音，佟夕说了声“你好”，就不知道如何往下接话了，又意外又惊讶，还有点不知所措，心跳得很快，也不知是紧张，还是跑上楼所致。

“你记得莫丹吗？她要来浠镇写生。”

佟夕忙说：“当然记得啊，她什么时候来？你让她来找我，我叔叔家很大，她可以住我这里。”

“不用，她住在我外婆的老宅。”

佟夕一想到上次莫丹帮忙收养小猫，自己应该尽一尽地主之谊，便说：“那我去找她。”

聂修说：“鹭鸶巷南侧第一家，门里种有一棵石榴树，院墙外都能看见。”

“嗯嗯，我知道的。”

挂了电话，佟夕立刻拿了剪刀从葡萄藤下剪了十几串葡萄，又跑到厨房拿了七八个咸鸭蛋，还有一些早上刚买的莲蓬，放到一个小篮子里，立刻去找莫丹。

镇子不大，步行十分钟，她便找到了聂修的外婆家，和她家的祖宅一样，也是四水归堂的建筑，不过从外面看上去比佟家更古老。

佟夕敲了敲门，片刻之后，大门咯吱一声开了。

看到门槛里站着的人，她就呆了。

听聂修电话里的意思，分明是莫丹一个人来，此刻骤然见到他站在自己面前，佟夕吃惊得心口怦怦直跳，以至于说话都磕巴了一下：“你……你也来了啊？”

聂修目不转睛地看着她，说：“我没说我没来。”

夏日雨水充沛，连着下了几场雨，水涨了不少，原先在五级台阶下的水面，现在离街面只剩了两级台阶的距离。雨后的火烧云格外漂亮，半个天空都是粉中带紫的瑰丽艳色。

这是夏天浠镇最美的时刻。他眼前站着浠镇最美的女孩儿，穿着棉麻的无袖裙子，夕阳中的头发呈亚麻色，眼睛明媚如琉璃，藏着欢喜的星光，若隐若现。

“我也来了。”从聂修身后露出莫斐笑嘻嘻的脸。

佟夕恍然脸色一红，急忙从聂修的视线中挣脱出来，偏过头问他：“你们什么时候来的？”

莫斐喋喋不休地说：“我们午后就到了，打扫卫生，收拾一番，刚刚忙完。你看看怎么样，瞧不出来是几年没住人的房子吧。”

佟夕打量着这个夕阳中的庭院，笑盈盈地摇头：“看不出来。”

院墙边的老石榴树结了好多果实，佟夕每到夏末都能从院墙外看到红石榴垂在枝头。

佟夕问：“莫丹呢？”

莫斐说：“她刚才去洗澡了。”

莫斐拉开凳子，请佟夕坐。佟夕将手里的篮子放在桌上：“早知道你们都在，我就多拿点葡萄了。这是鸭蛋，红心流油的，我婶婶亲手做的，就着白粥吃特别美味。”

几人说话间，莫丹从浴室里出来，刚洗过澡，满头青丝都披散着，又长又直。佟夕即便留了长发，也没有莫丹这样像缎子般光滑，佟夕的头发像流水，有微波起伏。

浠镇的房子大多是临水建筑，前门后院一打开，南北通透，带着水汽的风穿堂而过，凉风习习，比空调吹出的风还要舒爽。

四人就在院中围桌而坐。聂修泡了一壶从家里带来的明前龙井，夕阳下的小庭院顿时茶香四溢。

鹭鸶巷的房子虽然空置许久，但是因为有亲戚不时过来打理，不用费力收拾就能住人，只是东西不齐备。聂修来时带了一后备厢的东西，跟搬家差不多。

聂修来之前，江若菡不解，说：“莫丹要去写生，你把钥匙给莫斐，让他俩自己去不就行了，你何必亲自陪同。”

聂修没对父母说出此行的真实目的，但是，对莫斐并未隐瞒。

莫斐的反应和傅行知如出一辙，震惊之余，倒是不失理智地问了个很正经的问题："她有没有男朋友？"

聂修很肯定地说："没有。"

莫斐还以为他问过，结果这位大神说自己压根没问。

莫斐十分无语地挠了一下头，说："你不问怎么知道？佟夕那么漂亮，我估计十有八九是有男朋友的。"

聂修胸有成竹地说："我和她相处的时间合起来大概是五个半小时，她的手机一直没响过。如果有男朋友，不会这么长时间既没打电话过来，也没发短信过来。"

"也可能她男朋友有事没空打电话？"

"问题是，她全程也没有拿手机出来看。如果有恋人，她有事没事就会看一眼手机，担心错过什么消息。"聂修微抬下颌，冲莫斐笑了一下，"比如，没有失恋之前的你，洗澡的时候，将手机放在塑料袋里也要拿进浴室。"

莫斐："……"

聂修拍了拍他的肩膀，笃定地说："不用怀疑我的直觉。"

因此，佟夕和他们聊天的时候，莫斐就特别留意她是否有电话打来。虽然聂修的观察力和判断力一向厉害，但莫斐对他的这个推论还是持怀疑的态度。

莫斐正想着，佟夕的手机响了。莫斐立刻竖起了耳朵。很遗憾的是，这个电话是佟春晓打来的，她问佟夕在哪儿，怎么不回去吃晚饭。

佟夕说马上就回去，挂了电话，顺便邀请三人去她家里吃饭。

饭前客人突然造访，势必会让主人来不及准备，让人手忙脚乱地招待客人，实在不太礼貌。

聂修谢了她的好意，要送她回去。

佟夕忍不住笑了："不用，这里我熟得很，上学放学都经过。"

聂修改口说："我妈叫我过去拜访一下佟叔。"

佟夕抱歉地说："真是不巧，叔叔送婶子回娘家，这几天都不在家呢。等他回来，我会转告的。"

聂修再次改口："我出去散散步。"

两人出了巷口，走到鹭鸶巷的后街，聂修的步伐很慢，佟夕又不好意思催他。他明明是大长腿，怎么走得那么慢？

走到石桥前，聂修忽然开口问："我记得那天有人叫你，叫的好像不是你现在的名字。"

他语气有点不确定，毕竟隔了这么久，记忆模糊。但是，佟夕还是被他的记忆力惊到了，她说："我家人叫我的小名七七。"

"你的生日是七夕？"

"你怎么知道？"

"显而易见啊，你大名叫夕，小名七七。"

"好聪明。"

聂修点头："是的，大家都这么说。"

佟夕忍俊不禁："一会儿早点回去，饭要凉了。我先走了。"

聂修站在四年前站过的那一棵榕树下，看着佟夕的背影消失在桥的那一端，如同四年前的场景重现。他想，她和他这么有缘，命中注定她就该是他的姑娘。

莫斐躺在院子里的竹椅上伸了个懒腰，双手放在肚皮上，闭起双目，像是一个优哉游哉的乡村老太爷。

莫丹的头发干了，绕在手心正要盘上去，忽听见"老太爷"说："你有空问问佟夕有没有男朋友。"

莫丹吃惊地停下了手里的动作，不确定地问："什么意思？你想要追她？"

莫斐摸了摸鼻子："不是我，是聂修。"

莫丹松了一口气："还好不是你。"

"老太爷"睁开双目，语气不满："你什么意思？"

莫丹不想打击亲弟弟的自尊心，笑笑不语，心说：你要追女孩儿，千万千万不要把聂修带在身边，不然，能追到才怪。幸好她喜欢的是成熟稳重的大叔型的男人，不然，天天望而不得，只怕要郁郁而终。

佟夕回去时，佟春晓已经把饭菜都摆上桌了，看佟夕手里提了个篮子，好奇地问她干吗去了。

佟夕直说聂修带了同学的姐姐来浠镇写生。

佟春晓当即说："那应该请他来吃饭的。"

佟夕一边洗手，一边说："我邀请了，他不肯来，说人多不方便。"

佟春晓是个礼节周到的人，心里思量着江若菡是叔叔的同学，聂修回到浠镇，自己当尽点地主之谊。于是，她第二天早起去渡口边的集市买了新鲜的河虾、鲫鱼，让佟夕给他送去。

佟夕去时，他们三人刚吃过早饭，异口同声地盛赞她昨日送去的咸鸭蛋，就着白粥真是味道奇佳。

莫丹趁机请佟夕带她四处逛逛，也好顺便找机会完成莫斐交代的任务。两人年纪相仿，性格都挺开朗，聊了一会儿很快熟稔起来。

莫丹很自然地问起佟夕有没有男朋友。

佟夕很爽快地说没有，接着反问她。

莫丹叹气："我也没有。"追她的倒是很多，奈何都是同龄人，她就喜欢大叔那一款的，可能因为她父亲去世得早。

佟夕好奇："你长得这么漂亮，怎么没有男朋友？"

莫丹笑着反问："你长得这么漂亮不也没有？"

佟夕笑嘻嘻地解释："我和你不同啊，你都上大学了，我可还在读高三呢。叔叔还是教导主任，以前，坐在我前排的一个男生给我送了包口香糖，就被他叫到办公室，差点请家长。"

"现在什么年月了，还管这么严。"

"我堂哥就被他管得直到大学都没找着女朋友，还好，还好，最近娶了一个天仙一样的嫂子。"佟夕双手合十，念了声"阿弥陀佛"。

莫丹噗地一笑，又问："你打算考哪个学校？"

"嗯，T 大，传媒学院。我高考完就离开这里，回 T 市了。"

莫丹又惊又喜："你想当演员？哎呀，我要提前抱你的大腿，你长得这么美，一定能红！"

佟夕赶紧摆手："不是，不是，我要报也是编导专业，希望以后有机会，把某个人的小说都拍成影视剧，帮她实现梦想。"

莫丹听不出来她说的那个人是男的还是女的，试探着问："这个人是谁啊？你的偶像？"

佟夕很认真地回答："不是偶像，是我生活中最爱的人。"不是她刻意卖关子，实在是佟春晓不喜欢二次元的笔名被人知道。

"最爱"两个字她咬得很重，听得莫丹的心扑通往下一沉。既然还没有男朋友，那么，这个人就是她暗恋的对象，显然她还爱得比较深沉，为"最爱"架桥铺路，努力奋斗。完了，聂修白来一趟了。

小镇不大，逛了一圈，时间还早，佟夕又带着莫丹去浠湖。走到度假村附近，莫丹便开始啧啧称叹，如火的凤凰木，如雪的珍珠梅，缤纷的三角梅，还有银杏、枫树，看似随意布局的树木，却都各有风情，相互映衬。

佟夕一看莫丹这么喜欢这里，便想带她进度假村里参观，可是，门口的保安全副武装不放行。于是，佟夕给沈希权打了个电话。

沈希权刚好有空，接到电话说："你稍等。"

片刻工夫后，一辆白色宝马车从度假村里开出来。

佟夕本来是想让他跟保安说一声，放自己进去，谁知道他竟然亲自迎了出来，有点"受宠若惊"，学着古装剧里的人的样子作了个揖："权哥百忙之中接待小的，真是不敢当。"

莫丹扑哧一声笑了。沈希权的目光落到她的身上，含笑点头，说了声"你好"。

莫丹被他的这一抹笑勾得心口扑通一声。她一向喜欢成熟英俊的男人，而他笑的时候，淡淡地牵着一侧嘴角，瞬间便让她想起白瑞德，笑容有股亦正亦邪的味儿。

佟夕给两人做了介绍，然后说明来意。沈希权一听是美院的学生，忍不住望着莫丹又夸了几句。在社会上打拼多年的男人和校园里的男生在夸赞别人的时候，有着明显的区别。

莫丹被他温柔而带着欣赏的目光看得心跳乱了节奏。

沈希权开车带着两人在度假村里参观，说八月十八号正式开业。那是繁花似锦的时节，又恰逢暑假。

佟夕说："这日子选得不错。祝权哥大吉大利大发。"

沈希权笑："多谢，多谢，借你吉言。"

参观完度假村，刚好到了午饭的时间，沈希权把车子停到酒店门口，要请两人吃饭。

佟夕和沈希权做了好几年的邻居，熟稔到不需要客气，只是莫丹有些放不开，脸色微红地推辞道："这怎么好意思。"

沈希权笑盈盈地看着她："佟夕的朋友，也是我的朋友，有什么不好意思的。"

其实，这顿饭是他两年前就许下的，那会儿度假村还没建好，他许诺以后请佟夕在新酒店里吃顿大餐。因为最近忙得焦头烂额，他也没顾上，刚好她带了朋友过来，一并请了，也算是还了账。

佟夕挽着莫丹的胳膊，悄悄地说："这个度假村老板是我的邻居，说请我吃饭说了两年了。不管了，今天好好吃他一顿。"

莫丹含笑点头："成，咱把两年的利息都补上。"

吃过饭，沈希权开车将两人送回佟家的门口，下车时，特意将一张名片递给了莫丹，说："有空来度假村玩，有什么事，给我打电话就行。"

名片是烫金的，沈希权三个字，字迹潇洒，一如本人。莫丹接过名片，不小心碰到他的手指，心口怦然一跳。

人与人之间的缘分很奇怪，莫丹和聂修认识多年，近水楼台，不知被多少女生误会嫉妒，认定她对聂修心怀叵测、觊觎已久。

事实却是，莫丹从十几岁起，就喜欢成熟类型的男人。

聂修在无数女生眼中的确闪闪发光，相貌气质更是出类拔萃，但她就是无感。寻寻觅觅，她没想到会在二十岁的这年盛夏，在浠镇偶然邂逅了沈希权。

佟夕和莫丹在度假村享用了一顿丰盛的大餐。聂修和莫斐的午饭，是佟夕早上送去的河虾、鲫鱼。

莫斐拿出看家本领，炸河虾、炖鲫鱼，把厨房弄得一片狼藉。莫丹回去时，莫斐正系着围裙在厨房里刷锅洗碗，收拾残局。

莫丹走进去汇报了一番，最后拍拍莫斐："请注意安抚失恋者的情绪。"

洗洁精太滑，莫丹一拍莫斐，他手里一个碗啪的一声掉到了地上。

其实，这个结果早在他的意料之中，那么漂亮可爱的姑娘，怎么可能还单身呢。聂修这是要注定孤独一生的节奏啊，好不容易碰见个心动的，人家名花有主了。

莫丹忙去院子里拿笤帚和簸箕，聂修听见动静，从堂屋出来，说："我去收拾。"

莫丹惊讶地问："你会扫地？"

聂修接过笤帚，哭笑不得："我又不是手脚残疾，为何不会？"

莫丹惊讶："我以为你这个由家里的用人保姆侍候的少爷，是什么都不会做的。"

"那你想错了，我不仅会扫地，还会做菜。"

江若菡不是大家小姐，也没有什么富贵病，对独子的教导和寻常人家没什么不同，从小各种家务活样样都让他学着做。聂振对妻子素来是言听计从，自然也不会反对妻子的做法，只不过对儿子的要求略低了一些。

所以，聂修可以不必事事亲力亲为，但至少也会，不至于是个四体不勤、五谷不分的纨绔子弟，否则，出去也丢了聂家的人。

莫斐虽然和聂修相识多年，却是第一次出来过"居家"生活，还以为他必定是连油盐酱醋都分不清的大少爷，却没想到他连饭都会做，当即露出一副上当受骗的表情。

"我去，我还以为你是个四体不勤、五谷不分的阔少，我又做饭又洗碗地给你当丫鬟！你这个骗子！"

聂修忍不住笑："我何时骗过你？都是你自己瞎猜的，我可从来没说过。"

莫斐气呼呼地瞪着他，果然见他扫地扫得有模有样，越发觉得自己这两天跟个用人似的侍候他，简直是上了大当。一气之下，莫斐也顾不上照顾聂大神的情绪，直接就说道："我姐说，佟夕有喜欢的人了。应该是认识很久的一个人。她说要报考编导专业，将来把那个人的作品都拍成影视剧，替那人圆梦。你可以歇菜了。"

聂修想起那天佟夕买的书，心里对莫斐的话信了几分，脸上却不动声色："也未必是喜欢的人吧，也许是喜欢某个作家？"

"她明说了，是自己生活中最爱的人。"莫斐将"最爱"两个字咬得特别重，像是两把小刀子朝着聂修飞过去。他沉了脸色，倒了垃圾，便转身朝门外走。

莫斐一看他脸色深沉，忙问："你干吗去？"

聂修没答话，迈步出了院门。

午后，佟春晓照例在楼上午休，她动脑太厉害，有点神经衰弱，极难入眠。佟夕怕吵醒她，从度假村回来后，洗了个澡，就在一楼的堂屋里看书。

老屋和庭院里静悄悄的，只有吊扇嗡嗡转动的、细微的声音。

外面有轻轻的叩门声。

奇怪，这会儿谁会来？佟夕放下书，打开院门，门外站着意想不到的一个人——聂修。

他略显高冷的面容和斯文清雅的风度，让外人无论如何也看不出来，他此刻心里烧了一团火。这一点得益于祖父的谆谆教导，无论心里怎么乱，也不可随意地摆在脸上。即便此刻心里火急火燎，他脸上却一如既往地带着平静的微笑："早上的鱼虾特别鲜，我过来谢谢你姐。"

佟夕默不作声地往门后悄悄挪了半步，小声说："我姐在楼上午睡呢。"叔叔婶婶都不在家，她洗完澡，随随便便套了件裙子，里面没穿胸衣，谁知道午休时，聂修会来。

若是往常，她一定张口邀请他进来坐，可是今天……她像小猫一样躲在门后，只露出半个身子，腰身微微弓着，生怕被他看出什么来。

可是，聂修听说佟春晓在休息，却没有离开的意思，佟夕只好硬着头皮邀请他进来坐。

她本来以为聂修会拒绝，没想到他痛痛快快地说了声好，长腿一迈，踏了进来。

佟夕赶紧说："你先进屋坐，我换一件衣服。"说完，她转身就往旁边的耳房走去。

聂修原先一直看着她的眼睛，倒没注意到她穿了什么，听她一说，才注意到她穿了件宽大的棉裙，腰身纤细，宽敞空荡，越发显得娉婷窈窕。

佟家小院不大，收拾得很干净，靠着墙边是一架葡萄，旁边养了一缸荷花，亭亭玉立，开了几朵红莲。

佟夕穿好内衣出来，聂修正负手站在那一缸荷花前。葡萄藤如同一片墨绿色光板，半明半暗的光影下，人像是入了画，眉目俊秀，色如冷玉。

听见脚步声，聂修抬起眼眸，一道目光飞过来。佟夕的心怦然一动，心跳莫名其妙地加快了："你怎么没进屋坐啊？"

聂修微微含笑："我等你。"

佟夕把他让进堂屋。老房子沿袭了过去的布局，正中间是一张四四方方的八仙桌，两侧放着太师椅，旁边的厢房的门上还挂着半截绣着莲花的白色纱帘。

一楼离水近，格外清凉，阳光被隔离在庭院中，八仙桌上放着佟夕刚才看的书，一本与镜头语言相关的书。聂修弯腰看着书的封面，抬起头来的时候，装作不经意地问："莫丹说你有个特别喜欢的作家，是谁啊？"

天生比较高冷的气场，将他内心的忐忑和焦躁掩饰得滴水不漏。佟夕全然不知他的来意，说："你肯定不认识，不是很有名气。"

聂修心急如焚，不动声色："说说看，也许知道。"

佟夕犹豫了一下才说："她的笔名是春曈。"

聂修又问："是哪两个字？"

佟夕用手指在四方桌上写给他看。聂修看着那如玉般白净的手指上那一点墨似的小黑痣，又想起自己手上位于同样位置的痣，正像是天生一对。

佟夕写完，抬起脸，看他没反应，莞尔一笑："我的字写得好丑，是不是？"

聂修笑着摇头，紧接着问了个十分关键的问题："男的女的？"

"女的。"

佟夕刚说完，就见聂修笑了一下，于是，不明所以地问："怎么了？"

聂修看看她，答非所问地笑了笑："这名字很好。"

原来是虚惊一场。莫斐和莫丹不愧是姐弟，不靠谱极了，给的都是错误情报。

佟夕想起昨日去鹭鸶巷做客的时候，聂修泡了明前龙井。可是，佟春晓码字有点精神衰弱，医生说不能喝浓茶和咖啡，家里只有蜂蜜茶、花茶。

"花茶你喝吗？"

聂修说："什么都行。"此刻心情大好，他就是喝凉水也不会介意。

佟夕问："要不要加冰糖？"

聂修点头说好。

佟夕泡了一杯花茶，又从桌子上的罐子里用小夹子夹了两颗方块冰糖放在他的杯子里，递给他。

聂修晃了晃，说："糖太少。"

佟夕惊讶："你居然喜欢甜的？"

聂修笑笑地看着她："难道一个人喜欢不喜欢甜的还能看出来？"

佟夕看着他的面孔，很诚实地说："我觉得你应该是不喜欢甜的，而是更喜欢咖啡或者清茶。"因为他的气质偏冷。

聂修知道她的言下之意，笑着晃了晃杯子，心说，那你就误会了，我喜欢甜的。比如……。

二楼里的佟春晓并不知道家里来了客人，午睡了一小会儿，起来关了空调，打算通通风，拉开窗帘的时候，目光一低，不禁愣住。

河道边的合欢树下，佟夕正在送客，送的这位青年属于相貌极其出众、让人见过一面就不会轻易忘记的那一类，正是她在佟鑫婚礼那天见过的聂修。

绿葱葱的枝叶中，稀稀疏疏地开着粉色的、羽毛样的花，淡粉浅绿，正当好颜色。树下的两人也正当好年华。

青年修长挺拔，俊美潇洒，少女亭亭玉立，明艳无双。

写过很多言情故事的佟春晓，看到眼前这画面，也不禁感叹，怪不得影视剧喜欢拍青春片，当真是有道理的。且不论故事情节如何，光是这俊男美女站在一起，便赏心悦目到让人少女心勃发，恨不得时光倒流回到十七八岁的年纪，去谈一场轰轰烈烈的恋爱。

她恍恍惚惚地想起自己十六岁那年，刚刚升入高中，学校为了激励新生，请了当年的高考状元来给学弟学妹们做演讲。穿着白衬衣的青年，让她一见倾心，她特别用功地考上和他同一所大学，百转千回地在偌大的校园里找到他，却发现他早就有女朋友了。

青春年少时的感情，不管是青涩的、苦涩的，还是甜美的，一辈子都忘不掉，哪怕是一场不为人知的暗恋，都别有一番滋味。

不像她此刻和蒋文俊的相恋，理智成熟，属于一场大人的恋爱，说不出缺了点什么，那空白是无形的、隐形的，除了时光倒流，否则无论如何努力都无法补上。

送走聂修，佟夕转身回到院子，刚刚关门，就听见佟春晓的声音：“哎哟，我们家七七也长大了，偷偷摸摸和男生约会。”

佟夕连忙解释：“是聂修啊，他刚才路过，我请他进来喝杯茶。怕打扰你午休，就没叫你。”

佟春晓趴在二楼的栏杆上，笑嘻嘻地说：“你要是有喜欢的男生，也很正常啊，我又不会反对，只要不耽误学习就行。”

“别人家的家长都是防贼一样地防着孩子早恋，你怎么能这样？”

佟春晓笑嘻嘻地说："你这年纪都不算早恋了啊，七七，在幼儿园才叫早恋。"

佟夕："……"

佟春晓举起拳头："聂修不错，姐姐我支持你！"

"……"佟夕百口莫辩，急得脸都红了。

她压根没往那方面想过，可是，她不能否认自己心里对聂修很有好感。

这种好感被她朦朦胧胧地放在心里，突然被佟春晓几句玩笑话点破，便有点一发不可收拾的意思。在洗聂修喝过的杯子时，她的手指碰到杯子边缘，犹如变相地碰到他的嘴唇，有一种奇诡的触感，手指上像是长了小刺。

聂修回去之后便打开电脑搜索春瞳的资料。春瞳的微博粉丝也有将近十万，主要作品都是悬疑题材的言情小说。显然她是个很注重个人隐私的人，微博没有个人照片，主要发布作品信息，还有一些风景照。其中一些照片上的风景明显就是浠镇。

聂修大学辅修的计算机，查个 IP 地址不在话下，很快就猜出了春瞳是谁。

晚饭，佟春晓做了醉蟹，让佟夕给聂修送去。佟夕因为上午被姐姐调侃了几句，不大想去。

佟春晓便笑她此地无银三百两。佟夕最受不得激将法，到底还是又跑了一趟。

佟夕一见到聂修，便想到佟春晓说的话，莫名其妙地不好意思看他，而后转念一想，她要是扭扭捏捏反而显得有什么别的想法，着了姐姐的道了。于是她大大方方地将东西递过去，非常特意地强调是佟春晓非要让她送的，不是她主动请缨要来的。

聂修道谢之后，挺认真地说："你姐真好，我也想有个这样的姐姐，能不能让她也当我姐啊？"

佟夕本来就有点小心思，被聂修这么一说，也不知道怎么回应。聂修看着她，倒是一本正经的样子，不像是开玩笑。

佟夕莫名脸上发热，胡乱地“哦”了一声，赶紧转身就走。完了，自己肯定是被姐姐下了咒语了，这怎么开始自作多情地胡思乱想起来了。他可能也就是随口一说，没别的意思。

佟夕回去时，蒋文俊正帮着佟春晓摆放碗筷。这两天佟建文夫妇不在，蒋文俊每晚都来吃饭，佟春晓准备的晚饭很是丰盛。佟夕笑盈盈地叫了声蒋哥。蒋文俊性格偏内向，并不像沈希权那样风趣幽默，佟夕又和他差了十五岁，两人没什么共同话题，是一种点头之交的相处模式。

佟夕内心并不是很喜欢他，只是面上从来没表现出来，她的想法很简单，只要他对姐姐好，姐姐喜欢他就成。她尽量去爱屋及乌。

吃完饭，蒋文俊和佟春晓出去散步，佟夕正在收拾厨房，听见院门外有人叩门。

她打开门，看见又是聂修，不禁一愣。

聂修说：“醉蟹特别美味，我来当面谢谢姐姐。她在吗？”

佟夕忍不住笑：“还真是不巧，两次来面谢都没机会。她散步去了。”

聂修看着她，说：“那我谢谢你。”

他的声音偏低偏冷，平时听起来有点严肃，此刻忽然间变得柔软起来，顿时变得富有磁性。佟夕是个声音控，听得胳膊上起了鸡皮疙瘩。

“谢我干什么，我只是跑个腿儿而已。”

“那也要谢你。”不知是不是暮色造成的错觉，佟夕觉得不光是他的声音，连他的目光也有些不同起来。

佟夕突然想起佟春晓的话，莫名地有点不自在，忙解释说：“不用谢，是姐姐做的，也是她让我送的。”

言下之意，和我没关系，你别误会我借着送东西的名义去找你……可是，她越是撇清，聂修越是笑，笑得她脸上开始发热起来。

八月的天黑得晚，一切都朦朦胧胧的，却又刚好能看得分明。她肤色白，聂修依稀看见薄薄的红晕慢慢地从她两侧的脸颊升腾起来。

“我们也去散步？”

这听着怎么像是约会啊？她不想自作多情，可聂修又给了她这种感觉。她没有经验，分辨不清他到底有没有这个意思，只得找借口说：“我还没洗碗呢。”

聂修柔声说：“那我等你。”

这情形越发不对了。残余的一点光线，照在他的身上，不停地变化着，让他整个人都变得朦胧起来，五官也渐渐模糊，唯独黑色短发下的眼睛亮得让人心慌意乱，不敢直视。

佟夕阵脚大乱，不知所措，磕磕巴巴地说：“我洗完碗，还要复习功课，做卷子。”

“放假了还这么用功？你不是班长吗？”聂修仿佛看破她是在找借口，目光微微含笑，语气也略带调侃。

佟夕只好一本正经地解释：“嗯，浠镇高中毕竟不是重点高中，我要是不努力点，恐怕考不上好的学校。”

“你说得也对，那你请了辅导老师吗？”

“叔叔给我找了老师开小灶呢。不过……”佟夕不好意思往下说，镇上中学的老师到底还是比省重点中学里的老师水平差了一点。所以，她一直都不敢松懈。

聂修明白她后半截话里的意思，问：“你有 QQ 吗？”

“有的。”

“那我加你。你有什么不懂的可以问我；或者给我写邮件也行，我抽空就回复你。”

有个学霸肯指点她，她当然求之不得，立刻把 QQ 号码报给他。他拿出手机，申请加为好友。

佟夕看看他：“什么问题都可以问你吗？”

“是啊，不光是学习上的。”聂修的回答有点意味深长。

佟夕感觉他误解了自己的意思，脸上一热，忙解释说：“我的意思是，语文、数学、英语科目的都可以吗？”

“自然。”聂修笑笑，“想找我聊天也行。”

“不了，你肯定很忙，我除了学习上的事，其他不会麻烦你、打扰你的。”她脑子发昏，头上微微出汗，有种中暑的感觉。

“没关系，我不怕麻烦。”

佟夕心脏都有点抽搐了，这话听上去仿佛是表白啊。暮色一寸寸地暗下来，她已经看不清他的眼神，也看不清他的表情，唯独这清冷、带着磁性的声音，仿佛有一种巨大的魔力，营造出深情款款的意境。

“那我怎么谢你啊？”

“回头你考上大学，帮我介绍个女朋友就行了。”聂修说话的语气云淡风轻，介于说笑和认真之间。

佟夕下意识就问：“你没有女朋友？”

“没有。”

这越发像是某种暗示。不过佟夕深知，开学马上就高三了，她不能有其他心思。

她也模仿着他的语气，轻轻松松地回答：“好啊，传媒学院里美女最多，我回头一定帮你留意。”

“一言为定。”聂修的语气此刻突然变得认真起来。

佟夕也只得跟着认真起来：“嗯，一言为定。”

聂修忽然问：“你怎么不问我喜欢什么样的？”

好热，本来气氛都有些暧昧，这句话更是极度让人浮想联翩，佟夕脸上都开始烧起来，还好此刻夜色已深，可以成为最好的掩护。

她故作轻松地说笑：“等我考上了，再问也不迟啊。万一这一年你的喜好又变了呢，对不对？”

“不会变。”聂修说了一半便停住，欲言又止，思忖着是说还是不说。

佟夕预感到他还有下半句，而且一定是很重要的话，掐着手心紧张得要死，比老师提出一个她不会回答的问题，还要紧张十万倍。

可是，聂修没有说下去，笑着把手放到她的头顶上揉了揉：“好好复习功课。我先走了。”

第七章

耐心等待种子的发芽

佟夕完全呆了，眼睁睁地看着他的身影消失在夜色中，嗓子像是嘶哑了。不知谁家在听评弹，一声声从风里幽幽地传过来，她站在溶溶月色里，恍恍惚惚像是入了一场《牡丹亭》的梦。

回到房间里，她半天也没做出一道题，草稿纸倒是被画满了，一开始是小星星，然后是叉叉、波浪线，最后是两个字——聂修。

看着这个名字，她思前想后考虑半天。从头至尾，他也没说什么过分的话，也没有暗示什么，更没有明示，那些她感觉到的暧昧，也许是夜色昏暗，再加上他那勾人的声音造成的错觉，保险起见，她不能自作多情。

她收起心思，正要投入学习，手机来了短信，聂修提醒她通过好友验证。她登录了QQ，通过好友验证，收到了他发来的第一句话："在干吗？"

佟夕如实回复：在做卷子。

——真乖。

佟夕看到这两个字，有一种眼睛被烫到的感觉，手里的笔都有点握不住了。不行，不行，不能再乱七八糟地胡思乱想了，这会严重影响学习，怪不得老师都不喜欢学生谈恋爱。

她做了几个深呼吸，十分冷静地回复：聂老师，今天没问题问你。十秒后，她收到他的回复：我明天可以上门补课。

上门？这又是什么意思？佟夕又做了几个深呼吸，回复：你明天不要来找我了。

聂修看到信息心一沉，还好，没等沉到底，他就收到了第二条信息：我明天去市里参加艺考补习班，不在家。

虚惊一场，聂修松了一口气，问她在哪里上课。

佟夕把地址发过去，聂修也没说什么，发来一个微笑的表情：晚安。

补习班是佟春晓替佟夕报的，主要是讲解视听语言、文艺常识、写作、面试技巧、影视作品分析这些专业知识。文化课，佟夕一点不担心，她成绩在班里名列前茅，虽然是镇上的高中，教学质量却不会差很多。

刚好佟鑫去度蜜月，房子空着。佟建文把家里放着的备用钥匙给了佟春晓，让她俩住在佟鑫的公寓，临行前，又反复叮嘱佟春晓带身份证、户口本，和蒋文俊抽时间去登记。

佟春晓满口答应，让叔叔放心。

佟鑫正在马尔代夫和许琳琅度蜜月，佟春晓也就没和他打电话，带着佟夕坐车到了T市，打车径直去了他的公寓。

两人上了楼，佟春晓打开房门，骤然看见屋里坐了一个人，吓得尖叫一声。

佟夕也被吓了一跳，再一看，两人都愣住了。此刻本该在国外度蜜月的佟鑫，竟然正在客厅里打游戏。

三人面面相觑，都傻了眼。还是佟春晓率先回过神来，问佟鑫怎么会在家。

佟鑫神色有点慌乱，说："那个，许琳琅身体不大舒服，蜜月就取消了。"

佟春晓一怔："取消了？你怎么没说呢？"

佟鑫尴尬地干笑："这点小事还要报备啊。"

"不对啊，那你怎么不在许家陪着她，你在这儿是怎么回事？"

"她有保姆照顾，用不着我。"

佟春晓急了："老公和保姆能一样吗？琳琅怀孕了，正是你好好表现的时候，你怎么能偷懒呢，赶紧收拾收拾，去陪你老婆。"

佟鑫支支吾吾地说："不用。"

这下，不仅佟春晓觉得不对头，连佟夕都看出了端倪。

佟夕忙问："哥，你是不是和嫂子吵架了？"

佟鑫看看小堂妹，欲言又止。佟春晓和佟夕大眼瞪小眼，然后齐齐看向他。

眼看不交代个子丑寅卯便过不了关，他只好拉着佟春晓进屋，关了房门，打算说实话。毕竟这事也瞒不住，他已经和许琳琅约好了离婚的日期，家人早晚会知道。他先给佟春晓打好预防针，也好让她到时候帮着他应付父母。

佟春晓着急地问他："到底怎么回事，你还神神秘秘的？"

佟鑫如实说："许琳琅是独身主义者，被父母逼急了，只好找个人假结婚应付父母。她怀的也不是我的孩子。"

佟春晓还以为小两口是闹别扭了，谁知道佟鑫给她扔了枚大炸弹，她又惊又急又气，抬手捶了他一拳："婚姻大事能开玩笑吗？你这么瞎胡闹，怎么给叔叔婶婶交代？"

"姐，你听我说。"

"那你说！"

佟鑫低着头欲言又止，目光也闪躲起来，仿佛说不出口的样子。

佟春晓急了，跺着脚催他快说。

佟鑫鼓起勇气说："你是写网文的，有一类小说叫耽美，你曾经还和我聊过，说你很喜欢看。”

“什么意思？”

“我……就是那个意思。”性格内向的佟鑫依旧难以说出口，憋得脸色通红。

佟春晓不敢置信地看着佟鑫：“你说……你是？”她从来都没有这么紧张过，短短一句话，一个字一个字地往外蹦。

“是，我没告诉任何人。”佟鑫想着她天天接触网文，还和他聊耽美小说，应该比较能接受，所以破釜沉舟地告诉了她。

佟春晓是很喜欢看耽美小说，可是，当堂弟亲口说出自己的性取向时，她却像是被当头打了一棒，心里的第一反应是叔叔怎么办。

她没办法想象保守的叔叔知道真相会是什么样的反应，还有婶婶，退休了就一心一意地等着抱孙子。事情太突然，真相让她震惊到良久说不出话来。

怪不得堂弟从小到大都没谈过一次恋爱。他进了银行，很多人给他介绍对象，他相亲了很多次，没有一次成功，原来是这样。

“我原先还想着能纠正过来，就不停地去相亲，可是，越相亲越绝望。我不想找个人骗婚。其实，许琳琅是想要找沈希权帮忙和她假结婚的，是我主动说我愿意。”

佟春晓忧心忡忡地说：“这件事你打算怎么告诉叔叔……”

佟鑫消沉地叹气：“我没办法说出口。先瞒着他们，走一段看一段吧。”

客厅里的佟夕也不知道姐姐和堂哥在房间里谈什么，过了好大一会儿才看见两人出来，他俩的表情都有点奇怪。于是，她便找了个机会偷偷问佟春晓。

在佟春晓眼中，佟夕还是个小孩儿，所以，她就没说实情，只说佟鑫和许琳琅吵了架，在冷战，先别告诉叔叔婶婶。

佟夕遗憾地想，新婚宴尔怎么就冷战吵架呢？

翌日一早，佟春晓把她送到补习班上课的地方。佟夕上完课，中午就近找了个地方吃饭，然后逛一会儿街，再回去上下午的课。傍晚时分，一天的课程结束，她提着装书的袋子从教学楼出来，忽然看见门外的台阶前站着一个熟悉的身影。

佟夕眨了一下眼睛，没有看错，真的是聂修。他穿着白色短袖、黑色过膝短裤，脚上是一双白色板鞋，简单的黑白两色，再简单不过的衣服，却被他穿得特别好看。大概是人长得帅……总之，过往的女生纷纷侧目。

聂修在人群中看见了她，远远地冲她一笑，其他人便再也不看他了，只目不斜视地望着她。

佟夕有点心跳加速，走到他跟前，佯装镇定地问："咦，你怎么在这儿啊？"

"请你吃饭啊，上次你答应过的。"聂修目不转睛地望着她。

一日不见，如隔三秋。这样的目光简直就是加速器，她感觉心率快要到一百二十次每分钟了，脑海中飞快地闪过一个念头，又不敢确定，怕自作多情。

"你什么时候回来的？"

"今天上午。"

"莫丹也回来了吗？"

"没有，她和莫斐还在鹭鸶巷。"

佟夕紧紧地握着袋子，声音也有点发紧："那你怎么回来了？有事？"

"嗯，有事。"聂修望着她，笑了。

佟夕觉得脸上轰然一热，他什么意思？

聂修接过她手里的袋子，走到车前，打开车门，将她的袋子放进去，一系列动作做得十分自然。

佟夕趁他开车门背对自己，捂着心口深吸一口气，心快要蹦出来了。

他刚说有事的时候，为什么要望着她笑？难道是真的对她有意，所以去浠镇是打着莫丹写生的幌子找她？现在她不在浠镇，他又回来了？

佟夕越想越觉得不对劲。她马上就要艺考了，不像文化成绩那般自信，艺考要学习的知识只能在这短短的暑假里补习，然后高三上学期再培训强化一下。即使她有其他想法，但是在这关键的时刻，由不得她分心。为了考上 T 大传媒学院，她必须专心学习。

佟夕偷偷地看了一眼聂修，暗暗下了决定。

“想吃什么？”

“随意。”

聂修点了点头：“那我就随意了啊。”

佟夕没想到聂修竟然带她来到了浠湖春天——两人第一次见面的地方。

佟夕越发觉得情况有点不对头，这岂不是有种故地重游勾起回忆的意味？

进了包厢，她更觉得不对，靠垫、沙发都是成双成对的图案，甚至餐具都是情侣款。

她忍不住说：“这里面看着像是情侣约会的包厢啊。”

聂修居然坦然地说了声：“对啊。”

佟夕眼皮猛地一跳，紧张地扶着桌角，对……什么对？不是情侣的话……为什么要来情侣包厢啊？

可聂修的表情又坦荡得很，并没有什么暧昧的神色，保持着光风霁月的气质，仿佛她要是多想了，那就是亵渎。

佟夕只好按捺着自己乱七八糟的思绪，坐下来点了菜。

聂修问起她的补习班情况，聊了一会儿，话题转到她的高考志愿上，她如实说了。

聂修很认真地问：“为什么不报 B 市戏剧学院呢？”

佟夕不好意思地说：“我没有把握。”

聂修又说了另外两个学校的名字。

佟夕便说：“这和 T 大差不多啊。”

聂修看着她：“不一样，这两个学校在 B 市。”

佟夕心扑通一跳，不知道是不是自己多想了，望着他，不知道如何往下接话。

聂修凝视着她的眼睛，直接问："考到 B 市好不好？"

佟夕极力掩饰自己的紧张，问："为什么啊？"声音都有点发抖了。

"因为我在 B 市。"

没有告白，聂修用一切尽在不言中的眼神望着她，目光如水如星，又如一张网。

即使佟夕早已猜到，聂修可能对她产生了好感，但是亲耳听到他说，还是让她心慌意乱。她低着头，咬着吸管。

聂修的手伸到她的下颌前，将吸管从她嘴里解救出来，轻声说："你不反对，那我就当你答应了。"

佟夕缓缓地抬起头看着聂修，没有说话。这一瞬，她想到了很多。

聂修似乎势在必得，笑盈盈地看着佟夕，等她开口答应。

她调整呼吸，让自己躁动的心平静下来，而后攥紧拳头给自己加油打气。

"聂修，我想你误会了。"佟夕直视着聂修的眼睛，沉声说，"而且我已经决定考 T 大，不会改变了。"佟夕一想到她如果真的去了 B 市，便不能随时都可以趁周末回来看姐姐了，她便舍不得。佟春晓是这个世界上最爱她的人，她又何尝不是呢？

聂修看着佟夕的反应，他已经猜到了她真正的心思，是喜欢自己也罢，还是不敢喜欢自己也罢，他都明白。此时此刻，他多么希望，佟夕已经进入大学了。

佟夕看着沉默不语的聂修，紧张得手心直冒汗。她知道聂修也在看着她，她不知道聂修会把她的拒绝理解成什么样子，或者她其实也暗自期待，他是能懂她的。

过了良久，正当佟夕准备离开的时候，聂修的声音响起了。

"我知道了……"聂修轻轻笑了一声："我送你回去。"

"不用了。"

"这么晚了不安全。"聂修先行起身向前台走去，不容置喙地让佟夕跟着自己。

浠湖春天的菜出了名的好，可是，那一晚他们还未等菜上桌便离开了。

佟夕糊里糊涂地被聂修一路牵出饭店，走到停车场。她都不知道是怎么回去的，坐在车里像是腾云驾雾。聂修好像和她说了些什么，她也没有仔细听，直到到了佟鑫家小区的门口才缓过神来。

她回到家里，佟春晓正在洗澡，佟鑫在客厅里打游戏，随口问她怎么回来得这么晚。

佟夕说："我和同学去吃饭了，给姐姐打过电话。"

佟鑫赶紧交代："别和不熟悉的同学出去啊，要注意安全，尤其是你这样的小姑娘。"

"知道的。"佟夕低着头默默不语地回到自己的房间，又喜又恼，失眠到大半夜才睡着。

早上一睁眼，她看到手机上有聂修发来的短信：今晚是我唐突了，不要介意。好好准备高考吧，有不懂的问题可以来问我。晚安。

第二天是佟春晓和蒋文俊约好的领证的日子，网上说，这天是黄道吉日，宜婚嫁。佟春晓猜蒋文俊今天会有一个求婚的表示，所以出门前精心打扮了一番。

蒋文俊请了一天的假，和佟春晓去民政局。可能是这一天日子好，领证的人特别多，两人去得有点晚，排到中午才办好手续。

出了民政局的大门口，蒋文俊拉着佟春晓的手说："我们去庆贺一下。"

结婚大事理当庆贺一下，佟春晓以为他们会是去 T 市的高档饭店或是西餐厅吃饭。结果，蒋文俊带她去的是单位旁边经常和同事去吃饭的一家川菜馆。

"这里的菜味道正宗，而且价格特别实惠。"蒋文俊揽着佟春晓的肩膀，丝毫没有觉出她脸上的失望和不悦。

这新婚之日的庆贺和她想象中真的是相差十万八千里。她要求也不高，一束玫瑰和一枚婚戒就足够了，然而蒋文俊朴实到连这些都没有。

她出于涵养，没有说什么，默默宽慰自己，自己本来要找的就是一个稳重踏实过日子的人，不够浪漫，从某种意义上来说，也是个优点，不招女人喜欢，也就大大降低外遇的概率。

吃过饭，两人走出餐馆，蒋文俊提议去看电影。他们结婚的这一天，就和寻常约会没区别，吃饭、看电影。

他们看了两场电影出来，已经是傍晚，漫天彩霞，十分美丽。可是，佟春晓鬼使神差地想起“夕阳无限好，只是近黄昏”这句诗。

两人吃了晚饭，已是华灯初上。

蒋文俊在T市还没买房，暂时和同事合租。而佟春晓的房子又租给了别人，还没到期。蒋文俊提出住酒店。佟春晓想，结婚证都领了，现在是合法夫妻，便同意了。

从某种意义上说，这是两人的新婚之夜。佟春晓怎么都不会想到，蒋文俊说的酒店，就是两人牵着手在街上散步时，随便走进去的一家快捷酒店。

佟春晓知道蒋文俊孤身一人在T市打拼，要攒钱买房，节俭是必然的选择。可是，不管平时如何节省，他们领证的第一夜，却如此随意，让她十分不快。

她忍不住说：“我们去订一家五星级酒店吧。”

“五星级？多少钱一晚？”

佟春晓说了个大概的数字。蒋文俊露出惊讶的表情：“太奢侈了，没必要吧。我们只是住一夜，我明天还要上班，早上八点就退房了。”

佟春晓已经憋了一晚上，终于忍不住说：“那我来付钱吧。”

蒋文俊被激到这个份上，只好重新去找了家五星级酒店，出于男性的尊严，他坚持付钱，只是刷卡的时候，脸上很明显地露出了心疼和不快。

因为这件事，两人心里都有了疙瘩，新婚之夜有些一言难尽。翌日一早，两人就退了房，蒋文俊去上班，佟春晓打车回到佟鑫的住处，还顺便给佟夕带了早饭。佟鑫还在休婚假，没起床。

早餐桌上，佟春晓没什么胃口，安安静静地看着佟夕吃饭，脸上没有新婚的喜色，平静得有点过头。

佟夕很敏感地觉出她心情不大好，便问她是不是和蒋文俊吵架了。佟春晓自然不会承认，笑笑说没有。

事实上，这应该是她和蒋文俊第一次产生大矛盾。两个人在浠镇谈的恋爱，时间不短，但是，因为地理位置所限，几乎没有吃饭、逛街、购物这些事情，基本上就是散步聊天。逢年过节，蒋文俊送她一些小礼物，她自己不缺钱，也不看重钱，觉得心意到了就好。他送的礼物，很恰巧地符合她的心意，不甚值钱，但还算有心。

回头看去，这两年两人恋爱有点“不食人间烟火”，几乎没有牵扯到金钱，导致佟春晓没关注到两人的金钱观有很大不同。新婚第一天去的川菜馆和快捷酒店，她要吐槽，只怕别人说她矫情或是虚荣。但她不是贪慕虚荣，只是想要在日后想起来的时候，能有一个美好的回忆而已。

她写了那么多浪漫唯美爱情故事，轮到自己，却是这样，她心里有一种无从表述，也无人可倾诉的伤感。

看到正值花样年华的佟夕，佟春晓忍不住感慨万千：“七七，以前我很担心你早恋，可是现在，我希望你年少的时候谈一场恋爱，和你真正喜欢的人。”

佟夕一愣，很敏感地问：“你不喜欢姐夫？”

佟春晓揉着太阳穴，说：“喜欢啊……他和我各方面都很合适。可是，怎么说呢，我看到他的时候，永远都不会有我十六岁时，在开学典礼上见到给我们做报告的学长时的那种心动。年少时的感情更投入、更简单，也更纯粹。比如，我知道学长有了女朋友，我都没有怨恨，远远地看着他幸福就好。”

佟夕没有对比，听得似懂非懂。

可是，佟春晓经历过，所以也就更遗憾。她说：“我并不是说成年人的爱情不幸福。但是会考虑很多，会计较很多。我也喜欢蒋文俊，但不会像十六岁那样心无杂念地喜欢他，对他来说也一样。他对我，也不会那么拼尽全力地去爱，他会先爱他自己，会对我有所保留。”

佟夕有点泄气：“如果不能全心全意，那这样的爱就没什么意思了。”

佟春晓苦笑：“你太年轻了，七七，等你到了我们这样的年纪，就会很现实地先爱自己。”

佟夕撇了撇嘴：“这么说来，那过了一定的年纪，就找不到完美的爱情？”

“当然不是，只是不是谁都能有运气碰到，大都是带着缺憾的、不完美的爱情，然后经历风吹雨打、相濡以沫，慢慢被时光修饰成坚不可摧的亲情，最后爱情以沧桑苍老的模样，感动了很多年轻人，说，你看，多让人感动的爱情啊。”

佟夕忧虑地看着佟春晓：“姐，你这论调有点悲观啊。”

佟春晓笑了：“好了，说了你也不懂，你赶紧去上课吧。”

佟夕提着装好书的袋子出了门，佟春晓收拾完餐桌，打开电脑，开始工作。

在文档上敲了几行字后，她自嘲地笑了笑，完美的爱情，只能靠自己写给自己看了。

要找完全切合心意的灵魂伴侣，又像父母一样无怨无悔，倾其所有地爱对方，只是一个不切实际的美梦。而她已经过了做梦的年纪。

佟夕被佟春晓的情绪感染，上了车之后，一直若有所思的样子。

第八章

开始担心，也开始害怕

佟春晓的怀孕是个意外，但是，这个孩子的到来还是让全家都欣喜万分，尤其是佟夕，一直是家里最小的一个，堂哥姐姐都比她大十几岁，习惯把她当成小孩子看，如今她也终于可以升级成为长辈。

蒋文俊借了辆车过来，接佟春晓去市里的医院做检查，然后又去办准生证。

佟春晓决定在T市生产，便去找了租房子的人，把香樟园的房子提前收回来，让蒋文俊找人简单地重新装修一番。

忙碌了两天，佟春晓便有点吃不消了，有先兆流产的迹象，从市里回来后，卧床静养了一个月。因为她这几年长期熬夜伏案工作，身体不是很好，怀孕初期各种不适，吃什么都吐，消瘦得厉害。

佟夕非常担心，怀孕只是开始，等孩子生下来，会有更多的事情，现在还有叔叔婶婶可以照顾姐姐，等姐姐回了T市怎么办？她无比庆幸不久前拒绝了聂修的表白，也打消了曾想为了他考到B市去的念头。B

市离T市那么远，姐姐万一有什么需要照顾的地方，她根本就照顾不到。

父母去世后这些年，佟春晓对她好到无话可说，甚至为了她而推迟婚礼，留在浠镇照顾她，等她高考结束。所以，她不能忘恩负义，不能没心没肺地只想着自己，在姐姐最需要自己的时候一走了之。

一边是聂修，一边是佟春晓，佟夕几乎是没有任何迟疑地就选择了她姐。只是，这个决定，她没敢和聂修说。

香樟园的房子布置好之后，蒋文俊来接佟春晓过去看是否满意。刚好是周末，佟夕便陪着姐姐一起回了市里。从健康角度出发，房子只进行了简单的重新装修，虽然焕然一新，但一点味道也没有，添置的家具也都是实木环保家具。

佟春晓十分满意，把蒋文俊夸了一遍。

蒋文俊貌似无意地说："这房子要是四室两厅就好了，你以后没了书房，只能在客厅里码字了。"

原先的书房做了婴儿房，另外一间是佟夕的卧室。

佟夕忙说："我平时都住校，把我那间布置成书房好了。"

蒋文俊笑着说："那不行，你周末还是要回来的。"

佟夕没作声，忽然间，有了一种寄人篱下之感。

佟春晓未婚时，佟夕和姐姐一起住在这里还不觉得有什么，如今姐姐有了家庭，一切都好像变了，她好似多余的一个人，介入了姐姐的家庭。

其实，她原本是想抽空就回来照顾姐姐，替佟春晓做做饭、跑跑腿，将来还可以帮忙照顾宝宝。然而，蒋文俊并不乐意，他想把他妈接过来照看孩子。只是，这房子是佟春晓的，他一时没好意思张口。

但是佟夕占了房间，回头他妈来了，就有些麻烦。所以，他希望佟夕最好是一直住校，逢年过节时回浠镇去住最好。

等到晚上，夫妻俩单独相处的时候，蒋文俊便找机会说出了自己的打算。

佟春晓看了看他，没说话，表情有点奇怪。蒋文俊怕她生气，连忙解释："主要是房子小，不是我容不下她。"

三室两厅的房子还小？佟春晓没有反驳他，沉默片刻说：“佟夕不会一直跟着我住的，你放心，顶多在这里住一年。”

蒋文俊知道佟春晓特别疼爱这个妹妹，没想到她会答应得这么痛快，还挺高兴。他并不知道她心里另有打算，并对他的为人再一次地产生了失望。她没有父母，唯一的妹妹，蒋文俊都容不下，这还是在她的屋檐下。

原本她是很信任蒋文俊的，只是认为他比较节俭而已，人品不错。但是，这一件小事，让她忽然间生出了戒心。

十二月底，佟夕去参加了 T 大组织的艺考和面试。面试出来后，佟夕感觉发挥得还不错，很想第一个分享给聂修这个好消息，但是想到几个月前自己对他说的那些话，便将电话拨给了佟春晓。

这半年来，聂修也如那天送她回家的路上所说，让她专心准备考试，在这之前，他不再提与学习无关的事情，也不会干预她的想法和决定。

电话那端的佟春晓得知消息后自然十分欣喜，为了替佟夕庆祝，晚上做了她最爱吃的菜等她回去。

而后半年，佟夕便专心地准备高考，一头扎进繁重的学习任务中。

转眼半年的时间过去了，高考放榜，佟夕顺利被 T 大录取。她鼓起勇气给聂修打了电话。电话里，她像是犯了错的小学生，小声地说自己被 T 大录取了，一点都没敢露出高兴的样子。

聂修沉默了半晌，只说了两个字——恭喜，而后便挂了电话。佟夕知道他一定会生气，连着发了几条信息向他解释原因。他一条都没回复。她给他写了一封长信，向他道歉，他也没有回复她的邮件。

佟夕不知道的是，半年来，只要她发邮件过去，聂修必定会在第二天回复，不论多忙，都会耐心细致地替她解答各种难题。他不善于表达情感，更不擅长甜言蜜语，邮件都是中规中矩的解题步骤和思路技巧，十分符合“聂老师”这个身份。但是，每份邮件的最后，都有个倒计时的时间表。不是高考倒计时，他改了两个字，叫“同城倒计时”。

整整一周，聂修都没和她联系，她预感到这是他生气的前兆，几次拿起手机想要打电话都默默地放下。或许对于聂修来说，他会认为，在她心里，佟春晓比他重要得多。对于这一点，她的确不能否认，自己心里是有一杆秤的，佟春晓的分量的确大于他。她很怕他会问出这样的话题，她不能违心地否认，而说实话一定会伤了他的心。

到了领录取通知书的这一天，佟夕正和同学有说有笑地朝学校走去，突然看到二十米开外的校门口站着一个人，惊讶到步子一顿，立刻停了下来。

聂修穿着一件深咖啡色羊绒大衣，竖着衣领，挡住了下颌，只露出好看的眉眼和高挺的鼻梁。

佟夕不承认自己是颜控，可是，她不得不说，这一刻的聂修真的是好看极了，周围路过的同学，不分男女都朝着他看。她又意外又激动，心里又很紧张忐忑，不知他的来意。

学校门口人来人往，她怕叔叔看见，匆匆走到聂修的跟前说："你到鹭鸶巷的石桥那里等我。"说完，她转身又进了学校，快速跑到班主任办公室，班主任手中接过录取通知书，找了个理由提前离开。

佟夕急匆匆地跑到鹭鸶巷后街的石桥那里，看到聂修，就迈不开步子了。还是他先朝着她走过来，一丝笑意也没有，高冷的气场发挥到了极致。

佟夕想，这是要来当面批评她吗？可是，聂修又没有主动开口，只居高临下地看着她。

佟夕被他目光里的冷气和怨气给逼得低垂了视线，目光落到他的大衣上，下意识地问："你冷不冷？怎么穿得这么少？"

"不冷。"声音不带一点感情。

好吧，看他这冷淡的样子，肯定是生气无疑了。佟夕吸了吸鼻子，问："你吃饭了吗？"因为一路顶着寒风跑来的，她冻得鼻子不透气，话里带着鼻音。

聂修没回答，拽着她的手，先把人塞进旁边停着的车里，才说："没吃。"

“那我请你吃饭吧。”

聂修不置可否，发动了车子。眼看车子开出了镇，朝着浠湖度假村的方向去，佟夕忙问：“你去度假村啊？能不能别在那儿吃饭？”

“为什么？”

“我怕人看见。”

“你怕人看见？”聂修本来就憋了一肚子火，这下火上浇油，可真是气得不轻。

佟夕苦着脸，也不敢继续抗议了。

到了冬季，度假村的生意一样很好，因为有温泉。佟夕进了大厅，便左顾右盼，担心碰见沈希权。在浠镇上学六年，这是她第一次撒谎，千万千万不能被叔叔知道。

聂修领着她上了二楼的包厢，面沉如水，一言不发。

这是佟夕第一次见聂修生气。平素温柔体贴、彬彬有礼的男人生气起来完全变成陌生人，气场冷到让人退避三舍。

佟夕心里有愧，不敢主动开口，也不敢挑起话题，低垂着双目，两手捧着杯子，小口小口地喝柠檬水，样子很乖很萌，反倒让聂修一肚子火气没法发泄，气鼓鼓地闷着。

让人快要窒息的沉默终于被上菜的服务生给打破了。

聂修点了那么多菜，一看，两人就吃不完。

佟夕小声地叹气：“唉，散伙饭好丰盛啊。”

聂修看了她一眼，没好气地说：“想得美。”这是半年多来，他第一次对她说了句重话。

佟夕一点也没生气，眼睛一亮，反而咬着筷子笑了：“咦，你不是过来骂我的吗？”

“我什么时候说过要骂你？”

佟夕撇撇嘴，说：“你好久没和我联系。我给你发消息，你都不回我。”

“好久？一周没联系你，都觉得好久，那异地恋半年见不到面，你不觉得难受？”

“我们不是每天都可以网聊吗？”

“你的意思是网聊就够了？那行啊，以后放假我们也不要见面了。”

“当然不是。”佟夕连忙往他的盘子里夹菜，“你怎么不吃啊，凉了就不好吃了。”

聂修半真半假地说：“被你气饱了。”

佟夕笑嘻嘻地说：“像你这样的男朋友真是好养啊，居然气一下就饱了，而且生气的样子还这么好看。”

聂修叹了口气，笑容充满无奈，伸手揉揉她的头：“七七，我就当作你答应了。”

佟夕动作一顿，小声地“嗯”了一声。

聂修看着她红扑扑的脸，忍不住想要亲吻上去，只是没敢太激进。

“七七，和我在一起不需要有过多的顾虑。”

佟夕突然明白了，原来一年前在浠湖春天，聂修早已知道了她为什么要拒绝他。

聂修突然站起身，走到佟夕身边：“你把右手给我看看。”

佟夕很听话地把手伸给他，眼神软萌萌的，透着好奇，不知道他要干什么。

聂修托起她的手，看了看她的食指，说：“痣所在的位置和我的一样。”然后，他很自然地反手一握，就这么牵了她的手坐在她的旁边……

其实他不喜欢女朋友时时刻刻黏着他、依赖他，他更喜欢独立的女生——能够独当一面，有自己的主见，也有自己的事业。

佟夕的性格便是如此，独立又果断，但是似乎又有点过了头。她什么事都自己拿了主意，先斩后奏。她心里到底有没有他这个男朋友，他觉得是个问题。

吃过饭，两人离开包厢下楼。走到大厅的时候，佟夕又担心会碰见沈希权。结果真是越怕什么，越来什么。沈希权带着几个客人迎面走了过来，佟夕和他碰了个正对面，躲也来不及了，她忙对聂修说：“你稍等，我去去就来。”

聂修的视线跟着佟夕，眼看她快步走到一个男人面前。那男人三十岁出头的年纪，容貌英俊，气质也很独特，笑容可掬地看着她，两人仿佛很熟。

佟夕未语先笑：“权哥好久不见啊。”

沈希权停住步子，请那几个人先行一步，问佟夕：“你今天怎么来这儿？”

佟夕磕磕巴巴地说：“我亲戚来找我有点事，你别告诉我叔叔啊。”

沈希权飞过去一眼，看了看不远处的聂修：“你这亲戚长得真帅啊，我倒是第一次见。是你爸这边的，还是你妈那边的？”

佟夕突然反应过来自己犯了大错。爸爸这边的亲戚，沈希权住在佟家隔壁这么多年，肯定一清二楚。妈妈那边的，那就更不可能了。沈希权人精似的，肯定知道自己在说谎。

佟夕赶紧认错：“不是亲戚，是男……朋友。拜托你替我保密，千万别告诉我叔叔。”

沈希权抬手就往佟夕的头上敲了一下：“小孩儿出息了哈，刚毕业就谈恋爱，胆子不小嘛。”

敲脑门的动作是沈希权的习惯，不论是当年对他的小兄弟，还是现在手底下的员工，看不顺眼了，他就敲过去。佟夕也没觉得有什么，在聂修的眼中看来，却是一种非常宠溺的动作，当即心便是一沉。

沈希权说：“先替你保密，大学不准贪玩，不然我一准告发你。”

佟夕捂着脑门，拖着长腔说了声“好”。然后，她就拐回去找聂修，说：“他是我隔壁的邻居，我怕叔叔知道，先过去打声招呼。”

佟夕心大，后来甚至都忘了聂修和沈希权曾在度假村有过一面之缘。

聂修开车送她回到镇上，到了佟家的巷口，她推开车门下了车。聂修跟在她的身后，将她送到院门外，她在花坛前停住步子，问：“你在这里住几天啊？”

“急着赶我走吗？”

借着微弱的路灯灯光，佟夕看出他好像有点不高兴，忙说：“不是，你不回去上课吗？”

聂修没回答，指了指佟家的隔壁：“这是刚才那个人的家？”

“是啊，我第一天搬来浠镇的时候，很巧在车站碰见他，没想到竟然会是邻居，很有缘分。”

言者无意，听者有心，聂修心里面的不痛快，除了佟夕高考突然变卦之外，又多了一项，这位邻居，和佟夕的关系显然非同一般，寻常的邻居不会对她有那么自然的肢体语言。可是，他认识她这么久以来，她居然从来都没提过这位邻居。

佟夕看得出来聂修整晚上都有点心情低落，于是趁着天黑，很主动地抱了他一下，想要拉近一下距离，也缓和一下两人的关系。

没等她松开手，聂修双臂锁住了她，手扣在她的腰后。

佟夕被圈在怀里，小声问：“你晚上住鹭鸶巷吗？”

聂修没回答，将她往怀里一带，抱住了她。她靠在他的胸口，正琢磨着自己和他的身高差，是不是看上去很萌、很好看，突然唇上一热，感觉到了他炽热的气息和温柔的触碰。

佟夕骤然呆住，过了几秒钟才明白过来发生了什么，不禁变得羞涩、紧张，想要躲开。聂修没给她机会，托住她的后颈，带着一股不容拒绝的力道，将她禁锢在自己的身前，舌尖挑开她的嘴，缠着她惊慌可爱的小舌头，果然是甜的，比他吃过的任何糖果都美味。

佟夕身体僵硬，像是一个木偶，所有的血液都涌到了脸上，所有的感觉都集中到舌尖。

她完全失去了时间概念，她觉得简直快要昏过去，在聂修的唇离开她时，她往后一靠，后背贴在墙上，一动不敢动，两腿都是软的，好像还有点哆嗦。

聂修觉得好笑：“你要当壁虎吗？”

“你才是壁虎。”

佟夕被他笑得脸红耳热，情不自禁地把脸往旁边扭开，小小的下颌只转了三十度就被扳回来。

聂修捏着她的下颌，让她的唇被迫轻轻地开启，那粉嫩的一丝诱惑，仿佛一个无声无息的邀请。他毫不迟疑地低了头，再次覆上她的唇。

吻到动情的时候，佟夕忽然从他的怀里挣扎出来，面红耳赤地说：“我要回去了。”

聂修知道自己的行为惊到她了，也有点发窘，于是默不作声地目送她进了院子，站在寒风里冷静了一会儿，才回到车里。

聂修素来自信骄傲，也一向有很多女生追。他没想到自己竟然有一天为了女孩儿患得患失，总觉得朝夕相处才有安全感。

这一年来的每一天聂修觉得都十分难熬，所幸苦日子已经熬到头了。

佟春晓很快就要生产，便和佟夕一起离开浠镇回到市里。

临近生产的时候，她每隔一周都要去医院，蒋文俊工作很忙，都是由佟夕陪着。

佟夕感觉出行开车比较方便，决定趁这个暑假去学车，将来带着宝宝和姐姐一起出去郊游。佟春晓也挺支持，就给她报了个驾校。

佟夕被 T 大录取，一家人特别高兴，尤其是佟春晓和佟建文，都有种尽到责任、不负所托的感觉，尽管佟国安临终前并未来得及留下一句话。

蒋文俊那天做了一大桌菜，替佟夕庆贺，还送了佟夕一部笔记本电脑作为礼物。

这让佟春晓对自己的抠门老公有点刮目相看，他居然舍得送几千块的礼物给佟夕，当初可是连钻戒都没舍得给她买呢。

蒋文俊趁着佟春晓很高兴，提出让他妈过来照顾她和宝宝。

佟春晓忙说：“不用，我请月嫂。”

这位农村的婆婆，她只跟其通过几次电话，感觉到不是一个很好相处的人——婆婆中年丧夫，独自养大两个儿子，性格比较强势。

蒋文俊不悦地说：“那她来看看孙子，总行吧。”

佟春晓一看气氛有点僵，忙说：“那当然没问题啊，欢迎她来。”

蒋文俊这才高兴起来，吃完饭，又主动去洗碗收拾厨房。

佟春晓对佟夕说：“七七，你考上大学了，我替爸爸送你一份礼物。”

佟夕笑：“姐夫都送过了，你就别送了。”

佟春晓笑：“不要的话，你可要后悔的。”说着，她从抽屉里拿了一张房产海报，放在佟夕的手里，“你看看你喜欢哪个户型。”

佟夕惊讶地看着佟春晓：“送我房子？”

佟春晓点点头。

香樟园的这套房子是佟春晓的父母结婚时买的，后来佟国安在海参崴娶妻生女，眼看大女儿到了该婚嫁的年纪，就把房子过户到了佟春晓的名下。佟春晓是个厚道人，总觉得这样对佟夕不公平。

佟国安去世后，留了一笔数目不大的财产，佟春晓当时就想要给妹妹买套房子，那会儿佟夕还小，未来也不知道是出国留学，还是留在别的城市。现在她结婚成家，蒋文俊不想佟夕同住，所以买房成为必然。她得给佟夕一个自己的家。

对佟夕来说，这份礼物厚重到超乎她的想象。她知道姐姐疼她，但没想到会对她这样好。

佟春晓说：“女孩子一定要有一套自己的房子，不然没有安全感。我就是跟爸爸说了这句话，然后爸爸就把房子给了我。爸爸留的钱，其实我早就想拿来给你买房，就怕你考大学考到外边，不在 T 市，所以才迟迟没有动。现在你考到 T 大，就别再拖了，房价涨得太快。星园小区离这儿也近，各方面都不错。”

佟夕没说话，低了头，眼泪滴到广告纸上，声音特别响，啪的一声。

佟春晓抽了张面巾纸给她擦眼泪，笑着说：“傻丫头，你哭什么？”

佟夕抱着佟春晓就呜呜地哭出声来：“姐才傻呢，你对我这么好。”

佟春晓笑了：“我就一个妹妹，当然要对你好。再说，你对我也好啊。我知道聂修想要你去 B 市的，你是想留在家里照顾我。”

她揉了揉佟夕的头发：“七七，聂修如果真的爱你，异地恋不是问题。很多人天天在一起，照样同床异梦各顾自己。”

佟夕点点头，她坚信聂修是真心爱自己，她也对异地恋很有信心。

蒋文俊从厨房出来，看到佟夕眼睛红红地抱着佟春晓，就问怎么回事。

佟春晓笑着说：“我看上了星园小区的一套房子，让她去选选户型。”

蒋文俊难以置信：“你给佟夕买房子？”

佟春晓点头：“我去看过，挺不错的，明年就交房。”

蒋文俊沉默着没说话，坐在旁边看电视。等佟夕进了房间，他拉着佟春晓进了房间，关上门，急不得待地说：“你只是个姐姐，又不是妈，你为什么要给佟夕买房子呢？我们马上要养孩子，到处都是花钱的地方，买房子可不是一笔小数目。”

佟春晓解释：“买房子的钱是我爸留下的，不是我的积蓄。”

蒋文俊说：“既然是你爸的遗产，你也有一半，为什么都给她？”

佟春秋忍不住生气地道：“那这么说的话，香樟园的房子还有佟夕的份儿呢。”

“那是你爸送给你的，都已经过户了，怎么还有她的份儿？”

佟春晓道：“我不信你连继承法都不懂吧。这房子是我父母的共同财产，佟夕也是有继承权的。”

“可是，房产证上都是你的名字了，就等于是你爸爸完全将它送给你了，没佟夕的份儿啊。你怎么这么傻呢？”

“那你要这么说的话，爸爸的钱是不是也全都我一个人贪了，没她一毛钱的份儿呢？”

“你给她一半就很够意思了，你把她养大，不花钱吗？这都应该从你父亲的遗产里面扣除的。”

佟春晓被气急了，脱口道：“你别管了，这是我的婚前财产，我想怎么处置，都和你没关系。”

蒋文俊道：“那好，既然你这么说，我的婚前财产怎么处理，你也别干涉。”

他工作这么多年也攒了一笔钱，打算用来买房结婚，后来看佟春晓有房，股市行情也不错，便暂时打消了买房的念头。

佟春晓觉得股市有风险，不同意他炒股，建议他买房出租，每年的租金虽然不如股市利润高，但是安全没风险。

蒋文俊想快速挣钱，将钱一直放在股市里迟迟不动，今天一吵架，也就彻底摆明了态度——不会听她的。

佟春晓有点心灰意冷。当初恋爱的时候，她只关注他的工作、为人处世、性格爱好，从来没好意思过问有关金钱的问题。因为她结婚不是奔着对方的财力去的，她有能力挣钱，也不想靠男人。两人财务独立，彼此也没有金钱纠葛，于是就这么埋下了隐患，婚后才一点点地暴露出来。

佟夕在房间里兴高采烈地摆弄新电脑，完全不知道夫妻俩因为自己而爆发了婚后的第一场激烈的争吵。

她是在第二天早上才发现两人在冷战，相互不说话。甚至，蒋文俊对她也冷着一张脸，和昨天送给她笔记本电脑时的画风截然不同。

佟春晓看在眼里，越发觉得自己给佟夕买房是正确之举，不然，佟夕毕业后没有落脚之地，和自己住在一起，还要看蒋文俊的脸色。

不过，佟春晓虽然对蒋文俊失望，但并没有离婚的打算，家家有本难念的经。她的叔叔婶婶相濡以沫几十年，偶尔还会吵架，何况他们才结婚不到一年，各种磨合在所难免。

毕竟蒋文俊除了在金钱方面比较计较之外，其他方面都不错。他生活节俭，工作努力，也不拈花惹草，下了班就回家，再加上已经有了孩子，所以，这些争吵矛盾，她对佟夕只字不提，免得佟夕有心理负担，也不想佟夕对他生出反感。

随着 IP 开始兴起，她有部小说正在谈影视版权。原先她抱着夫妻之间坦诚相待的态度，对蒋文俊如实相告，也算是和爱人一起分享自己的成就。现在她不这么想了，她打算卖了版权也不多说，暂时把钱存到佟夕的名下比较保险。

两人冷战了一天，因蒋文俊的妈李秀玉的到来而自动和解。佟春晓和蒋文俊结婚将近一年，这还是第一次见到婆婆。蒋文俊在婚前，从未要求佟春晓跟他回农村过年。逢年过节还是佟春晓主动提出给李秀玉打电话问候一声。

这一点也是佟春晓非常满意蒋文俊的一个地方，不像有些男人，非逼着老婆孝敬老妈，有一点做得不好的地方就各种唠叨，给老婆扣上一顶不孝顺老人的帽子。

其实，蒋文俊这么做，是因为他妈从头到尾都不满意佟春晓。

不满意的地方有三个，一是佟春晓没正经工作。在他妈眼里，在家里写稿子那不叫工作。第二，年纪太大，过了三十岁还没结婚，说不定有什么毛病。第三，她父母双亡，可见是个福薄命硬的女人，恐怕将来还会克夫。

蒋文俊毕竟受了高等教育，不会被他妈妈的这些落后思想左右，他也很清楚以自身的条件，能找到佟春晓这样的妻子，已经相当幸运。所以，不顾李秀玉的反对，他和佟春晓结了婚。只是，他很聪明，从来没有把他妈妈的不满和反对告诉过佟春晓。

李秀玉见到佟春晓的第一眼，先看她的颧骨高不高，然后又看她的肚子，看完了才露出了笑脸："一准儿是个男孩儿。我生了两个儿子，我知道。"

佟春晓也不生气，就算这老太太重男轻女也无所谓，反正她也不会和老太太一起住，更不会让孩子受气。

她并不知道，蒋文俊是打算让他妈长住三年的，起因就是她要找保姆来带孩子。

蒋文俊很吃惊，说："你天天在家不能带孩子？"

佟春晓恼了："我不是家庭主妇，我也有工作，只是在家里工作而已。"

蒋文俊一算三年保姆的费用，顿时感觉压力很大，便请他妈过来带孩子，可以省下这笔钱。

佟春晓压根不知道他的打算，只当老太太来住一段时间就走，家里就三间卧室，只能安排她住在婴儿房里。

蒋文俊去铺床的时候，李秀玉很不高兴："我是客人，还是长辈，好心好意地过来给你们带孩子，她就让我住这小屋？还是大城市的姑娘呢，我看也是不会做人。"

蒋文俊小声说："佟夕很快就回学校住。等她走了，你住她那个房间。"

"这房子不是春晓的亲妈留下的吗？"

"是春晓的父母留给她的。"

李秀玉继续嘀咕："她一个姑娘家，怎么好意思和姐夫一块住呢？她也不嫌不方便，也不知道避嫌？"

主卧的房门正对着婴儿房，佟春晓在房间里听得一清二楚，气得火气突突地往上冒。

蒋文俊十分尴尬："这段时间都是她帮了大忙，春晓产检去医院，都是她陪着去的。"

"一个没结婚的黄毛丫头，娇生惯养的，会干什么？还占着一间屋子。"

就这么几句话，老太太的人品可见一斑。她初来乍到，就开始容不下佟夕，这一点倒是和蒋文俊如出一辙，真不愧是一家人。

佟春晓对佟夕一向疼爱有加，而且她自己尝过幼年丧母的滋味，对佟夕格外关爱，从都没舍得说一句重话，如今被李秀玉一顿贬低，她对这老太太的印象瞬间变得很差，也明白自己不可能和这样的婆婆搞好关系。

佟春晓看在她第一天来的分上，忍着没发作，心里又气又悔，自己不该偷懒，没在婚前去一趟蒋文俊的老家，见见他的家人。

不过，即便那时候见过，她可能也不会改变主意。很多人在婚前的想法都很简单，我嫁的是这个人，又不是他的家人和他的家庭，只要他好就行了，可是，往往等结了婚才发现，密不可分的家庭关系会导致层出不穷的问题。

佟春晓翻来覆去睡不着，心里生着闷气，夜里四点，开始阵痛，有分娩的征兆。

蒋文俊不敢耽搁，拿了东西，立刻打车送佟春晓去医院。此时离预产期还有八天，佟夕难免担心，也不管时间，先给佟鑫打了个电话，叫他立刻来医院，然后又给叔叔打电话，让他们明早尽快赶来。

佟夕有种直觉，蒋文俊的妈比较难缠，担心万一有事，自己一个人没法做主。第二天一大早，佟建文夫妇就从浠镇赶了过来。事实证明，娘家人果然来对了。

医生检查之后，建议剖腹产，遭到李秀玉反对，因为她大儿媳的头胎就是剖腹产，生下的还是个女孩儿，隔了好几年才生了二胎。

佟建文夫妇态度很强硬，说："我侄女的事情，我们说了算，听医生的。"

蒋文俊也同意剖腹产，大都市养一个孩子都很困难，不像农村，吃饱三顿饭就 OK，他不打算再生二胎。他握着佟春晓的手说："咱们只生一个孩子，不管是男孩还是女孩。"

佟春晓本来对他有不少失望的地方，但是，关键时刻见他向着自己，顿时心又暖了。

很多人的婚姻就是这样，一会儿让你觉得失望，一会儿又给你点希望，一会儿让你觉得所嫁非人，一会儿又觉得他值得托付。很多人都是在矛盾中稀里糊涂地过了一辈子。

佟春晓身边围着一大家子人，李秀玉孤掌难鸣，黑着脸骂蒋文俊没出息，老婆奴。

佟建文听着这些，心里很不是滋味。佟春晓在最适合找对象的年纪，因为职业关系，接触的几乎都是女性，她也不是长袖善舞、八面玲珑的个性，一晃两三年，就到了浠镇。她全职写作后更使得接触的圈子缩小，好不容易碰见一个蒋文俊，各方面都十分合适，谁知道他有个这样的妈。

佟建文因为佟鑫的婚事，深感门不当、户不对的婚姻，高攀的一方会没底气。任谁都能看出来，佟鑫在许琳琅跟前，一切都是许琳琅说了算。

所以，佟春晓找个比自己条件差一点的，他还挺高兴、挺满意，以为佟春晓会像许琳琅那样，能在家里说一不二、不受欺负，谁知道也是想错了。

周余芳也看出李秀玉还抱着老旧的想法，认为家里长辈说了算，儿媳只有听话的份儿，便对李秀玉道："现在年轻人都是自己两口子过日子，小家庭的事，老人别管太多。春晓结婚，我和他叔就没怎么过问。"

李秀玉不客气地说："那是，她又不是你闺女。"

这一句话，把周余芳呛得脸一红。

佟建文恼了，沉着脸说："我只有一个儿子，可是把春晓当闺女看的，谁欺负她，我第一个不饶。"

佟建文平素在学校里面严厉惯了，板起脸来一脸煞气，李秀玉这才悻悻地闭了嘴，不再指桑骂槐地说蒋文俊。直到孩子生下来，的确是个男孩儿，她才高兴起来。

佟建文看到侄女一切顺利也就放了心，交代佟夕和蒋文俊好好照顾佟春晓，傍晚时分就和周余芳回了浠镇。

佟春晓因为预产期提前，就让蒋文俊给月嫂打电话，通知对方早点来。没想到，蒋文俊打电话过去，竟给推掉了。

这个月嫂是佟春晓提前好几个月好不容易才约到的，价钱是贵了些，但是口碑极好。佟春晓气得和蒋文俊吵起来。

蒋文俊说："那个金牌月嫂要价高得离谱。咱家这么多人呢，用不着月嫂，我妈给我大哥带了两个孩子，经验丰富。"

李秀玉立刻上前帮腔："我和你两个大人带一个小孩，还用得着月嫂吗？"

佟春晓一听不对劲，忙问蒋文俊："你让你妈过来带孩子？咱们不是说好了请保姆吗？"

蒋文俊赔着笑脸说："春晓，你请保姆要请到孩子上幼儿园，你算算，三年下来得花多少钱。有我妈愿意帮忙，何乐而不为？"

"不行，我不能让你妈带孩子。"佟春晓急了，这短短两天，已经见识到了这老太太的脾气和个性，要是和老太太住一起三年，她非得疯了不可。

李秀玉一听就恼了："我好心好意地过来帮忙，怎么你还不愿意？"

"我不愿意麻烦你。"

李秀玉本来就憋了一肚子火，这下也忍不住发泄出来："我两个儿子都是自己带大的，我还去干地里活。你天天不上班在家，待在家里，你自己凭啥不带孩子？有多少钱经得起你这样折腾？"

佟夕本来想着这老太太是个长辈，还是姐夫的妈，就一直忍着没吭声，这会看李秀玉咄咄逼人，实在气不过，说道："我姐有工作，而且天天都在工作，逢年过节还在写作，工资比蒋哥还高，不信，你问问蒋哥。"

这一席话顿时让老太太哑口无言。佟夕并不想和老太太争吵，主要是蒋文俊的态度让她气愤。

"蒋哥，你节俭没错，但也看什么时候，我姐这辈子也就生一次孩子，这孩子也是你亲生的，你也不是穷到付不起这点钱，你若真没钱，我们家来出钱就好了。"

蒋文俊解释："我不是不出钱，我是觉得没必要，我妈总比保姆贴心。"

佟春晓实在忍无可忍："这孩子由我出钱来养，以后随我的姓，就当是我自己一个人的。"

反正她是坚决不能让李秀玉留下来带孩子，这样的老太太在家，可以想象接下来会是什么鸡飞狗跳的日子，她宁愿花钱。

李秀玉又急又气："蒋家的孙子怎么能姓佟呢？"

佟春晓不客气地说："养孩子你们一分钱都不舍得出，我生他养他，当然要姓佟。"

李秀玉腾地一下站起来，指着佟春晓的鼻子道："行，既然孩子姓佟，那就别怪我撒手不管了。文俊，我回家，我不侍候姓佟的孩子。"

蒋文俊急忙去拉他妈，却被他妈一手甩开："以为生个儿子了不起？指望着我们供着你呢？是个女人都会生孩子，我还缺孙子？"

李秀玉一辈子要强，说一不二，说走就当真要走。蒋文俊无奈之下只得送他妈回去。

医院里只剩下佟夕照顾佟春晓和宝宝。那母子俩一走，佟春晓反而如释重负，觉得轻松。

小家伙拉了绿色的胎便，佟夕给小外甥换尿布，满脸都是爱意，一点也不嫌弃。佟春晓忍不住感叹："还是有血缘关系的人亲啊。七七，宝宝就叫佟桦吧。"

佟夕愣了一下，高兴地说："好啊。"

等忙完了，佟夕终于有时间给聂修打个电话报喜。

"聂老师，我当小姨了。我姐生了个男孩儿，长得帅极了，长大后绝对迷倒大片女生。"

其实刚刚生出来的小毛孩儿哪有那么漂亮，可是她爱屋及乌啊，那是姐姐的儿子，她爱到心坎里。

聂修问："比我还帅吗？"语气有点酸。

佟夕莞尔："有你这样的吗，和一个小婴儿吃醋。"

"原先我是排在你姐姐后面，现在小外甥插了队，我得排第三了吧。"

佟夕一听这话，发现酸味越发浓了，忍着笑意换话题："你还记得叶赛宁的诗《白桦》吗？我没出生的时候，我爸就给我取了佟桦的名字，我是个女孩儿没用上，现在可算能用上了。"

"那要是你姐姐生个女儿呢？"

"那就留给我儿子用啊。"佟夕高兴得有点忘形，说出口了才觉得很窘。

电话里的聂修沉默了两秒，说："你的儿子姓聂好不好？"

佟夕握着手机，没有回答，一张脸烧得发烫。

聂修在电话里笑："你不反对，那我就当你答应了。"

佟夕赶紧换话题："你什么时候回来？"

"下周放假。"说完，他幽幽地叹口气，"真是……度日如年。"

第九章 春瞳

聂修放假回来的时候，佟春晓已经出院了。

为了庆贺佟夕考上大学，他特意请了朋友一起吃饭，除了好友傅行知、莫斐、莫丹，还有一位叫陈思域的同学。

聂修和陈思域虽然关系一般，但是陈思域在T大学生会任职。同来的还有他表演系的女朋友，已经拍过戏，也接过广告。原先佟夕只听说“脸蛋只有巴掌大”这种形容，见到这位师姐，才真的领会到它是什么意思。

傅行知是第一次见到佟夕，和莫斐对了个眼神，心说，怪不得聂神动了凡心，真跟仙女似的，把陈思域的系花女朋友都给比了下去。

聚餐之后，傅行知很善意地提醒聂修：“佟夕这么漂亮，你不在身边看着，比较危险啊，表演系的帅哥特别多。”

聂修说：“我不担心。”其实，他一直悬着，但是碍于自尊不肯承认。他认为外部诱惑不可惧，再多帅哥也不是问题，佟夕不是看脸的人，最大的问题在于佟夕。

看似他很简单很容易就追到了她，可是，她好像对他不怎么在乎。

佟春晓一怀孕，她就放弃了和他的约定，完全不考虑他在那边满心欢喜地苦等她。他气恼之下几天没给她打电话，她居然一点也不急着找他和好。如果他没有追到浠镇去主动和解，大概两人就这么散了。他的假期很短，他回来后就想和她分分秒秒地黏在一起，然而她整天都说自己没空。

偏偏他还特别忙，假期没过半就被导师召回实验室。本科的时候还有不少假期，现在读研，导师接了个国家级的研究课题，他想请个假都难。

聂修要走的那天，佟夕也没去送他，因为佟桦生了病，佟春晓产后恢复不大好，不宜出门。佟夕和保姆带着佟桦去医院，在走廊排队等号的时候，抽空给他发了短信，十分抱歉不能送他。

聂修收到短信，心里很不是滋味。看着师兄的女朋友很黏人，他替师兄难受，现在他的女朋友一点不黏人，他又替自己难受。他越来越心里没底，佟夕究竟喜欢不喜欢他？

李秀玉的离开，让一切都暂时恢复了平静。佟春晓仔细思量，好像所有的矛盾，究其根由，还是一个“钱”字。于是，佟春晓承担了孩子的一切开销，保姆费也不让蒋文俊出。她并非赌气，而是认为男女平等，能者多劳，不一定非要让男人来承担养家糊口的责任，她有这个能力，那么，她也不介意来养家、养孩子，只要家庭和睦就好。

然而，她的做法，蒋文俊并未领情，反而觉得她是在以这种方式来无声地指责他没钱。作为男人的尊严受到打击，他明显比以前沉默，每天下班回来得很晚，基本上天天都在加班。

彼此都有意见，但是都放在心里，说出来也不能解决问题。“三观”不是一朝一夕养成的，也不是一朝一夕能改变的，想要纠正对方，只会引起争吵。

佟春晓不再像以往那么坦诚地将自己的收入情况告知蒋文俊。也正是因为她的这份明智，才让后来的佟夕在水深火热之中，杀出了一条血路。

蒋文俊觉察出佟春晓的防备，两人之间的关系越来越僵，陷入客气疏离的模式，好像成了一对生活搭档。

平静之下隐藏着的矛盾，在给孩子上户口时，再次爆发。蒋文俊认为佟春晓让儿子姓佟，是对他的一种羞辱，会让别人认为他是吃软饭的男人。

佟春晓解释："我没有羞辱你的意思。不管孩子叫什么，都是你的儿子，名字只是个代号。我辛辛苦苦怀胎十月，让他随我的姓，一点不过分。再说，男女平等，法律可没规定孩子一定要随父亲的姓。"

佟夕万分庆幸自己没有选择去B市，在佟春晓经历这些风波的时候，自己可以守在她的身边，陪她渡过难关。

而同时，佟夕对聂修充满了歉疚。他放假回来时，她因为这些鸡飞狗跳的破事，根本就没空和他约会，匆匆见面便急着回来照顾家里。

等一切安顿下来，聂修回了学校，她才发现自己特别想他。

转眼到了开学的前一天。佟夕收拾好行李，是简单的一个拉杆箱，反正她在本市，东西不必一次都带齐。佟桦还小，佟春晓的身体还没完全恢复，她想好了，只要有时间，就抽空回来。

晚上十点钟，她洗了澡正准备早点睡觉，忽然接到聂修打来的电话，听着他那边有点吵，像是在外面，还有车水马龙的声音。

佟夕问："你在哪儿呢？"

聂修说："影城门口。"

他总不会一个人去看电影吧。佟夕下意识地问："你和同学看电影？"

聂修："嗯。"

"男……同学吗？"

"嗯，男的。你要不要来？"

佟夕闷闷地说："这么远，我怎么去。"

忽然间，她才发现异地恋真是很不好。她相信聂修，可是还是忍不住多想，和他一起看电影的真的是男生？会不会也有女生呢？两个男人一起看电影，真是感觉怪怪的……

“一起来吧，很近的，香樟影城。”

佟夕一愣。香樟园路口的电影院名叫香樟影城。还没等她再问，聂修说：“我等你。快点，五分钟不来，我就上楼去找你了。”

佟夕啊了一声，激动得手机都要掉下去了：“你回来了？”

聂修笑：“是啊，好不容易请了两天的假。”

“我马上过去。”佟夕对佟春晓说了一声，便匆匆跑下楼，一路上高兴得都要飞起来了。

真是难以置信，他会突然回来，而且还故意说什么和别人一起看电影，让她心里七上八下的，等会儿见到他，她一定要好好地教育他，告诉他不可以让女朋友操心。

聂修算的时间很准，从她下楼，出小区大门，到路口的影城，也就五分钟。

佟夕一路小跑，三分钟就看到了他的人。

路边的香樟树上悬挂着星星样子的小彩灯，聂修面朝着她的方向，笑容温柔如水，眼中如有星光。

她恨不得将两人之间的距离用光速缩短，飞扑过去投入他的怀里，然而，和他一起来的，还有一盏超级大的电灯泡——傅行知，是傅行知刚刚到机场接的他。

因为傅行知在，佟夕硬生生忍着想抱住聂修的冲动，改成挽胳膊，抱着他的手臂，又惊又喜地问：“你怎么突然回来了？”

聂修一本正经地说：“明天我女朋友开学，我送她去报到。”

佟夕咬着下唇，眼睛里泛着光，直勾勾地望着他笑。她太高兴了，想含蓄点，可是忍不住笑成一朵花。他低头看着她，目光甜得发腻。

两人旁若无人地深情对视，甜得周围的空气都冒着泡泡。他们不过分开一个月，就跟三百年没见面似的。

傅行知被当成隐形人冷落在一旁，撇嘴说：“老子还没吃晚饭呢，狗粮吃得要打饱嗝了。”

佟夕噗地笑了。

聂修低头在佟夕的额头上亲了一下："那干脆让你吃撑吧。"

傅行知捂着脑门："……行，你们等着，我可是记仇的。"

聂修笑："走吧，我请你吃饭。"他的话是说给傅行知的，眼神却一刻也没舍得移开佟夕，牵着她的手上了车。

吃饭时，他也是右手拿着筷子，左手握着佟夕的手，自始至终都没放开过。当着电灯泡的面儿，两人也不方便说话，就含情脉脉地望着。

傅行知被强行塞了一肚子狗粮，嫉妒之下，催着聂修赶紧回家睡觉。

两人在楼下依依不舍地分别，聂修交代佟夕："明早我来接你。"

佟夕回到楼上，佟春晓小声地问："聂修回来干吗？"

"他请假回来，送我报到。"

佟春晓也没想到会是这样，又惊讶又羡慕，笑着说："唉，年轻真好啊。"

佟夕本来心里很甜，可是一看到姐姐，忽然间又觉得心酸。

她目睹了姐姐和蒋文俊从相识到恋爱，再到结婚的过程。

她还记得当初在浠镇，蒋文俊每天黄昏后来约姐姐散步。两人手挽着手，在暮光中说说笑笑，看上去是郎才女貌，那么和美。可是，他们踏进婚姻，就像是撕开了外表华美的皮，露出里面千疮百孔、不堪入目的模样。

目睹了这些，关于爱情、婚姻、金钱，佟夕都有了全新的感悟，也终于明白了佟春晓在新婚之夜的那天早晨和她说的那些话是什么意思。

她不知道自己和聂修会有怎样的将来，现在甜蜜和美的外衣下，是不是也一样藏着很多不为人知的尖刺，在将来的某一天一根一根地露出锋芒，将他们刺伤……

第二天，聂修准时来接佟夕去学校，看她只提了一个行李箱，不禁问："就这点东西？"

佟夕点头："嗯，先带过去这么多，反正我经常回来。"

聂修一只手拖着箱子，一只手拉着她的手，朝小区门口走去。

九月初秋，天高气爽，佟夕记得那一天的云特别漂亮，空旷的路边，停着一辆造型独特的跑车，颜色是很抢眼的大红色。

聂修按了一下车钥匙，佟夕听见嘀的一声，特别惊讶："这是你的车？"

按照她对聂修的了解，他是绝对不会买这种骚包颜色的车子的，他爸更不可能。

聂修说："这是傅行知的车，死活非要借给我开一天。"

佟夕不解："你不是有车吗？他干吗非要借给你开？"

"他说，这辆车很风骚，也很贵，最适合出去炫。"

"他让你去学校炫富啊？"佟夕觉得今天的聂修完全变了一个人，笑着拍他的胳膊，"你病了？"

聂修笑："嗯，患了一种担心女朋友被人抢的病，著名的庸医傅行知给我开了药方，说要让所有人知道你有男朋友，一劳永逸地治好病。"

佟夕扶着车门，笑得腰都弯了："我都不担心你在学校里被人抢了，你担心什么？"

聂修捏了捏她的鼻子，一本正经地说："我没你好看。"

"才不是，你长得特别好看。不过，在我眼里，颜值不重要，重要的是智商和才华。我忘了告诉你，我小时候班里的男同学个个都是帅哥，我真的不骗你。我对门的两个小哥哥长得和明星差不多，而且能歌善舞，我过生日的时候，他们拉着手风琴唱歌的样子，哇，那真是，就和电影中的画面差不多。我想以后等有机会——"她说着说着，身边的聂修没了声音，她转眼一看，发现他的脸上已经乌云密布，忙笑着推他，"喂，你生气了啊？"

聂修否认。佟夕看着他笑："口是心非的男人。明明生气了，我都看出来了。"

聂修学着佟夕的腔调，从鼻子里哼了一声："小哥哥。"

佟夕受不了了，笑着捶他："别说了，我鸡皮疙瘩都起来了。"

那天是佟夕几年来最快乐的日子。她最大的心愿，就是有朝一日能助姐姐一臂之力。她能考到T大传媒学院的编导系，离自己的梦更近了一步。

傅行知的“药方”果然很厉害，那风骚抢眼的车子在校园里十分招眼。聂修更是。艺术院校里不乏优秀漂亮的男生，可是没人能压得过他的风采，那是一种因为从小就出类拔萃而养成的，天之骄子的气度，与容貌和外表无关。

佟夕在路人艳羡的目光中，小声地说：“完了，我要成为女生嫉妒的对象了。”

聂修大言不惭地点头：“我也觉得是。”

他一路牵着她的手，带着她去办各种手续。九月初的天气还有些热，她觉得手心有汗，甩他的手甩了几次都甩不掉，两人的手汗津津地握在一起，还一路吸引了无数的目光。这样出挑的一对，没法不引人注意，也没法不让人瞩目。

佟夕毕竟是初入大学，脸皮薄，最后忍不住小声抗议：“你别这样，别人都看着呢。”

聂修坦然地说：“这样挺好，同学们都知道你有男朋友，男生也就不来追你了。”

佟夕抿着唇笑，阳光下的肤色白里透粉，琉璃般的眼睛，近看有一种深海般的蓝。

聂修将她额头上的碎发推上去，露出光洁如玉的额头：“我这么卖力地替你挡桃花，你回头要好好谢我。”

佟夕心里甜如蜜一般，仰着脸，不害羞地说：“一家人谢什么。”

聂修深以为然。

年少轻狂，招摇过市，那是他生平第一次。

聂修总共就两天假，送佟夕入了学，当天下午要赶回B市。临行前，佟夕对他依依不舍，抱着他的手臂，半晌不舍得放开。

聂修忍不住翻起了旧账：“谁让你不肯去B市，不然，我们也就不用这样两地分居了。”

佟夕笑："谁和你两地分居了！"

聂修皱眉："咦，上午不是还说我们一家人，转眼就过河拆桥、不认账了，是不是？"

佟夕笑嘻嘻地说："兄妹也是一家人嘛。"

"不要妹妹，只要媳妇。"

佟夕乍一听见这个称呼，心里甜丝丝的，又有点不好意思，笑盈盈的，没吭声，就当是默认了。自此，聂修把她的手机号码和微信号的备注都改成了媳妇。

日子如流水般地过去，佟桦一天天长大，咿咿呀呀学语，蹒跚着学走路，越长越漂亮，带出去也是人见人爱。

佟春晓本来对蒋文俊的一些不满，又被孩子的可爱给压了下去。在没有婆媳矛盾，也没有金钱冲突的时候，她和蒋文俊之间好像没有什么矛盾。

蒋文俊没有恶习，不抽烟、不喝酒、不应酬，也很少与女性联系，除了计较金钱、比较节俭外，似乎没有别的毛病。佟春晓要求不高，生活平静、简单、安逸，不无事生非，就挺满足。再加上佟桦特别可爱，她并不想离婚，很努力地想要拉近两人的关系，希望能重新回到恋爱时的那种状态。

相对于她的努力，蒋文俊比较被动消极，春节后，他变得非常沉默，很少说话，下班回来就在家看电脑，研究股票行情。

佟春晓觉得他可能是工作太忙，压力太大，于是她就承担起一切家用和开销。

蒋文俊也没有什么表示，依旧心事重重。眼看五一到了，佟春晓便想趁着放假，出门旅行一趟，让他散散心。毕竟他还是她的丈夫，她很关心他的身心健康。

佟夕学校也放假，但是，她不肯去当电灯泡。

她知道这次旅行其实是姐姐心目中的一次蜜月旅行。去年还没举行婚礼，佟春晓就意外怀孕，生完孩子又兵荒马乱，婚礼的仪式就被直接省略了。

但是，没有蜜月旅行，佟春晓心里一直很遗憾，时常对佟夕说：“你结婚了一定要去蜜月旅行”，然后又提点千万别婚前怀孕，不然就会像她一样计划被全盘打乱，什么都泡汤了，把佟夕说得面红耳赤。

佟春晓想去巴厘岛，蒋文俊说孩子太小，坐飞机吃不消，不如就近找个地方玩一玩。佟春晓知道他是不舍得花钱，便说：“我来付钱，你不用操心。”

蒋文俊见她一副“财大气粗”的样子，便猜测她是不是卖了版权瞒着自己，心里十分不快，但是也没表露出来，怂恿她说：“你有钱不如投资股市，最近股市火爆，随便买一只股票都挣钱。你开个账号，我可以替你操作。”

佟春晓最怕干冒险的事，所以没答应，蒋文俊便越发认定了自己的想法——她在防着他。这种想法一旦生根，便很难被拔去。原先他看她温柔单纯，以为她会没什么主见，后来才发现并非如此。

佟春晓是个很有主见的人，绝对不会受他控制，尤其是她经济独立，甚至比他还能挣钱，他时常会有一种倒插门的感觉。看来，在家里有钱才有话语权。越是这样，他越是想要证明自己能挣钱、会挣钱，这才便有了后来的万劫不复。

佟春晓在出门旅行前给了佟夕一张银行卡，让她趁着五一商场打折，把喜欢的家具先订下来。星园小区的房产商的确很靠谱，按时完工，下个月就能交房。

一直让姐姐花钱，佟夕很过意不去，说：“这钱算是我向你借的。等上班了，我还你。”

佟春晓笑：“不用还了，就当是我送给你的结婚礼物。”

佟夕忍不住笑了：“哪会那么早啊，聂修还要出国，至少要四年。”

佟春晓也听佟夕提过一次聂修要出国读博，当时还没定下来，此刻听佟夕的意思是已经定下来了，便问：“你想不想出国留学？你要是想去的话，我也支持你。”

佟夕连忙摇头。佟春晓已经为她付出太多，留学需要那么大一笔费用，她是无论如何也不会开口让姐姐来负担。再者，她的专业好像也没有那个必要，不像聂修，几乎所有的师兄都出国读博，不是去英国，就是去美国，毕业后大部分留在国外，回国的要么进高校，要么进研究所，个个都很厉害。

佟夕放假的第一天也没睡懒觉，起床吃了早饭就去逛家具城。因为打折，商场里到处都是人，佟夕累了一天，订了床和柜子，傍晚回到家里，倒头就睡。一觉醒来，天都黑了，她拿起手机看时间，才发现有聂修打的十几个未接来电，急忙给他回过去。

聂修的声音听着挺着急：“你在哪儿？怎么不接电话？”

“我在家睡觉，手机开了静音。”

“那我去找你。”

“你回来了？”佟夕激动得腾地一下从床上坐起来，“你昨天不是说你老板不放人吗？”

“对啊，昨晚和师兄一起请他吃饭，我说女朋友五一要和别人出去旅游，我可能要被甩了。老板终于发了善心，给我放了三天假。我买不到机票，火车票也没有，没办法，我包了辆出租车回来的。”

聂修说完，电话里却没声音儿，以为信号不好，喂了一声。

佟夕吸了口气：“我在听呢，都感动得快哭了。”她是真的感动，从B市包车回来，钱还是其次，硬生生坐八九个小时的车，真的非常辛苦。

聂修闻言却笑：“别感动，不是回来看你的，是看我爸妈，顺便……看你一眼。”

佟夕捧着手机笑，才不信他坐了那么久的车回来只是“顺便”看她一眼。

挂了电话，佟夕飞快地洗了个澡，又把房间收拾了一下。聂修有洁癖，她不想给他留下不好的印象，这还是他第一次上门来找她，以前他都是在楼下等候。

聂修来得比她想象中还快，门铃响的时候，她的头发还没干。

聂修知道她姐姐一家三口出门旅游1额，家里就她自己，一见面就把她抱在了怀里。一晃三个月没见，两人都有些动情，连呼吸都是烫的。

聂修正吻着她的时候，她的肚子煞风景地咕噜响起来。

佟夕忍不住笑场，说："我饿了。"

"你还没吃饭？"

"我逛街累了，回来就睡。"

聂修问："家里有什么？我给你做。"

佟夕惊讶："你会做饭？"

聂修摸摸她的头："我什么都会，你说你多有福气。"

佟夕望着他笑，真是不懂，为什么这个男人骄傲自满的样子都这么好看。

不过，聂修也没夸张，给佟夕做了一碗面，堪称口味绝佳。

她吃面的时候，聂修坐在她的对面，右手放在她后腰的地方，捶了几下。

佟夕吃完面，拉着聂修起来，柔声说："你躺到沙发上。"

"干吗？"

"快躺下，皮带扣解开。"

聂修脸色微微一变，似笑非笑地看着她。

佟夕明白他是想歪了，笑着拍了他一掌："你想什么呢！坐了那么久的车，我给你按摩一下腰。"

聂修佯作失望地叹气："我还以为……"

"你以为得太美了。"

佟夕笑着将他按在沙发上，双手放到他的腰上，采用"自学成才"的模式，一通乱揉乱捏。

聂修本来腰不疼，被她摆弄得只觉得酥痒酸麻，身体也升腾起了欲望。

他抓着她的手，翻过身来。

佟夕坐在他的腿边，亚麻色的头发挡着脸颊，阴影中的五官显得神秘而迷人，眼中星星点点地亮着光。

聂修手托着她的头颈，将她拉下来，密密的长睫毛在他的唇上微微颤抖，酥痒的感觉比方才更甚。他的嘴唇从她光洁如玉的脸颊往下滑，落到她的唇上。

相恋两年，他们聚少离多，每一次约会都觉得意犹未尽，这样亲吻似乎都不解渴，他翻身将她压在身下，掀起她的浅蓝色裙子，露出如雪的细腰。

深夜寂静，欲念像是出笼的猛兽。佟夕闭着眼睛，想着他再有几个月就要出国，去了异国他乡，他们要再见一面比现在还难，她忽然间有种和他发生点什么才能安心的冲动。

聂修感觉到她的主动，本来就有点难以控制的欲念越发失控……她毕竟没经历过，难免紧张害怕，但也没抗拒、没退缩。

出乎意料的是，聂修在最后关头却停了所有动作。他撑在她的上方，纷乱而急促的呼吸声响在她的脸颊边，最终，他将她的裙子拉下来，哑着声说："还是不知道滋味比较好，万一食髓知味，在国外守身如玉的日子要怎么熬。"

佟夕忍俊不禁，拿了个靠垫盖住自己滚烫的脸颊，哧哧地偷笑：真是自控力惊人的聂老师啊！

那时候的她是真的很喜欢聂修，喜欢到想要把自己都给他。那时候的他也真心喜欢她，喜欢到可以克制自己的欲念。谁都不会想到，这是他们之间最后的甜蜜时光。

度假归来的蒋文俊并没有放松心情，依旧心事重重。

佟春晓将佟桦哄睡了，正收拾行李，蒋文俊的手机响了，他看到电话号码便去了阳台。以往他接电话都不会背着她，但是，最近这种情况频繁发生，就连在度假的时候也是。

佟春晓第一反应是，来电的人难道是女人？但转念一想，她又觉得不可能。蒋文俊在阳台上接完电话，神色很惊慌，她问怎么回事。

蒋文俊说："我哥打电话来，说我妈病重，急需动手术，我的钱都在股市，你能不能先拿点给我？"

"多少钱？"

"五十万吧。"

"这么多？我的钱有的做了理财，有的存了定期，卡上没这么多钱，先给你五万应急吧。"

佟春晓大人大量，没有计较过去的不愉快，用网银给他转了钱，然后好心地让他把李秀玉接到T市的医院来开刀治疗，因为这里的医疗条件比较好。奇怪的是，他无视她的提议，只是心急火燎地催她赶紧凑钱给他。

佟春晓觉得有点不对，股票如果不是停牌，想要抛售拿钱出来也很容易，两个交易日就行了，既然他股市有钱，怎么一直催着她去取定期存款？再说，他平素对他妈挺孝顺，怎么能放心让他妈在小县城的医院里开刀动手术？于是，她给他的大哥蒋文海打了个电话。这一通电话，她才发现李秀玉根本没生病。在她的逼问下，他只得说出事情的真相。

他把打算买房的钱放入股市，一开始也真的是大赚了一笔，后来在证券公司融资加杠杆，资金很快翻倍。但是，谁都没有料到，红红火火的股市会有一场突如其来的灾难。他的仓位即将被打爆，急需要一笔钱补保证金。

当初佟春晓给佟夕买房时，两人起了争执，彼此说过不过问对方的婚前财产，她又很反对他炒股，所以，他也没找她要钱，借了一个姓高的朋友的钱。现在老高催他还钱，他只得谎称他妈生病，让她先垫付。

佟春晓一直以为，股票跌了，可以慢慢等反弹，早晚有一天会涨回来，只要不割肉，也就不存在太多的损失。她没想到居然会有这样的风险，除了震惊，更感觉恐惧。

她幼年丧母，后来父亲又去世，半生都在寻求一种安全感。当初佟夕问她为什么不喜欢沈希权，就是因为她不想经历大起大落的折腾。少时的经历给她留下了阴影，有时候她做噩梦还会梦到童年，家里几个男人坐在客厅讨债，她妈抱着她躲在卧室里瑟瑟发抖。她妈后来患病离世，也和被人追债担惊受怕脱不了干系。

之所以选择蒋文俊，她就是想过稳定可控的生活。可她没想到，命运还是和她开了个玩笑。她最接受不了的就是过提心吊胆的日子，对不可预知的风险的恐惧，比对方出轨更让她难以接受。她没有替他还钱，让他卖出股票去还债，并让他发誓从此不再碰这些投机取巧的东西。

两人维持了将近两年的婚姻生活，并非没有矛盾，而是都被隐藏在平静的生活下。这件事成为导火索，将所有的矛盾都点燃，争吵比以往都激烈，上升到人品方面。蒋文俊斥责佟春晓眼看丈夫有难，也袖手旁观、见死不救，自私、凉薄，爱财如命。

佟春晓被蒋文俊倒打一耙，气到快要吐血。如果她真的爱钱，怎么会嫁给他？他住在她的家里，孩子从生到养也都是她一人负担。

更没想到的是，蒋文俊居然主动提出离婚。佟春晓实在是失望透顶，毫不犹豫就同意了。一个甘于清贫，不想有任何风险；一个对金钱极度渴望，不惜冒险，两人的生活目标背道而驰。他们“三观”不合，难以磨合，再走下去也是两败俱伤的下场，不如趁早分开。

离婚手续办得很快，蒋文俊没有像平时那么对钱斤斤计较，也没有争夺儿子的抚养权。佟春晓还以为他是看在佟桦还小的分上，不想做得太难看。直到他人间蒸发，她收到法院传票被人追讨债务，才明白他是急于拿着股市上仅剩的一点钱跑路，所以才会那么干脆利索地离开。

欠款是在婚姻存续期间发生的，债主老高找不到蒋文俊，便起诉了佟春晓。佟春晓无法证明蒋文俊借来的钱没有用于夫妻共同生活，也无法证明她并不知道这笔欠款的存在。咨询了律师，发现官司毫无胜算，她气得差点就昏过去了。

她早就在网络上看到过相关报道，婚姻法第二十四条是一个沉重的话题，离一场婚，背负巨额债务。没想到，自己竟然有一天也掉进这个坑里。虽然这笔钱只有二十万，她还得起，可是，她怎么想都觉得憋屈气愤。

很快，佟春晓就发现打官司还不是最可怕的。蒋文俊的债主并不止老高，他跑路，也不是为了躲老高，而是为了躲另外一个人——秦仲刚。

蒋文俊因为钱不够，又在秦仲刚的贷款公司借了一笔高利贷。这笔钱不受法律保护，秦仲刚并不是正经做生意的人，也有不可说的背景，他的讨债方式不是起诉佟春晓，而是上门索要，头两天还客气，到了第三天便变了脸，开始威逼恐吓。

佟春晓童年里的噩梦再次上演。她以肉眼可见的速度，迅速消瘦，夜不能寐，要靠安眠药度日。

佟夕十分担心，每天从学校回来陪佟春晓。偶然间，她看到了一份病历，才知道佟春晓在多年前曾经得过抑郁症，现在因为蒋文俊留下的烂摊子而复发。

提供贷款的公司的人每天都来家里逼债，看着两个彪形大汉在屋里，佟桦十分害怕，保姆也担心自身安危想要辞职。佟春晓无奈之下，只好让佟夕把佟桦和保姆送到浠镇，先住在叔叔那里。

而就在佟夕离开香樟园的那一晚，佟春晓出了事。她半夜在客厅里跌倒，失手打破了鱼缸，玻璃片划破了动脉。第二天，对门邻居出门晨练时，发现门缝里流出来的血迹才报了警。

痛苦、仇恨、后悔，让佟夕快要疯掉。佟春晓对她来说，不仅仅是姐姐。她一直希望等自己有能力了，要好好地报答姐姐，可是姐姐在她离开的那一晚离开了人世。对她来说，这个打击不亚于当年失去父母。美好快乐的时光，都在那一刻戛然而止，她失去了最后一个最亲近的人。

佟夕忘不了客厅里那一地的血，也不能去想，在那个深夜，佟春晓孤零零地躺在血泊中，究竟是有多绝望才会一时想不开、舍得放下年幼的佟桦。

她的手机就在她的右手边，如果她有求生的意志，应该立刻拨打120或是报警，但她没有拨出一个求救电话。

佟夕没法将姐姐的死归于意外，如果没有蒋文俊留下的这些债务，如果没有贷款公司的人上门逼债，佟春晓就不会犯病，不会整夜整夜失眠，不会半夜去客厅里找药，更不会放弃自救。

此后三年多的时间，佟夕到处寻找蒋文俊的下落，春节也会去他的老家蹲守。她不能放过他，不能放下那样的血海深仇。

第十章 阴错阳差的误会

今年是佟春晓出事后的第四个春节，蒋文俊依旧毫无音信。沈希权一直劝佟夕放弃，说找到他也不能如何。她不能越过法律去报仇。佟春晓的死，是意外，不是谋杀。

沈希权的话从某种意义上来说没错，可如果不是蒋文俊欠债不还，一走了之，又怎么会让佟春晓丧命？

他看似无罪，却是罪魁祸首，佟夕无论如何也不能接受这样的所谓“现实”。总之，不管别人怎么想，她不能放弃，即使只有一线希望，也要找到他。她总要让他付出一些代价。

从沈希权家所在的山河苑出来，天色已经黑透，路灯下的残雪被光照出一抹昏黄色。

到了年关，她总是格外暴躁，而聂修的出现，让她回忆起了太多往事，让她想到分手时的情景，而那时，正是佟春晓出事后她最难熬的时候。

他会提醒她想起那一段她最不愿意碰触的过往。那是她心里永远的伤口，他的出现就如同揭开她的伤疤，所以，她格外敏感易怒，言语上对他很不客气。

放在口袋里的手机响起来，音乐声在寂静的冬夜街头听起来很刺耳。佟夕看了一眼来电显示，接通后叫了声“沈希权”，这是这么多年来她第一次直呼他的大名。

她说：“我和聂修的事，请你不要管。”

她亲眼看到佟春晓抱着美好的期望走进婚姻，最终却陷入一场悲剧。她也亲身经历自己在最需要关怀和帮助的时候被分手，她已经断了恋爱的心思，也不再打算结婚。她心里只有两个念头，抚养好佟桦，找到蒋文俊。她不会和聂修复合，也不会和他重新开始。

沈希权在电话里沉默片刻，说：“你还记不记得，你姐走后，贷款公司的老秦逼你还钱。”

她自然记得。

佟春晓出事后没几天，秦仲刚的两个手下又找上门。对他们来说，不存在人死灯灭的说法，欠债还钱、父债子偿，都是必须的。找不到蒋文俊，他们便找佟春晓，佟春晓死了，还有她留下的房子和存款。

讨债的人等于是间接的凶手。佟夕看见这两个人，眼睛都红了，一番激烈的争执之后，她被悲痛和仇恨刺激到失去理智，一怒之下跑去厨房拿了一把削水果的刀，朝着其中一人就刺过去。

两人都是练家子，前头的一个虽然及时避开，后面的那人却因为身后有张桌子挡住，没及时躲开，被一刀刺进了胳膊。这件事激怒了秦仲刚，放出话来，说要让佟夕好看。

最后，是沈希权帮她摆平此事。所以，她一直念着他的好，也一直欠着他的情。

沈希权说：“我从不干涉别人的私生活，但你和聂修的误会是因我而起，所以，我得来解了这个局。你若是还记得当初欠了我这个人情，就听我把事情说完。”

他这么说，佟夕只能握着手机，默不作声地听他说下去。其实那天，聂修在微信上给她发了一份文档，应该就是解释当年为何分手。她完全不想知道，直接就点了删除。

佟春晓出事后，佟夕给他打了一个电话，越洋长途，那么多事如何说得清，大部分时间她都在哭。

骤然听见这个噩耗，聂修也很震惊。但是，远在异国他乡，他除了口头上的安慰，也做不了什么。而且，他也不知道佟春晓的去世是有内情，只当是一场意外。

佟夕从来没有跟聂修说过家里的这些事。她在心里虽然对蒋文俊有看法，但是在外面，她从来不讲他的坏话。她这一点和佟春晓一样，只要还是她的家人，她就会维护他的形象，顾忌他的颜面。

佟夕从来没有想过依赖聂修，可是那时候是真的很想聂修能回来陪她渡过难关。可她知道这不现实，也难以开口，只能闷在心里。

她将人刺伤后，那人的同伴恶狠狠地扔下一句话："你等着，秦总会让你知道厉害，敬酒不吃吃罚酒的东西。"

之后，佟夕想到沈希权，急忙向他讨教如何应对。

沈希权二十分钟后赶来，问明情况，说这事交给他来处理，立刻带她离开了香樟园。

路上，沈希权告诉她老秦的背景和做过的事，她才真的害怕起来。

她给聂修打了三个电话，他都没接，隔了三个小时才回过电话。那时，她的情绪极度低落崩溃，终于没忍住抱怨道："有男朋友其实一点用都没有，还不如一个邻居。"

聂修手头上的一项实验正到了关键时期，他两天两夜没睡，就想等手头的事情告一段落，好抽空回去一趟。听见这句话，他真的心里很难受。隔天，他买了机票飞回T市，来不及倒时差，来不及休息，直接去学校找她。

佟夕的手机一直关机，聂修还以为她在上课，可是到了T大，依旧打不通她的电话。他找到女生楼下，她的舍友告诉他，这几天她不在学校住，下午只有两节课，上完课她就回去了。

聂修正要离开，正好碰见陈思域来找他女朋友。当初佟夕考上T大，聂修请几个好友吃饭，特意请他和女朋友一起，就是想万一佟夕在学校有事，也可以请这位学生会的学长帮忙。

陈思域听说聂修来找佟夕没找到，便旁敲侧击地说：“传媒学院漂亮女孩儿多，到了周末，校门口全是开着豪车来接人的。你女朋友最近天天有人接送，我想着，你在国外，总不会是你家的司机吧？”

聂修一愣，说：“不是。”

陈思域早就猜到不是。他挠挠眉头，欲言又止，说吧，好像不大厚道；可是不说，又不忍心让好友戴绿帽子。既然刚好碰到了，他觉得还是应该提醒一下。

“你也知道，漂亮女生被人包养的事也不稀奇，你女朋友是系花，背后被人议论得也多。我女朋友认识他们系的同学，听到些风言风语。要不是你女朋友，我都懒得关注，那天刚好碰到，就留意了一下。”当着聂修的面，陈思域不好说得太露骨，斟酌着用词，说得很隐晦。

“接送她的那个人长得挺不错，人高马大的，不过，我看佟夕和他不怎么说话，所以我猜是司机。”

聂修听到这些，心里十分不舒服，但也知道陈思域没有骗他，因为刚刚和佟夕同宿舍的女生也证明了她这几天都不住校。但是，他绝对不信她会背叛他。

离开T大去香樟园的路上，他一个劲儿地想，会是谁派司机接送佟夕上学？他往好的地方想，猜测是许琳琅家的司机？

到了香樟园，房门紧锁，屋内没人，聂修又去了佟夕的新房，在星园小区也没找到她。甚至后来，他连佟鑫的寓所都去找了一趟，都不见人。无奈之下，他从老妈那里要来佟建文的手机号码，问佟建文她是不是回了浠镇。

佟建文给了聂修一个地址，说这几天她住在山河苑。

聂修觉得十分奇怪。就算香樟园的房子，她不敢住，还有堂哥的寓所和星园小区的新房，为什么这两处她都不住，却住到一个莫名其妙的地方？

佟建文以为聂修知情，也没做解释。

山河苑是沈希权在T市的寓所，这几天，佟夕住在沈希权这边，陆宽也在，每天接送她去T大。

沈希权之所以帮她，除了他和她相识多年，还有两个原因。一来，毕竟佟春晓和蒋文俊是通过他认识的，当初，他若不是看出佟建文的心思，故意让蒋文俊在他家里住了一个春节，佟春晓也就不会和蒋文俊结婚。现在出了这样的事，他虽然没责任，却十分歉疚。还有一个原因，他不便说出口。那家贷款公司，其实是他介绍给蒋文俊的。

那天，蒋文俊找到他，说自己手头很紧，急需要一笔钱周转。

沈希权给了蒋文俊老秦公司的电话后，就没再过问。他最近忙着在市区南郊筹备一个项目，直到佟春晓突然出事，他才知道这一年多的时间居然发生了这么多事。

沈希权和老秦打过交道，知道这人心狠手辣、言出必行，他既然放出话来要收拾佟夕，绝对不会是随便说说。让佟夕躲着自然不是办法，沈希权找了两个市里很有权势的朋友，设了饭局，请老秦赴宴，打算席间让佟夕给他赔个礼，把这事情化解掉。

佟夕的手机充电器放在香樟园，刚好聂修回来那天，手机用到没电自动关机。她无论如何也没有想到，聂修会突然飞回来，到处找不到她。

聂修按照佟建文给的地址找到山河苑的时候，正好，沈希权带着佟夕和陆宽一起出去。

聂修从车里看见佟夕，正要下去叫她，突然看见沈希权搭着她的肩头，瞬间一幅熟悉的画面从脑海中涌出来。他认出来，这个男人正是那年冬天他在浠镇度假村和佟夕吃饭时碰见的那位邻居。

聂修想要告诉自己，不要胡乱联想，不要失去理智。可是，他控制不住自己。他想起陈思域的话，然后又想到佟夕电话里的那句“有男朋友没用，还不如一个邻居”。原来，她说的是他。

聂修鬼使神差地没有叫住佟夕，眼睁睁地看着她上了沈希权的那辆奔驰。他驾车跟在沈希权的车后，看着他们到了一家高档饭店，进了电梯，去了一间包厢。

他没有叫住佟夕，也没有跟进去，回到停车场，坐在车里打算好好地想一想。他还是不大相信佟夕会背叛他。可是，他亲眼见证了陈思域的话，也亲眼看到她从山河苑出来。她和沈希权到底是什么关系？两个小时的时间，他在车里度日如年，翻来覆去想自己是不是无端猜疑。

终于，一行人从饭店出来。佟夕和沈希权一起，旁边站着一个高大沉默的男人，显然就是陈思域所说的司机。另外还有三个男人，看上去都挺气派，各自带了司机。

聂修坐在车里，打开一些车窗。那些人临别之时的对话，传入了他的耳中。

“今天多谢沈总的款待。”

“老秦啊，冤有头，债有主，这事看在我和费哥的面子上就算了。沈总的女朋友也是受害者，让人家还钱也不合适。”

“是啊，和气生财，回头沈总有什么好事，叫你一起参个股，不都什么都有了。”

聂修听到“沈总的女朋友”这个称呼时，心重重地往下一坠。可是，佟夕无动于衷，没有反驳，像是默认。沈希权将手搭在她的肩上，轻轻地往前推了一下说：“谢谢秦总。”

没有错，她还不得不低头。这是她这几天被迫认清的现实。这样的人，她惹不起，也躲不起，唯有低头服软。

“秦总大人大量。你说得对，欠债还钱天经地义，不过，冤有头，债有主，这笔钱我虽然不能还，但我可以帮你找人。他害死了我姐，天涯海角，我都要找到他，”

老秦笑笑：“佟姑娘倒是个爽快人。行，看在两位老大哥还有沈总的分上，那这事就算是过去了。沈总以后有什么好生意，记得给兄弟分一杯羹。”

几人分别上车先后离开。佟夕情绪特别低落，低着头憋着火。沈希权在社会上混了很多年，生意场上没少经历各种丑恶，见她这样，便忍不住摸摸她的头说："知道这社会是怎么回事了吧。"

佟夕闷闷地说："谢谢权哥。"

"我们之间还谢什么谢。"沈希权看着她瘦了一圈，有些疼惜，摸了摸她的头说，"没事了，有我呢。"然后，他抱着她，轻轻拍了拍她的后背，以示安慰。

从佟夕十二岁起就看着她长大，她又是佟鑫的堂妹，沈希权没把她当外人，然而，看在聂修的眼中，这些肢体语言却是不同的意味。

他坐在车里，握着方向盘的手开始发抖，心在那一刻着了魔。

他跟着沈希权的车子，一路跟到山河苑，给佟夕打电话，她的手机依旧是关机。他在车里枯坐一夜，心越来越沉，也越来越凉。

他想了很多，想起最开始追求佟夕时，她爽快地答应做他的女朋友，却在最后关头反悔不肯去B市。她到底是舍不得她姐姐，还是舍不得沈希权？他气了几天，本以为她会主动联系，结果她压根不在乎，最终还是他跑到浠镇去和解，不然，这恋情早在那时便结束了。他出国读博也曾问过她的意见，本以为她会闹情绪，不舍得分开，结果她高高兴兴地说："你去吧，希望你能干出一番大成就。"

往事经不起推敲，他越想越觉得心灰意冷。她可能没把他当回事，或者是不怎么喜欢他，一切都是他一厢情愿而已。

佟春晓去世，佟夕悲伤过度，他又不在身边安慰，沈希权乘虚而入，和她顺理成章地在一起了。他听到那人亲口说沈总的女朋友，两人都一副默认的态度……这些亲眼所见、亲耳所闻，让他不得不相信她已经和沈希权同居的事实。五一时，佟春晓一家三口出门旅游，她独自一人在家，都没有让他留宿。她却住在沈希权这里，而且不是一天两天。他潜意识里不想用同居这个词，可是，这个词像是一把刀一样，在心里扎着。

第二天早上，他看到沈希权的那辆车子从山河苑开出来，径直开到T大。佟夕从车里出来，昨夜和她一起吃饭的那个司机陪着她进了学校。

聂修一夜未眠，神思飘忽，上前几步叫住佟夕。

佟夕听见聂修的声音，还以为自己在做梦，转头看到日思夜想的人竟然突然出现在眼前，吃惊不已，激动得声音有点发抖："你怎么回来了？"

她这样的反应，却被聂修视为心虚胆怯。早上看到她从山河苑出来，他已经万念俱灰，说道："我这样的男朋友没一点用，你换一个有用的吧。"

"你什么意思？"佟夕万万没想到，他们见面，聂修的第一句话就是说这个。她仔细一看，才发觉他的表情很不对。

"我身在国外帮不上你什么忙，就不耽误你另找一个有用的了。"

佟夕完全反应不过来："你是要分手吗？"

女朋友劈腿不是一件光彩的事，这样的奇耻大辱，他那么强的自尊心如何能忍。他一怒之下，扔下那句十分伤人的话语，拂袖而去。回家后，他却又盼望佟夕能打电话来解释，或是挽回。但是，佟夕的反应再次让他失望。她既没有追问他为什么分手，也丝毫没有挽回或是争取的意思。她这样决绝，无疑也就验证了她已经另寻新欢的事实。

分手的原因不论谁问，他都只字不提。傅行知和莫斐从陈思域那里听到的风言风语，他也一概否认。

两年后，听说沈希权要和莫丹结婚，聂修心里说不上来什么滋味，本该幸灾乐祸，却为佟夕不值。之后，他又听说沈希权抛弃莫丹，此人是个人渣的定义已经不可更改。那次在英国遇到，他毫不客气地出手痛揍了沈希权，而后沈希权告诉了他两件事。一件关于他自己，另外一件关于佟夕。他这才知道，自己当初犯了一个多么愚蠢的错误。他对傅行知坦言说自己脑子进了水，的确是真心话。

沈希权听佟夕说聂修和她分手，觉得这男人不靠谱，便让她硬气点，别和他联系，谁知道竟然是自己造成的误会。

她这几年的变化，沈希权看在眼里，她从一个活泼开朗的小姑娘变成现在这样，还有佟春晓的事，都和他脱不了干系。

沈希权叹了口气说："佟夕，此事也不能全怪聂修，任谁看见那些情景，都会误会我们的关系。你说怎么就那么巧呢，刚好他回来那天，看见我们一起。"

是啊，那么巧。

“不过，冰冻三尺，非一日之寒，你一直给他的感觉，就是不怎么在乎他，也不黏着他。你看，莫丹那时候怎么对我的，一天三个电话，微信一聊就是半个小时。你们又一直是异地恋，看不见摸不着的，他心里很不踏实。”

沈希权絮絮叨叨说了半天，佟夕一声没吭。

他以为她没在听，叫了声：“佟夕？”

佟夕的声音轻飘飘地传进话筒：“权哥，过去的就过去了。”

沈希权松了口气，笑着说：“聂修对你念念不忘，知道自己误会了你，就立刻赶回来想要弥补，我看你们还挺合适的，不如——”

佟夕没让他说完，淡淡地说：“我们哪里合适了，他智商那么低，配不上我。”

时隔三年，佟夕才知道原来分手的真实原因是这个。

她和聂修之间的缘分，从始至终都被一个“巧”字贯穿着。第一次见面，第二次见面，第三次见面，几乎全都是巧合，而分手也是以“巧”来终结。他偏偏就在沈希权安排饭局的那天回来，偏偏看见那一幕。

很多异地恋分手的原因，都是源自相互猜忌和怀疑。她曾经信心满满，觉得他们会是例外，没想到，也不可避免地步入这个俗套的结局。

相隔万里，口头上说信任对方当然容易，但真能做到的又有几个人？但凡有点风吹草动，都会疑神疑鬼，这是人之常情。她几次打电话找不到他的时候，也会在心里闪过一丝猜疑，只是很明智地掐掉不提，因为她知道他有多忙。

聂修曾经给她发过他一天的日程表，光看看，她都觉得可怕。相对于他的高强度工作，她所在的T大传媒学院就是一个轻松逍遥的乐园，有很多不可控的因素，也有很多外界渗进校园的诱惑，时不时传出某某包养女学生的传闻，这难免会让他不安心。

最开始聂修让她报考B市的学校，她因为佟春晓怀孕而毁约，他那时候就很不高兴，认为他在她心里没什么地位。直到后来，他就是否出国读博的事征求她的意见，她不愿让他因为自己拖后腿而影响前途，大力支持他出国，又让他不安。

可是，佟夕就是这样的个性，她从小失去父母，潜意识里就开始培养自己不要太依赖任何人，否则，失去的时候会痛苦不堪。聂修有他的事业，她也有她的梦想，不一定要天天捆绑在一起，各自独立，不干涉对方，全力支持对方就好。

可有时候你觉得自己特别明理、大方、懂事，对方并一定领情，反而觉得你没把他放在心上。

临走时，聂修还特别严肃地问她：“别人的女朋友都哭得梨花带雨地死活不肯放人，跟生离死别似的，你倒好，一点伤别离的情绪都没有。看我要走，你还挺高兴的，你是不是巴不得我离你远远的？”

大概他心里的这份怀疑一直存在，所以亲眼见到饭局上的那一幕，他就信以为真了。

那时，佟春晓因为一场错误的婚恋而送命，佟夕极度悲伤之余，对感情产生很悲观的想法。男朋友有什么用？在她最需要的时候，他只能打个越洋电话安慰几句，说些无关痛痒的话，还要算着时差。伴侣更可怕，所遇非人，便会送命。

聂修提出分手，无疑更验证了她心里那些灰暗悲观的念头，她当时万念俱灰，抱着破罐子破摔的念头，分就分吧，无所谓。看到姐姐从恋爱到结婚，经历的背叛、欺骗、猜忌、伤害，直到送命，甚至法律都不能保护弱者，她只觉得失望。

聂修即便解释了当初的误会，也于事无补。她现在不想恋爱，也不想结婚，她只欣赏许琳琅那样的生活状态——独立自由，不为情所困，也不为钱所忧。

冬天的夜幕降得飞快，车如流水，华灯初上。

佟夕走到山河苑旁边的一间饭店，独自一人用了晚餐，然后打车去了许琳琅家。她明天要去芦山乡，估计一周都不会回来，所以现在先去看看佟桦。

许延和佟桦正在客厅里看动画片，见到佟夕，两个小人都跑过来，一个叫小姨，一个叫小姑姑。佟夕“左拥右抱”两个小可爱，暂时抛开了过去的那些事。

许琳琅问她：“吃饭没有？”

佟夕说：“刚刚吃过了，佟桦没调皮吧？

许琳琅笑：“佟桦特别乖，调皮捣蛋的是许延。”

两人正说着话，韩淑从房间里出来。佟夕叫了声“阿姨”。

韩淑端着茶杯，和颜悦色地坐到佟夕的身边，问起某男星。眼下电视上热播的某电视剧，这位男星饰演的正是电视剧里的男二号，刚好是佟夕公司的演员。韩阿姨作为老年粉丝，问他平时是不是也像电视上这么儒雅。

佟夕说：“是啊，特别儒雅。”

韩淑又问：“听说他是二婚？”

“嗯，是姐弟恋，两人感情很好。”

韩淑立刻把目光投向了许琳琅，话题拐得迅速而自然，“你看，二婚也很幸福。”

佟夕莞尔失笑，果然姜还是老的辣，话里都是套路，不论什么话题，都能拐到结婚问题上。

许琳琅直接拒绝：“妈，相亲的事，你想都不要想。”春节一向是安排相亲的好机会。

韩淑的意图还没出口就被女儿堵回去，她气道：“男孩子必须要有个爸爸来带，许延才五岁你都管不了，等他到了青春期，还不得反了天。”

许琳琅抬起手，一副敬谢不敏的表情：“我现在只应付一个儿子，结了婚，我还要应付一个老公。万一不慎找的不是同盟军，而是反贼，我腹背受敌，还活不活了？”

韩淑只好退让一步：“实在不行，你和佟鑫复婚也成啊，好歹他是孩子的亲爹。”

许琳琅心里嘀咕：才不是呢。

韩淑一看女儿油盐不进的样子，只好搬救兵：“佟夕啊，你劝劝她。”

佟夕笑盈盈地说：“阿姨，结婚有什么好，你看我姐就是活生生的例子。琳琅姐这样的条件，结婚风险更高，单身保平安才是上上之策。”

许琳琅忍不住乐了：“妈，你可真会找说客，别看佟夕是佟鑫的妹妹，可她是我这边的。”

韩淑无奈又头疼，皱着眉头叹气。

许琳琅搂着老妈，开解她：“以前我不结婚吧，你非让我结婚，喏，我不仅结了婚，还给你生了外孙，你还不开心？这就不对了啊。妈，人要知足常乐。再说了，时间过得很快，一眨眼许延就二十岁了，到时候你催着他结婚成家去，放过我，OK？”

佟夕笑盈盈地看着许琳琅贫嘴。

虽然堂哥已经和许琳琅离了婚，但是，佟夕一直很喜欢她。她为人热情大方，看上去一点都不像是三十多岁的女人，虽然她一直说自己被儿子磨得老了，可是优越的家境条件、宽松的经济状况，让她比同龄人看起来年轻漂亮、意气风发。

看到她，佟夕总是不由自主地想到姐姐，如果姐姐当初不和蒋文俊结婚，也就不会有后来的意外。一想到这些，佟夕刚刚轻松起来的心情，立刻变得沉重。

即便找到蒋文俊，她也没法快意恩仇，让他给姐姐偿命。从法律层面上，佟春晓的死亡和他没有关系，是一场意外。甚至那场官司也是为了保护债权人的利益出发，有法律依据。但越是这样，她越是不甘。罪魁祸首逍遥法外，无辜的人为他丧命，这世上还有没有公理和公平？

她想过很多种报仇的方式，如果没有佟桦，她不介意豁出去坐牢也要让他付出代价。可是，她不能那么做，这世上没什么比佟桦更重要。当年佟春晓将她带大，她也一样会把佟桦带大，教育成人。

佟夕曾经问佟桦：“你最爱的人是谁啊？”

他说：“第一是小姨，第二是沈叔叔。”

沈希权特别喜欢孩子，经常周末带他去游乐场，时不时送他礼物玩具。

佟夕当时听见这话，差点没飙泪。别人家的孩子都是父母，唯有她的佟桦，说出这样的排名。她给佟桦最好的一切，幼儿园上的是和许延一样的、T 市最贵最好的一家。

她在佟春晓的葬礼上发了誓，这辈子她会拼尽全力给佟桦最好的一切。

离开了许家，佟夕回到星园小区。走到楼下的时候，她下意识地放慢了脚步。还好，不见聂修的车，也不见他的人，她今天把话说得这么明白，他应该已经死心了。

翌日一早，佟夕起床吃完早饭，便收拾好东西，等着陆宽的电话，随时出发。

陆宽一向守时，约好了早上八点钟到，可是，过了半个小时，还没动静。佟夕心想，或许是路上堵车？她又耐心地等了二十分钟，还是没有等到他的消息。

去芦山乡一趟比较麻烦，先是开三个小时的高速公路到安城县，然后是两个小时的乡镇公路，这还算比较顺畅，最难走的一段是进芦山乡的盘山公路。冬日天黑得早，若是出发得太迟，到了县城天色已晚，走盘山公路就很危险，即便陆宽车技高超，也不能冒险。

佟夕等不及了，给陆宽打电话，问他几时到。电话响了一会儿才被接通，里面却传来沈希权的声音，佟夕一愣。

沈希权说："佟夕，陆宽出了点事，现在在医院。今天去不了乡下。"

佟夕急忙问："怎么回事？"

"今早上他打车去你那儿，路上等红绿灯的时候，后头一辆车撞了过来，他坐在副驾驶座上，没系安全带，受了点伤，现在正在做检查。"

佟夕吓了一跳，问清是哪个医院，急匆匆地打车过去。沈希权坐在诊疗室外面，比较憔悴，眼下浮起黑眼圈，一看便是睡眠不足。佟夕先问陆宽的伤势如何，毕竟他受伤是因她而起，她这一路焦急、内疚，生怕他有事。

沈希权揉着眉心说："伤得不重，正在做检查。"

佟夕略宽心，又问："肇事司机呢？"

沈希权叹气："将车扔在现场，人跑了，估计不是酒驾，就是毒驾。真是人在车里坐，祸从天上来。"

陆宽这飞来横祸因自己而起，佟夕说："医疗费我来出吧。"

沈希权瞪了她一眼："有我在，用得着你出吗？"

佟夕看了看他的脸色："权哥，你既然都来医院了，索性也看看你的病。你看你憔悴成这样了，你那女朋友怎么也不来照顾你啊？"

沈希权哼道："又来挤对我。"

佟夕摇头："不，我是关心你。眼看你生病了，她也不管不问的，我替你着急。你谈一场新恋爱就是为了让自己当孤寡老人、没人管没人问的？"

"你是故意气我吧。"

"权哥，我真不是气你，就是不明白你换个新欢图什么，要是莫丹，早就催你住院输液了。"

沈希权连忙打住："好了，别管我了。说说你的事，今年也别去芦山乡了。"

"没关系，我自己去，你让陆宽好好养伤。"佟夕站起身道，"我赶时间，不然来不及了。等陆宽出来，你替我道个歉，都是我不好，让他出了车祸。等我回来，我请他吃饭。"

沈希权急忙一把扯住佟夕的胳膊："你一个人怎么行？"

"没事，我会小心的，我都去了好几次了。"

"不行，你不能一个人去。"

沈希权一急，就开始咳嗽。佟夕看着他咳得上气不接下气，不好拔腿就走，替他捶着背，说："求你去看看病吧。"

"佟夕，你听我一句劝，蒋文俊不可能回老家。他倒不是怕你、躲你，他要躲的人是老秦。依照我对他的了解，他有天挣够了钱才会回来，他也不是个十恶不赦的人，这边有他妈，还有佟桦。他不会真的一走了之，但是，没挣到钱，他肯定不敢回来。就算他很孝顺他妈，那也要看在什么时候，如果自身难保，他还是会首先顾忌自己的安危。”

佟夕点头：“权哥，你说的这些我都知道。可是，哪怕只有一点希望，我也不能放弃，万一他今年回来呢？”

沈希权眼看说服不了她，便说：“你若是执意要去，也不能一个人去，让聂修陪着你。”

第十一章 危急时刻第一个想到的人是你

佟夕抱臂看着沈希权，很是不解：“权哥啊，聂修到底是给了你什么好处，你这么费心费力地替他当红娘？”

沈希权瞪着眼睛：“我是个随随便便就要别人好处的人吗？我乐于助人、乐善好施，你又不是不知道。”

佟夕反问：“那我是个随随便便就能改变主意的人吗？我不想谈恋爱、不想结婚，你又不是不知道。”

沈希权：“……”

“我重申一次，我不可能和聂修复合的。权哥，你别为难我了，OK？”

佟夕起身要走，沈希权一把扯住她的胳膊：“你既然不让聂修陪你去，那你也不许一个人去。”

佟夕眼看不答应也走不了，只好说：“好，我不去。”

沈希权还是不大相信，说：“这样，你马上去把车还了，不然，我信不过你。”

“好，我这就去还车，总行了吧？”佟夕边说，边往外走。

沈希权在身后追着说：“我一个小时后给老赵打电话，看你还车了没有。你别糊弄我！”

佟夕口头上答应，匆匆赶回星园小区，上楼换了一身装备——半旧的羽绒服，咖啡色围脖，往上拉起来的时候，整张脸就几乎只露出两只眼睛。这些老气横秋的衣服都是她故意挑的，以免太显眼，引人关注。农村和都市不同，几乎家家户户都认识，突然来了个陌生人，都会好奇地多看几眼。

反正她是打定了主意一定要去一趟，就算沈希权过了一个小时打电话去问车行的赵老板，知道自己没有还车，那也晚了，她都上高速公路了。

早在佟春晓打官司的时候，沈希权就带着陆宽和她去过一次芦山乡，不仅没找到蒋文俊，连李秀玉都不知去向。蒋家院门紧锁，空无一人。她问了周围的邻居，才知道李秀玉两个月前就离家外出了。

显然，蒋文俊提前给他妈通了信儿，让她躲了起来。也就是从这件事上，佟夕看出蒋文俊对他妈还算是有孝心的。

佟夕估计李秀玉不可能扔下这里的老宅一直不回来，于是，临走之前找了个人，给自己通报信息。这户人家和蒋家相距不远，女主人是从外地嫁过来的，名叫乔小荣，丈夫在外打工，她在家看着两个孩子。

本地人可能会向着李秀玉，她是外地嫁过来的，倒不存在这样的心思。佟夕给她留了一笔钱，让她帮忙留意蒋家的情形，有消息及时给自己打电话。每年春节过来的时候，佟夕还会再给一笔钱。所以她对这件事特别尽心尽力，但凡李秀玉这边有点风吹草动，就会及时给佟夕通电话。

从乔小荣口中，佟夕得知李秀玉是第二年回的家，说是去了外地的大儿子家带孙子。佟夕当然不信。农村的人结婚早，蒋文俊大哥的孩子早就比较大了，根本不需要李秀玉去带孩子，这明显是个借口。

连着三个春节，佟夕都来芦山乡，蒋文俊一次都没回来过，李秀玉独自一人在家过年。佟夕也知道他回来的可能性不大，可是，除此之外，她别无他法，只能守株待兔。

乔小荣前天打了个电话来，说村子里下雪，李秀玉摔了一跤，躺在床上不能动弹。时近春节万家团圆的日子，李秀玉又出了事，佟夕觉得今年蒋文俊回来的可能性会比较大。

原本她打算早上八点钟出发，但去医院一趟这么一耽误，她出发时已经快上午十一点。市里比较堵车，她开了半个小时才上高速公路。

不过，佟夕还是没敢开太快。进了第一个服务区，刚好中午十二点钟，佟夕简单地吃了盒饭，正要上路，沈希权的电话来了，还真是准时准点地来盘查。

电话一接通，沈希权就气急败坏地问："你是不是自己一个人上路了？"

佟夕笑着说："权哥，我会小心的，你放心吧。我带的东西也很齐备，各种防身器材都有。再说，我住在乔小荣的家里，她看在钱的分上对我好着呢。"

沈希权气得倒吸一口气，咬牙切齿地说："你……行啊！你！"

"等我到了，给你报平安。"佟夕挂了电话，继续开车上路。

陆宽的车技好，从 T 市到安城县一路开得又快又稳。佟夕平时开车机会少，不敢开得太快，到县城时已经下午四点多钟。

佟夕看看时间还早，继续往前开，打算今晚住到镇子上，明天一早再去芦山乡，晚上开山路有点危险。

到了镇上，天已经暗了下来，佟夕绕着十字街头，正要找家旅店，手机响了，一看是乔小荣，急忙靠边停车接通电话。

乔小荣用别扭的普通话说："佟妹儿，刚才蒋家门口来了辆车，看样子是要把李秀玉接走，正往车里搬东西呢。"

佟夕忙问："来的什么人，你知道吗？"

"天黑看不清长啥样，两个男的，个头都挺高的。"

佟夕忙说："麻烦你去看一眼车牌号和车子。"

过了一会儿，乔小荣给她打来电话，不好意思地说："咱这儿也不是大城市，到了晚上黑灯瞎火的，我看不清车牌，总不好拿着手电筒过去照，反正是辆小面包车，啥牌子我不知道。他们正准备走呢，把李秀玉抬到了车上，我听见有个人叫李秀玉妈。"

佟夕听见最后一句便觉得血液沸腾："谢谢你，乔姐。我这就过去，你有什么情况及时告诉我。"

佟夕挂了电话便立刻上路，从镇上去芦山乡只有这一条路，如果接李秀玉的人从山上下来，就可以和她迎面碰上，也有可能他们今天晚上不走，那就更好了，她刚好赶过去，看看乔小荣说的那个男人到底是蒋文俊还是他哥。

蒋文俊的个子很高，也会开车，所以，这个男人有一半的可能就是他。

佟夕越想越急，趁着还有残余的一点点光线，朝芦山乡的方向开去。山路修得挺平整，就是弯道很多。转弯时要特别小心，速度不能快，否则，一不留神就会开到旁边的沟里。

天色越来越黑，佟夕全神贯注地握着方向盘，不敢开得太快。开到半途，突然间下起了雨，佟夕暗叫倒霉，只能愈发放慢了速度，车子开着远光灯，可见度还是很低。幸好一路上没人，唯有她这一辆车，在荒郊野外行驶。

放在副驾驶座上的手机又响了，佟夕以为是乔小荣打来的，忙靠右停了车，拿起来一看是个陌生的号码打来的。她略一迟疑接通电话，没想到竟然是聂修。听见他的声音，她就挂了电话。过了几秒钟，手机再次响起，还是他。她想要关机，却又担心乔小荣再打来电话这边却在占线，只好接通电话。不等他开口，她先说："我在开车，不方便接电话，请你别再骚扰我。"说完，她就按断了通话。

用到"骚扰"这个词也算是以眼还眼、以牙还牙。可是，她说出口的时候，心里并不痛快，反而很难过。他们曾经那么喜欢对方，结果到了互相伤害的份上。

她把手机放到口袋里，松开刹车，正要继续前行，突然对面一道光打过来。下雨的声音盖住了车声，直到看见光，她才发现有车过来。

道路的左边是山壁，右边是黑黢黢的山坡。迎面而来的车子，从上面弯道下来时，拐的弯有些大，等看见佟夕的车子，车里的人急忙打方向盘，可已经来不及了。

佟夕的眼睛被光刺到睁不开，还没等她反应过来，就感觉到车头猛地一震，那一刻快到她根本来不及做出任何反应，车被撞出了山路，一头冲下山坡。

佟夕感觉骨头缝都像被震开一般，有一刻大脑一片空白。车子被改装过，很结实，并没有翻滚，砰的一声很快就停下来。

佟夕正庆幸自己没事，却感觉到车子在下陷，伴随着咔咔声，还有水声。

她没想到这个坡下竟有水，黑暗中不知水域面积多大，水有多深，她又惊又怕，还好没有失去镇定，飞快地解开安全带，但是车门打不开了。

万幸的是，车里备了很多东西，就在车门下面，她放了一把可以敲破窗子的锤子。这几天气候寒冷，水面上结了厚厚的冰，车子沉得不够快，在水涌进来的时候，她敲碎了玻璃，爬出了车子，刺骨的冰水瞬间侵入了衣服和鞋袜。那种侵入骨髓般的寒冷，她这辈子都忘不掉。惊恐之中，她都不知道自己是怎么爬上岸的，除了头发，全身湿透。

她站在水边，又冷又怕，浑身发抖，所有的东西都在车里，她手里只有一把敲破窗的锤子，还好，这把多功能安全锤下端有个应急手电筒。她哆哆嗦嗦地打开手电筒，看见车子只露出一小半车顶。

她心里一阵绝望，完了。此时唯一的出路，就是爬上山路碰运气看有没有人路过好求救。

灯光照到山坡上，她更加绝望，这个山坡虽然不高，但坡度很陡，长着矮小纤细的灌木，枝干干枯，根本承受不住她的重量。她试了好多次，结果都是把枯枝掰断，人掉下来。

雨还在下，周围一片漆黑。山路上陷入死一样的寂静，见不到一个人，只有风中摇曳的树影和雨声。佟夕瑟瑟发抖，手掌和手指都被划破，火烧火燎，疼入心。

她记不清自己努力了多少次，直到精疲力竭，浑身瘫软地坐到地上。湿透的衣服粘在身上，她几乎快要冻僵，绝望得令人窒息，可是，她告诉自己绝对不能死在这里。

雨水落到脸上，渐渐地，她的视线有些模糊。时间一点一点过去，她冻得快要失去知觉，就在几乎快要支持不住的时候，她从山路的拐角看到有微弱的车灯光。

佟夕无力地挥动着手电筒，希望这辆车能停下来。她不知道这车里的人会不会是坏人，可是，她如果不求援，一定被冻死在这里。

车灯光越来越近，她的心悬到了嗓子眼，终于听见车子嘎吱一声停下来的声音，她松口气，喊了声“救命”，但力气太弱，声音听起来就像是呻吟。

头顶上有道光打了过来，然后她听见了一声“七七”，很熟悉，仿佛聂修的声音。她以为自己出现幻觉，抬头看着上面，有个模糊的人影，看不清楚面容，很像是他。可是他怎么会在这儿？

聂修看见佟夕，悬着一路的心终于放下来，他转身去车里拿救援绳索：“你把绳子系在腰上，我拉你上来。”

灯光照着一套绳索垂到佟夕的面前，是消防专用的那种。聂修告诉她套到腰上。系好扣子。她手指都冻僵了，费了很大的力气才把绳索套好。

“像攀岩那样，你小心点，注意手肘和膝盖。”

佟夕费尽最后一丝力气爬了上去。聂修托住她手肘的那一瞬间，她身子一软就往地上倒去，聂修一把将她提起来，搂着她的腰，将她抱到汽车后座上。

接触到车里的暖气，快被冻僵的佟夕反而有种诡异的昏厥之感，浑身瘫软，感觉灵魂都在出窍。她闭上眼睛喘口气，低声呢喃道：“如果我死了——”

话没有说完，她听见耳边一声低吼：“你敢死一个试试！”

这一声将她震得清醒了些许，她睁开眼睛，聂修的面孔近在咫尺，头发湿漉漉的，眼睛亮得可怕。她从没见过如此惊慌失措的聂修，他从来都是温文尔雅、不动声色的。

聂修飞快地脱去她的衣服，手指碰到她的脖子和脸颊，是毫无生气的、刺骨的冰凉，把他激得猛一哆嗦。

佟夕浑身发抖，意识开始模糊，仅存的一点清明，让她知道触碰自己的人是聂修。

她没反抗，也没有反抗的力气，生死关头，连羞耻的力气都没有了，任凭聂修将她身上湿漉漉的衣服全都脱了下来。

聂修粗略地看过，她身上没受伤，唯有两只手血迹斑斑的，有很多伤口。因为江若菡是个医生，他们一家人都习惯性地在车上备有简易的急救包。

聂修将佟夕裹在毯子里，处理她手上的伤口。她已经处在昏迷的边缘，在酒精接触伤口时，疼到眼前发黑，眼泪不可控地往外涌，手指抽搐。

聂修低声安慰："别怕，一会儿就好了。"

整个夜晚，不论是救佟夕上来，还是处理伤口，他都保持着一种不可思议的冷静。没人知道，他在佟夕电话打不通、车子失去信号的时候，有多紧张恐惧。她如果有事，他这辈子也就失去了弥补的机会，将会永远都活在内疚中。

安城县新建的人民医院，住院部病房出乎意料的干净，人也很少，房间里静悄悄的。三张病床，旁边两个位置都空着。

护士来给佟夕测体温的时候，佟夕用俄语呢喃了几句，可是，聂修听不清她说什么。

晨光渐渐亮起，他一夜未眠，守在佟夕的床边，每隔一段时间便忍不住去摸她的额头，触手滚烫。

恍恍惚惚中，佟夕感觉到有人摸她的额头，摸她的手腕，她潜意识里还有种置身水中的惊惧之感，不假思索地去抓住那只手，紧紧一握，手上的伤口刺激得她清醒过来。

她睁开眼睛，看见陌生的环境、陌生的地方，记忆像是遗漏了一段，一时迷茫，不知所在何处，但是，一看见聂修，脑海中便立刻浮现那可怕的一幕。

“我联系了救护车，一会儿就到。”聂修的声音有点沙哑，“放心，你不会有事。”

前一刻，佟夕还不耐烦地让他不要再骚扰她，可是没过多久，他就赶来救了她的命。醒来看见他，她觉得尴尬极了。她悄悄地把手挪开，沙哑着声音说了句“谢谢”。高烧让她浑身无力，嗓子火烧火燎地疼，她不太想说话，也不知道该说什么。

聂修柔声问：“你饿吗？”

佟夕轻轻地摇了一下头，没有胃口，也没有心情，除了劫后余生的后怕，错过可能抓住蒋文俊的懊恼，还有对那辆肇事逃逸汽车的愤怒，以及面对聂修的尴尬，各种情绪占满了整颗心。

冬日的清晨，阳光冷而白，透过窗户的光线，映照着聂修清俊而略显憔悴的半边面孔。

她和他相恋两年，每次见到他都是干净清爽、俊朗高洁的模样，甚至他穿着运动衫，都有一种不食人间烟火的味道。这是她第一次见到他头发凌乱的狼狈样子，下巴上还有刚刚生出的胡楂，外衣上面还有泥泞，鞋子更不用说。她无法想象有洁癖的他是怎么忍了这一夜的。

如果昨晚没有他及时赶到，她就会被冻死在那里。可是，她真是不想被他救起，换作一个普通路人多好。本来他只是和自己恩断义绝的旧日恋人，如今她却又欠他一份恩情，她怎么面对他是个问题。她闭着眼睛，恍恍惚惚地想起昨夜那些可怖的时光，不知不觉又昏睡过去。

从县城回T市，漫长的一段路程，她时而昏睡，时而清醒，知道自己是在救护车上。每次她睁开眼，聂修都会蹲下来，低声问她的感受。她无力回答，口干舌燥，浑身发软，竟然也体会不到具体某一处有什么难受，只是很累很累，肢体都仿佛失去感觉。

回到市里，聂修提前安排好了医院，借助江若菡的关系，让佟夕住进了特护病房。佟夕高烧不退，直到晚上八点钟，体温才慢慢降下来。

给她输完液，护士过来拔了针管。

聂修轻轻按着她手背上的棉球，发现她的睫毛轻颤，眼珠在薄薄的肌肤下转。

佟夕正陷在一场噩梦里。梦里，佟春晓掉入水里，她拼命地游过去想要救起姐姐，可是她就是够不到姐姐的手，姐姐的手一次又一次地从她的手心里滑开，她急得崩溃，哭了出来。

聂修见她紧皱眉头，无声无息地发着抖，知道她在做噩梦，俯身托着她的后脑勺，将她扶起来，搂着她像抚摸孩子般，轻轻摸她的头发，摸她的脊梁骨，一下一下地摸下去，渐渐感觉到她在他的怀里松弛下来，然后，一股热热的湿湿的感觉在他的胸口蔓延开。

佟夕在半梦半醒之间失声痛哭，不知道是为梦中失去的姐姐，还是现实中失去的姐姐。佟春晓的去世，聂修提出的分手，所有的痛苦，她都放在心里，从外表看不出分毫。

这场险些让她丧命的意外就像那把破窗的锤子，敲破了她坚强的外壳，露出柔软的内里。

或许是刚经历过生死一劫，她脆弱得有些反常，像是丧失了所有的力气，低头靠在他的胸前，哭了许久都没能停住。

聂修自始至终都没有出声，放任她发泄，只是用怀抱和抚摸来缓解她压抑到快要崩溃的情绪。

等她彻底平静下来，聂修放开她，起身拿了一条温热的毛巾递给她，并顺手摁灭了房间的灯。

房间里陷入一片温柔的黑暗，摁灭灯这个善解人意的举动让佟夕十分感动。

黑暗可以掩饰她的失态，会让她放松，让她不至于太尴尬。借着从窗外照进来的微弱光芒，他们隐约可见病房里的一切，只是看不清彼此的面孔和表情。

聂修站在床头不远的地方，背对着窗外的光，身影显得挺拔高大。佟夕望着他的身影，心情复杂。重逢后的两天，她没给他一个好脸色，出发前的那一夜，还恶语相向，结果转眼就被他救了一命，他还整整守了她一天一夜。

前一刻他还是惹人厌的前男友，转眼间就变成她的救命恩人。他这样突然转变的身份，让她尴尬了一会儿才缓过来。她清了清嗓子说：“你回去休息吧，这两天真的非常谢谢你。”语气自然不再是前两天那样锋利，尽量做到客气平和。

“我不会再在你需要的时候离开。”这话明显是针对过去。

黑暗中的声音显得尤其诚挚，佟夕看不见他的表情，却能从他的语气中体会到他的歉意。她同样以很诚挚的语气告诉他：“过去的事，我真的放下了。”

她奉行做人恩怨分明、知恩图报的原则。相比于生命，过去的那点恩怨成了不足挂齿的小事，她若是还攥着不放，未免显得她太小肚鸡肠。

聂修低声说：“我没放下。”

某种不言而喻的意味在寂静的黑暗中荡漾开，佟夕立刻打破这个氛围：“你怎么知道我在哪儿？”

“我那天替你开车的时候，趁你不注意，在车座位下放了个定位器。”

原来如此。那天，他替她把昌河车开回去的路上，她一路板着脸没搭理他。回忆起那情景，她又是一阵尴尬。

聂修接着说：“我听沈希权说你要来找蒋文俊，我想陪你过来，不过，我知道你肯定不会答应。所以，我打算跟在你和陆宽的后面过来。”

佟夕没有作声。没错，她肯定不会同意。

“陆宽出事，我以为你不会独自一个人来，结果沈希权说你还是来了。我接到电话立刻赶过来。到了镇上，天色已晚，我看到你的位置是在盘山公路上，非常担心，给你打电话是想让你回镇上，第二天再进乡。”

她刚挂了他的电话，她的车便被撞了。

聂修沉默了片刻，又说：“你姐的事情，我是后来才知道的。我原先一直以为是意外。我知道你想报仇，我会想办法帮你找到蒋文俊。”

佟夕一怔，忙说：“这是我的事，你不要插手。”

"我说过，我要把我没做到的事都补回来。"

这是他第二次这么说。佟夕没有第一次听到时那么反感，那么不屑一顾。因为她知道他不是说说而已，是当真在做，不过，她还是毫不犹豫地拒绝了。

"谢谢你的心意，这是我的事，我不想欠你太多。"

"不，这是我欠你的。"聂修走到她面前，轻轻打开了灯，"不管你是否会和我复合，这都是我要做的事。"

他俯身从她手里拿起擦过脸的毛巾，温柔的灯光将他清俊的眉眼渲染得分外柔和，有一种久违的、熟稔亲切的感觉。

佟夕认真而平静地说："不，你没欠我。"

聂修侧目看着她，没等他反驳，她说："你救了我，算是我欠了你的。"

"七七，你不要和我算得这么清楚好吗？"他轻轻笑了一下，习惯性地去摸她的额头看还热不热。

佟夕昏迷不醒的时候，他每天摸上十几次都习惯了，清醒状态下的她却下意识地往后一躲，他的手掌落了空，嘴角的一抹笑意顿时消失。

面面相觑的那一刻，佟夕比他更为尴尬，隐隐有种自己过河拆桥、没心没肺的意思，可是，她真的不想再和他有亲密的接触，毕竟他们不再是恋人。

聂修默然放下手，温和地说："这里有温热的粥，我喂你吃一点。"

佟夕说："我自己来。"

"你的手不方便，我喂你。"

佟夕实在不想麻烦他，更不想欠他更多人情，可是，她的两只手都被包得严严实实，掌心火辣辣地疼，也实在不方便拿筷子吃饭。她问："你能不能帮我找个护工？"

聂修很自然地说："我就是护工。"

佟夕拒绝："你挺忙的，再说，我也请不起你这样的护工。"

聂修倒了一碗粥出来，语气轻松自然："我不忙，我回来就是为了你。”

佟夕：“……”

若是前两天，她还能板着脸冷言冷语地打击他，让他死了这条心，现在他翻身一变成了她的救命恩人，她实在没法拉下脸赶他走，更没法说出难听的话语。

最终，她硬着头皮被聂修喂了一碗粥。她跟个小木偶似的，默不作声地吃饭，吃完了，用一种很平和的语气说：“谢谢你，你回去休息吧，我没事了。”

聂修指了指旁边的陪护床：“我睡在那边，方便你有事叫我。对了，你要不要擦身体？”

他说得很正经，可是，佟夕脸上一热。昨夜他把她裹到毯子里的情景她还没忘，后知后觉的羞耻之感涌了上来。她正尴尬时，护士过来测体温，她连忙扭过脸去和护士说话。

这一夜，聂修就睡在旁边的陪护床上。他个子很高，那床显得特别狭小。佟夕昨夜处于昏迷不醒的状态，今晚清醒着，知道他和自己在一个房间，浑身说不出来的别扭。可是，他坚决不肯走，她也没办法。

因为白天一直昏睡，到了晚上，她的睡眠断断续续，不是很沉。夜半时分，她迷迷糊糊听见轻微的脚步声，有人朝着她这边走过来。

她闭着眼睛，装作睡熟了，感觉到他在自己床头弯下腰，手掌轻轻地盖到她的额头上，在探她的体温。

等他的手掌轻轻拿开，她悄然松了口气，以为他会离开，谁知道他蹲了下来，轻轻捧起她的手。

佟夕不知所措，一动不敢动，心想，一片漆黑，他难道要看自己的手好了没有？这怎么可能。

手掌被包着，她忽然感觉到露出来的指尖传来热热的呼吸，而后，落下轻柔至极的一个吻。

佟夕心尖猛地一颤，差点将手从他的掌中抽走。

这一夜，聂修过来看她三次，她次次都知道，却只能装作毫无不觉。

她心里添了另外一种烦恼和担忧。她不能受他太多恩惠，于是第二天一早，她便让他给沈希权打电话，请沈希权来医院一趟。她的手机和钱包、行李都在那辆车里，现在她身无分文。

沈希权昨天就知道佟夕出了事，因为聂修说她一直高烧昏迷，所以忍了一天没过来，早上接到聂修的电话，赶来医院，便冲着她发了脾气。

佟夕虽然没觉得自己做错了，可是毕竟也是不听话才出了事，就乖乖地听着沈希权教训。说起来，这救命之恩也有他的份儿，若不是他告诉聂修自己要去芦山乡，聂修也就不会动跟去的念头。

沈希权黑着眼圈，气势汹汹地说："我和你说了多少遍了，安全第一！你偏不听！"

佟夕辩解："权哥，我去了三次都没事，这次如果不是别人撞我，我也不会出事。人倒霉，喝凉水都塞牙，不是吗？你看陆宽坐在出租车里等个红灯还被撞了呢。"

"不管是别人撞你，还是你撞别人，结果都是一样危险！你就不该去！"

佟夕很憋屈："那我什么也不做，老老实实在家里等着老天去收他吗？"

"你要是死了，佟桦怎么办？蒋文俊没有背负人命官司，也没有犯罪，只是欠债跑路。等他挣了钱回来，还可以大大方方地重新做人，还可以把佟桦接走抚养。"

佟夕气得差点从床上蹦起来："他休想！"

沈希权呵呵一笑："你都死了，还能管得住活人？要不是聂修，你这会儿就在太平间的冰柜里躺着呢！"

佟夕和沈希权认识十几年，她这是第一次领教到沈希权的毒舌和冷漠，被呛得眼睛都红了。

"我只是想为我姐报仇，我有错吗？出事也不能怨我，是那个浑蛋司机！我开车规规矩矩的，连红灯都不闯的！"

聂修忙打断沈希权："佟夕出事，不能怨她，她开车一向小心，是肇事司机的责任。你别吵她，她还病着呢。”

沈希权扭过脸道：“你就知道护短，我还不是为了你好，不吓唬吓唬她，她年年都往那儿跑！我就没见过这么死心眼的人！”

聂修说：“她不用再去，以后这事交给我，我会替她找到蒋文俊。”

佟夕忙说：“不用。”

沈希权瞪了她一眼，继续问聂修：“肇事逃逸的人有线索吗？”

“虽然山路上没监控，但是刚好那会儿我给佟夕打了个电话，从时间和距离可以推断出车子开到镇上的大致时间，警察在镇上公路入口调了录像，很快就能查出来。”

“幸好老赵的车子都是经过改装的，结实耐撞，不然后果不堪设想。我接到你的电话，吓得一夜都没睡。”

佟夕听见这话，气也消了。沈希权是为了她好，她知道，可是，姐姐对她那么好，她如果不为姐姐讨回公道，如何安心？

她问沈希权那辆车该怎么赔付。沈希权道：“这事你别操心了，我去处理，老赵的车子都有买保险。”

佟夕抱歉地说：“权哥，真是对不起，每次都是出了事让你善后，我都不知道怎么谢你。”

沈希权白了她一眼：“要不然，十几年的权哥，你白叫的？不过，以后你的事我不再管了，你有什么麻烦就找聂修。”

佟夕无言以对，这次的车祸也的确是聂修在处理。

沈希权抬了抬下颌：“聂修救了你的小命，你没啥表示？”

佟夕有些尴尬，低声说：“我……说谢谢了。”

沈希权拖着长腔：“啧啧，你这条命就值句谢谢啊？”

佟夕被说得面色通红，那怎么谢？

身为“恩人”的聂修很大度地对沈希权说：“我觉得不用谢。不过，她要真的非要感谢我，我也不会推辞的。”

佟夕：“……”

沈希权便很善解人意地说：“聂修什么也不缺，就缺个女朋友，我看今天是个好日子，择日不如撞日，今儿你俩就和好吧？”

佟夕真没想到沈希权会“步步紧逼”到这个地步，来医院也不放过她。聂修就站在旁边，他的表情如何，她不得而知，可她感受到了右边脸颊上有两道炽热的目光。

她自动忽略掉他的凝视，只看着沈希权的脸，一板一眼地说：“权哥，我说我不谈恋爱、不想结婚，是当真的，不是赌气，也不是针对……谁。”

沈希权失望，旁边的人更失望。佟夕甚至有种错觉，凝视自己的两道目光温度骤然一降，连空气中都弥漫起了一股失望的味道。话说开了，她反而轻松。

“你真是没良心啊！”沈希权忍不住伸手就去戳佟夕的额头。

两人之间的肢体动作，近距离看的时候就会发现当真是没什么，两人的目光都坦荡得不能再坦荡。聂修不禁心里叹气，当初自己若不是脑子进了水，怎么会想歪到那个地步。

佟夕捂着脑门说：“权哥，我请你来，是想找你借点钱，出院了，我还你。”

没想到，沈希权一听就直接拒绝：“不借，你用聂修的钱。”

佟夕窘迫至极：“……”

他真是万变不离其宗，不放过任何撮合的机会。

佟夕又说：“那你帮我请个护工。”

沈希权皱眉头：“请什么护工啊？这不是有聂修照顾你吗？再说，你又不像莫丹那么娇小玲珑，你长得人高马大的，人家护工也抱不动你。聂修个子高，抱你不成问题。”

佟夕听见“人高马大”四个字，气得咬着下唇直吸气。

聂修在一旁微笑：“佟夕在我跟前也算是娇小玲珑的。”

“就是嘛，你照顾她就行了，找护工多此一举。我的钱也不是大风刮来的，想借就借，我最近穷着呢，离个婚都快破产了。”

佟夕真是怀疑聂修到底用什么招收买了沈希权，沈希权居然这么卖力地帮他说话。

本来她叫沈希权来是想借钱，结果沈希权一毛不拔，很快就离开了。

佟夕此刻身无分文，又不敢打电话给佟鑫，担心被叔叔婶婶知道自己遇险的事情，只好硬着头皮，继续让聂修给她垫付医药费。

她以为自己身体好，住两天就能出院，谁知发展成肺炎，打针输液，一直住到除夕前一天。眼看第二天就是除夕，她不想在医院里过年，急着出院。

聂修让她再观察两天，可她真是一天都待不下去，主要原因就是，聂修每天都在医院陪护，事必躬亲地侍候她，简直让她压力山大。她实在不想欠他太多，坚决要在除夕前一天出院。

聂修看她已经恢复得差不多，便不再坚持，去给她办出院手续。

佟夕来时的衣服都没法再穿，这一周住院基本上都是卧床休息，穿着病号服。吃过早饭，她请聂修随便给自己买套衣服回来，自然也说明回家后便还钱给他。

聂修答应了，但没问尺寸。佟夕欲言又止，心想，当年他对自己穿什么码很清楚，或许时隔三年还记得吧。

第十二章 要对救命恩人好一点

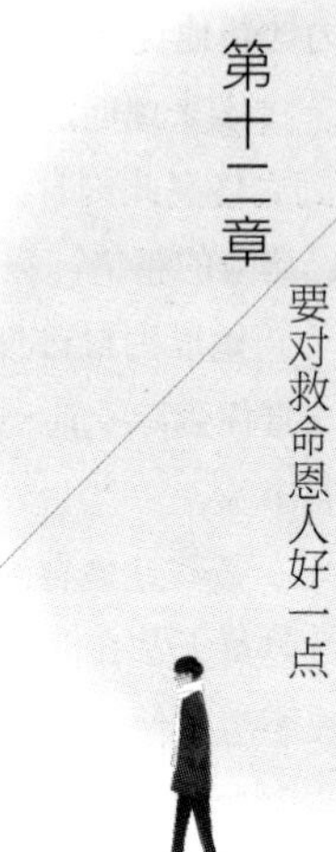

聂修去办出院手续，佟夕坐在床边，整理这些天的医疗费用单据，算清楚花了多少钱，好回去立刻还给他。

“佟夕。”

门口有人叫她的名字，她一扭脸，当场就愣了，万万没想到，来人竟然是聂修的妈妈。

当初和聂修相恋的时候，聂修提过好几次要带她去见父母，都被她拒绝，总觉得不好意思。聂修也就没勉强，但是，转达了父母的支持和喜欢。他说当年在许琳琅的婚礼上，他妈一眼就相中她了，只是没好意思说出口而已，谁知竟然梦想成真了。

时隔几年，突然和他妈这样猝不及防地会面，佟夕一张脸涨得通红，不知所措地看着江若菡，磕磕巴巴地叫了声“阿姨”，慌忙请她坐。

江若菡笑盈盈地看着她：“我前几天就想来看你，聂修不让，怕打扰你休息。这是他让我给你买的衣服，你看看喜不喜欢。”

佟夕脸色通红地说："谢谢阿姨。"

她简直窘到想要钻地洞，聂修竟然让他妈给她买衣服，还专程送来，他到底想要干吗？

江若菡笑着说："聂修这次回来，满打满算只有十四天假期。刚好我和他爸要去瑞士度假，也不需要他陪着我们过年。"

佟夕听着这话不对劲，仿佛是暗示，聂修这个春节就归她了。可是江若菡又没有明说，弄得她脸色通红，想解释却又没法解释，只能装糊涂。

江若菡送了衣服，又关心地问候她几句，便笑盈盈地走了，一副生怕打扰他们二人世界的架势。

佟夕脸色通红，捂着心口长出一口气。

江若菡买来的衣服还挺多，内衣、保暖衣，再加上长裤和羽绒服，看过吊牌上的价格，佟夕一阵肉疼，这几件衣服加起来比住院费都要高。她真是后悔不迭，不该让聂修代办。

聂修办完出院手续上了楼，佟夕已经换好了衣服，见面便忍不住说他："你怎么能让你妈给我跑腿买衣服呢？"

"我没买过女装，怕买不好。刚好我妈念叨了好几天要来看你，就给她一个机会。"

佟夕吸了口气，努力把语气放得平静："你妈总不会不知道我们分手了吧。"

聂修把手里的袋子打开，头也没抬，说："知道。"

"那你别再让她误会。"

聂修抬眼看着她："误会什么？"

这不是明知故问吗？佟夕只好挑明："误会……我们还有可能。"

聂修没说话，走到她跟前，她莫名觉得紧张，等他先开口。

"这是医生开的药，服用方法都写在药盒上。"

佟夕："……"他总是这样，关键时刻转移话题，让她无计可施。

她接过药，和单据一起收起来放进袋子里，说："医药费，还有买衣服的钱，我等会儿回家了给你。"

聂修瞥了她一眼，说：“好啊，还有护工费。”

护工费？真的假的？

佟夕不信他会要，问：“多少钱？”

“听说这边的护工是一天一百块，不过，我这样的应该不止这个价。”

佟夕见他说得一本正经，也就一本正经地问：“那你这样的多少钱一天？”

“无价。”

佟夕觉得又好气又好笑：“那你让我怎么算？”

聂修弯腰看着她的眼睛，半真半假地说：“你先欠着，等将来我老了，哪天生病，你也这样侍候我。”

佟夕瞪着他：“……”

回星园小区的路上，佟夕没怎么说话，心里反反复复都是聂修说的那句话，也不知是真话还是玩笑，反正给她造成了一定的心理负担。

她已经说得很清楚，不会和他重新开始，但是，他好像无动于衷，不论她怎么强调，他都没有受到打击的意思。这种坚韧和坚持的劲头，是他学业和事业成功的一个特质，她以前很是欣赏，可是现在……

不过，今天他妈来医院说得清楚，他的假期只有十四天，眼下已经过半，很快他就要回英国了。山高水远，异国他乡，到时候，他自然而然也就断了念想。如此一想，她的心理负担又消减了许多。

到了小区门口，佟夕让聂修在楼下等候，她上楼拿了银行卡下来，打算去路口的提款机取钱给他。她本来担心他不肯收下，还好，他并没拒绝，只是说不要现金，要微信转账。上次他的微信号已经被她拉黑删除，这个重新加为好友的机会，他当然不会错过。

佟夕急于还钱给他，也就不会介意这点小细节，收起银行卡说：“那你先和我一起去买部手机吧。”

聂修开车带她去了某品牌专卖店，她选好了一款手机，又去补办手机卡。绑定银行卡之后，她找聂修要微信号。

聂修把手机递给她，她看到微信名称就是他的大名，抬眼看了他一眼，故意问：“不是远岫影业了？”

聂修面不改色：“嗯，改名字了。”

佟夕加完微信，转账给他。他看了看金额：“这么多？”

佟夕说：“还有买衣服的钱啊。”

聂修哦了一声，认真地说：“还有护工费，你别忘了。”

佟夕：“……”

“我记性很好，你可别赖账。”

佟夕无法回答，只好闷不吭声地应付过去。欠钱好还，欠人情最难办，救命之恩再加上他这几天在医院尽心尽力的照顾，不是她转账就能结清的。

开车回星园小区的路上，聂修很自然地说：“我饿了，你请我吃饭吧。”

欠了他这么多人情，请吃饭也是情理之中，佟夕问他想吃什么菜。

“这些天一直吃餐厅的饭有点腻，我想吃家里做的。”

佟夕愣了一下，飞快地拒绝：“……我不想做饭。”其实，她是不想让他去自己家里，很怕和他有太多接触。

聂修笑着说：“没说让你做，买东西回家，我做给你吃。”

佟夕还是想要拒绝，没等她找出新的借口，聂修轻皱眉头说：“在医院这几天我瘦了三斤。”

“……”佟夕咬着唇，什么借口都被堵了回去。

两人在星园小区门口的超市下了车，买了一堆东西。聂修已经熟门熟路提着东西上了楼，佟夕只得请他进了自己的小窝。

两室两厅的房子，装修和布置充满了少女气息，漂亮温馨的家具，萌萌的小摆设，可爱的布偶，还有阳台上一排排憨憨的多肉植物。

经历过伤痛，佟夕在外面有着远超同龄人的沉稳冷静，和人接触时也都很成熟得体，只有站在她的房间里，才会惊觉她不过就是一个刚大学毕业的年轻女孩儿。

聂修恍惚间有一种错觉，站在他面前的佟夕，还是记忆中那个青春活泼的美丽姑娘。他有种冲动，想要把她拥入怀里，将她被时光藏匿起来的模样从盔甲中放出来。

佟夕说完“请进”，却见聂修一动不动地看着她，目光闪动。她下意识地往后让了一步，说：“没有男式拖鞋，你不用换鞋子，刚好我也要打扫卫生了。”

聂修回过神来，提着东西走进厨房。入目之处一片整洁洁净，没有多余的东西。佟夕莫名有点不自在，因为这个习惯，还是跟着他养成的。

她弯腰打开放米的柜子，说：“我来做饭吧，你去休息。”毕竟她是主人。

“你不是不想做饭吗？我来吧，做好了再叫你。”聂修解开袋子，把菜一样一样地拿出来，放到水池中。

佟夕默默地看着他做这些，记忆中某些几乎一模一样的画面从脑海里浮上来。那年五一，姐姐不在家，两人在香樟园的那套房子里，过了几天小夫妻般的生活。他变着花样给她做饭。她什么都不用做，看着就好，唯一帮忙的事，就是给他系围裙，然后就势抱住他的腰，脸颊贴在他的后背上说：“有个会做饭的男朋友，真是好幸福。”

那是他们之间最后的甜蜜时光。

佟夕把围裙从抽屉里拿出来，递给他，却没有像过去那样给他系上，而是转身离开了厨房去收拾房间。她几天不在，家具上落了薄薄的一层浮灰。等她把家里打扫干净，他已经做好了一桌丰盛的菜肴。

他原本就会做饭，这几年在国外生活，手艺锻炼得更为娴熟。五菜一汤，佟夕仔细一看，全都是她喜欢吃的，也不知是碰巧，还是特意。一别三年，他依旧记得她的喜好？当然，她更希望是前者。

聂修盛了一碗鱼汤放在她的手边：“汤过滤过了，没有鱼刺。”

佟夕心里又是一阵恍惚。

高三的那年春节，他回浠镇找她。两人在鹭鸶巷的老宅里约会，不知怎么说到美食，他说他很会做饭，她坚决不信，于是，他便去了渡口的集市，买菜回来，大显身手。做鱼的时候，两人腻在一起，忘了时间，等亲够了，才发现那一锅鱼已经被炖得稀烂。

佟夕垂着眼帘，安安静静地吃饭，可是心里一点都不平静，回忆时不时地冒出来，像是打地鼠的游戏一样，不知道回忆会突然从哪个小洞口冒出来，这边压下，那边又冒了出来。

聂修问："好吃吗？"

佟夕点头："嗯，特别好吃，谢谢你。"

"那我以后有空就给你做饭。"

佟夕咬着筷子，有种束手无策的感觉。她已经说了没有将来，可是，他还是话里话外都有来日方长的意味。

菜特别美味，佟夕吃得很撑，却也只吃了一半。收拾饭桌的时候，她忍不住说："扔了好浪费。"

"放冰箱，我晚上吃。"

晚上？佟夕端着盘子，愣了一下，难道他晚上还在这里吃饭？

聂修打开水龙头，开始洗碗，收拾厨房。

佟夕在客厅里坐了一会儿，终于还是决定再强调一遍自己的想法，于是，走到厨房门口叫了声"聂修"。

聂修正在冲洗筷子，抬眼看看她，示意她说。

佟夕抿了抿唇，很认真地说："聂修，我欠了你很大的人情，你有什么需要帮忙的，我义不容辞，任你差遣，毫无怨言。唯独感情……我给不了你，很抱歉。"

聂修表情平静，把筷子放进小筐里沥水，没回应，也没反应。

佟夕接着说："我们分手已经三年，多么浓烈的感情也应该变淡了。我想，你来找我复合，应该是感到歉疚，想要弥补。现在你已经弥补得过头了，不用再感到歉疚，更不必和我重新开始。你在国外有大好的前途，依照你的条件，想要找个女朋友易如反掌，我会祝福你。"

聂修像是没听见她的话，把碗筷收好，说："下次买台洗碗机吧？"

他又是这样避而不谈。

佟夕急了："你不要回避我的问题，我在很认真地给你讲。"

聂修擦干了手上的水，走到她跟前，目光垂下来，落到她的眼里："我没有回避，只是不想和你争辩。"

"不争辩，你至少也要表明你的态度。"

聂修看着她急躁的表情，忍不住笑："你怎么这么霸道呢？我的态度，我早就表明了。"

"那不行，你得接受现实，不能固执己见。"

"关于这一点，我们很像，认定的事情都会很坚持。"

"你这样是给我增加困扰，让我有心理负担。"

聂修想了想："那好，我们做个朋友总可以吧？"

佟夕摇头，很没良心地说："最好是不要。"

聂修眉头一挑，难以置信："朋友都不能做？"

佟夕嗯了一声，做朋友也是比较危险，最好是一点希望都不要给他，断就断干净。

聂修的目光渐渐暗下去。

"我很感谢你救了我，可我没办法用感情来回报。你让我做别的事情，我都不会拒绝，除了这个。"

"那好，你就单纯地把我当成救命恩人吧。"聂修说着，径直从她身边走过去，坐到沙发上，长腿一伸，"给我倒杯茶。"

他还真是说到做到，立刻端起救命恩人的架子。佟夕却也不生气，平心静气地给他冲了一杯茶，还给他兑好矿泉水，温度刚好合适，端到他的面前，客客气气地说："这些天你特别辛苦，你早点回去休息吧。"

聂修端着杯子说："我在这儿休息，等晚上吃了饭再回去。那么多剩菜，我辛辛苦苦做出来，扔掉可惜。"

佟夕心里说：这就是你做了那么多菜的原因？

聂修把杯子放到茶几上，看着佟夕："我这么多天都没睡好，你不会让我疲劳驾驶开车回梅山别墅吧？这就是你对待救命恩人的方式？"

佟夕无话可说，只好找借口："不是，佟桦房间里的床很小，我怕你休息不好。"

聂修反问："有多小？总比医院的陪护床大吧。"

一提到陪护，佟夕便想起这些天他一米八八的个子蜷曲在那张小床的画面，什么拒绝的借口都说不出了，只好说："一米五宽。"

"那我去睡了，你别叫我。如果有电话，你帮我接一下。"聂修把手机递给她。

佟夕一愣，忙说："你设置静音吧，我不替你接电话。"

"万一是警察打来的呢，你还是替我接一下吧。"说着，他把手机放在茶几上，进了佟桦的房间。

未必当真会有警察的电话，临近过年，安城县又是个小地方，办事效率很低，节前找到肇事司机的可能性微乎其微。

佟夕看着他的手机，心里乱糟糟的，又想起了往事。

那天她在微博上看到一个新闻，因为妻子不能看丈夫手机而打架闹离婚，她便问聂修会怎么做。聂修说："我的手机，你可以随便看。"然后，他很认真地说，"我希望我们之间是毫无隐私的绝对信任。"

佟夕说："我的不能给你看，里面有一个男人的很多照片，还有洗澡时的裸照。"

看着聂修瞬间沉默，脸色变暗，佟夕笑得直不起腰。

聂修这才反应过来，她说的是刚刚满月的佟桦。

整个下午，聂修的手机只来了四个电话，其中一个是莫斐打来的，她是想问问他和佟夕进展如何。打通电话，她一听接电话的是佟夕，立刻就笑嘻嘻地说："你们和好了？"

"没有，他在睡觉，让我替他接电话。"佟夕这话一说，莫斐更是嘻嘻地笑开了。

佟夕后知后觉这句话有歧义，再想解释，却发现越解释越让人误会。莫斐要是知道他现在睡在她家里，只怕笑得更欢乐。

所以，让人误会真是一件很容易的事。

一晃到了傍晚，天色渐渐暗下来，佟夕从卧房去了四次洗手间，每次路过佟桦的房间都没听见动静，里面静悄悄的。

他怎么会睡这么久？会不会是睡醒了，故意不起床，赖到吃晚饭呢？可是手机在外面，他醒了连手机都不能用，硬生生躺在床上受煎熬？再说，这么久，他也该去卫生间了啊……

眼看快到晚上七点钟，佟夕实在忍不住，悄悄推开门。

因为佟桦怕黑，佟夕也怕他晚上去洗手间时摔倒，于是在他的房间里装了一盏小夜灯。微弱的一点光，足够看清楚床上的男人。他的确还在睡，睡得特别沉，怀里抱着被子，背对着房门。

佟夕站在门口，无声无息地看着他。她不是铁石心肠的人，她不想承认自己这些天时不时地被他感动，可是，她害怕这样被感动。

佟夕悄悄离开，去厨房准备晚饭。她不想承认自己刚才又被感动了一把，所以，很用心地熬了一回粥，用的还是当年姐姐坐月子时，婶婶拿来的工具——老式的砂锅，用非常传统的方式，架在小火上慢慢熬煮。

锅烧开之后，她站在灶台前，用勺子慢慢地搅动，不知不觉又想起那天在沈希权的家里那没做完的皮蛋瘦肉粥和那说出口的伤人的话语。为了让他死心放弃，她的话说得那么重，导致这些天每次被他照顾的时候，都倍感尴尬和羞愧。

她明天就带着佟桦回浠镇过年，年后才回来，大概今夜就是和他相处的最后的时光。欠了他的人情，她希望日后能有机会还他，不过也可能永远都没机会，如无意外，他应该会留在英国。

“好香。”身后忽然传来聂修的声音，佟夕一转过身，他已经走到了厨房门口。

他刚刚睡醒，头发有点凌乱，眼神有点迷茫，嗓音有点喑哑，她一眼看去，心头竟然突然一颤。他刚起床的样子，她不是第一次见，但是，这第一眼看去，便觉出了不同。他比二十二岁的时候更加英俊迷人，举手投足有成熟性感的味道，眉眼和动作略显慵懒，整个人都散发着让人心慌意乱的荷尔蒙。

“被香气给勾醒了。你做的什么？”他走到她身后，自然而然地越过她的肩头去看砂锅里的粥。一股熟悉的气息从身后传过来，她转脸低头看着砂锅，僵硬着身体一动不敢动，怕后背碰到他。

聂修隔着她的肩头，弯腰深深嗅了一下，明明他是在闻粥的香气，她却诡异地感觉到他的呼吸，让她的肩头有触电的感觉。

她飞快地说："有四个电话找你，你去看一下。"

聂修嗯了一声，转身去看手机。

佟夕悄然松了一口气，听见他在客厅里给人回电话。过了一会儿，他打完电话端着茶杯走过来，添了杯水，就站在佟夕身边慢慢地喝完，也没说话。佟夕关了火，转身便对上他的凝视的目光。

他睡了整个下午，养足精神，眼睛尤其清亮。

"抱歉，我睡了一下午。"

那是因为太累。

佟夕心里的歉疚升级了，低声说："那天，对不起啊。"

聂修问："哪天？什么对不起？"

"就是在沈希权家里那天。"

聂修笑着放下杯子，毫不介意地说："没什么。我做错了，被你骂几句很正常。师兄的女朋友还动不动罚他跪键盘呢。"

这话听着显然不对劲，她早就不是他的女朋友了……她有点不自在，说："我们快点吃饭吧，我一会儿要去许琳琅家，把佟桦接过来。"

聂修问："你过年要回浠镇吗？"

佟夕点头，问他："你呢？"

"我爸妈去瑞士度假，难得他们同时都有假期，去过二人世界了。"

佟夕随口说道："真好。"

"不好，我一个人。"聂修低头看着她，目光里包含着"求收留"三个字，呼之欲出。

可是佟夕选择无视，避开他的眼神，假装看不懂他没说出口的意愿，冷漠无情地说："你可以回爷爷奶奶家过年。"

她知道在聂家老爷子的跟前，聂修是最小的孙子，也是最受宠的一个。

聂修说："他们和大伯一起去堂哥那边了，我堂哥的妻子刚生了对双胞胎。"

佟夕彻底避开了这个话题，吃了晚饭，便催着聂修出门。单独相处的每一刻都显得时光漫长，她不想受煎熬。

聂修坚持把厨房收拾好才走，说她的手最好不要碰水。

佟夕再一次无法忽略心里涌起的感动。

到了许家附近，佟夕让聂修把自己放到路边，叮嘱他早点回家休息。

聂修道："我送你们回去了，我再回家。"

"不用，我一会儿打车，你先回去吧。"

聂修柔声说："不急，我回家也没什么事，我这次回来的目的就是为你做事。"

佟夕有点难以招架，飞快地下了车。

不多时，佟夕牵着佟桦出来，看见聂修站在车旁等她，忍不住说："你怎么不在车里等，你穿得这么少，小心感冒。"

聂修开玩笑说："你这么关心我，感冒也值得啊。"

佟夕："……"

聂修低头去和佟桦打招呼："佟桦，你好。"

佟桦仰着脸看着聂修："叔叔，你怎么知道我的名字？我没见过你啊！"

聂修蹲下来，笑盈盈地说："因为你小姨总是提起你，我以前见过你的照片。你小姨的手机里全是你的照片，还有裸照。"

佟桦啊地捂住了嘴巴，震惊的表情可爱至极。

佟夕："……"

聂修继续说："不过没关系，我不是外人，我是你小姨的男朋友。"

佟夕急忙说："你别胡说八道。"

聂修笑着补充："以前的。"

佟夕生气地道："你说这个干吗？"

聂修仰起脸，一本正经地说："和小朋友不能说谎。再说，我也没胡说八道，我说的全是事实。”

佟夕很无语地上了车，陪着佟桦坐在后排，问起他这几天在许家过得怎么样，和许延都玩了些什么游戏。

佟桦立刻开始滔滔不绝地说起来，什么机器人大战、捉迷藏，一说起来简直没完，脆生生的童音在车里回响。

聂修在前面时不时地插话，居然和佟桦谈得很“投机”。佟夕心里挺感慨，大概男孩子还是更喜欢和男人打交道，比如，她和沈希权在一起的时候，佟桦明显就更喜欢和沈希权一起玩。

两人越说越随便，佟桦羡慕地说：“叔叔，你长得好高啊。”

“因为我小时候经常游泳、打篮球。”

佟桦十分郁闷地说：“我两样都不会。”

“叔叔可以教你。”

佟夕因为他刚才的自我介绍十分不满，泼冷水说：“远程视频教学吗，聂老师？”

聂修笑：“以前也远程教学，带过一个学生，那学生成绩还不错，我也积累了经验。”

佟夕：“……”

终于到了星园小区，佟夕牵着佟桦下了车，佟桦特别有礼貌地和聂修说再见。

聂修说：“明天见。”

佟夕一怔，顿时有种不好的预感，急忙问：“什么意思？”

“我明天来送你们回浠镇。”

佟夕连连摆手：“不用，不用，我们坐车回去。你这几天很累了，剩下的假期好好休息。”

聂修默然地看看她，居然顺从地点了点头。

佟夕如释重负，带着佟桦上了楼。太好了，今晚是两人的最后一面。她在浠镇待到上班前再回市里，那时候他已经回英国了。

回到家里，佟夕便催着佟桦去洗澡，早点休息。

佟桦很听话地抱着自己的浴袍去了卫生间，关门的时候，突然很认真地说："小姨，我要关门了。许延的妈妈说，我们都是大男生了，不能再让女生看见身体，她还给我们讲了很多生……生化知识。"

"是生理知识，大男生。"

佟夕笑着去收拾行李，刚走进卧室，门铃响了，她愣了一下，问："谁啊？"

门外是聂修的声音。佟夕打开门，果然是他。

"走的时候，你一直催我快点，手机忘了拿。"

佟夕怕他进来一坐不走，忙说："我拿给你，在哪儿？"

"好像是在沙发上。"

佟夕过去一找，果然是在沙发靠垫下。

聂修接过手机，却顺势握住了她的手。她心里一颤，急忙想要抽回手。

聂修说："别动，我看看你的伤。"

佟夕不好再挣扎。聂修翻过她的手掌，仔细看了看："好得差不多了，药膏接着擦。回浠镇了，记得别抢着干活儿，嗯？"

佟夕心里乱得一塌糊涂，不敢看他的眼睛，低声说："我知道，你快回去吧。"

聂修松开她的手，低声问："你在浠镇一直住到假期结束？"

佟夕点头。

"那，我回英国之前，你能回来吗？"

佟夕摇头。就是能，她也不会赶回来，能避开他就避开。

"所以，今天晚上给我熬那么好喝的粥，就是送别的意思？"

佟夕尴尬地低了头，不吭声，算是默认。

"我走的时候，你肯定也不会去送我吧？"

佟夕更为尴尬，继续用沉默表示默认。

聂修叹了口气，轻声问："临别前，可以拥抱一下吗？"

佟夕被他伤感失望的眼神和语气感染到根本无法拒绝，被他照顾这么多天，她真的做不到那么绝情。

聂修抱住她，将下颌放在她的头顶上——很纯粹很温柔的一个拥抱。

“七七，你能不能答应我一件事？”

“什么事？”

“下次再见的时候，你对我别这么严肃。”

可能是分别的情绪在作怪，佟夕有点心软，也有点感动，这个要求并不过分，她无法拒绝，只好胡乱地应了声好。

“那我走了，再见。”

佟夕关上门，呆呆地站在那里。寂静的楼道里，她听见他的脚步声渐行渐远，渐渐无声。

“小姨，我洗好了。”佟桦站在门口，穿着小浴袍，惊讶地问，“你怎么哭了？”

佟夕飞快地摸了一下眼睛：“可能是被门缝里的灰给眯住眼睛了吧。”

佟桦很懂事地说：“那我明天帮你打扫卫生。”

“好啊，我的大男生。”佟夕走过去，抱起佟桦，将他紧紧地拥在怀里，白色浴袍上落了一滴泪。

第十三章 迎接新年

第二天上午，佟夕带着佟桦先去商场给叔叔婶婶买了礼物，然后直接打车去长途车站，买了票回浠镇。

佟鑫新婚不到半年便被调到下面的一个县城当行长，不久和许琳琅离婚。佟建文盛怒之下逼问离婚的原因，佟鑫不得不说出真相。自此，父子关系降到冰点。去年佟鑫回家过年，两人又大吵一架，今年春节，佟鑫借口去单位值班，没有回来，给周余芳的银行卡上打了几万块钱。

佟夕过去三年都和陆宽一起去芦山乡，没回浠镇过年，今年算是佟家最热闹的一年。

佟建文特别高兴，一见到佟桦便将他举起来，骑到自己的脖子上。

佟鑫表明了自己的性取向，并坚决不肯再婚。

佟建文对儿子彻底绝望，在佟桦学说话的时候，就让孩子叫自己爷爷，当亲孙子疼爱着。

当初佟桦被送回浠镇，一直住到三岁才被佟夕接回市里去上幼儿园，对老家特别熟悉，一回来就生龙活虎地楼上楼下到处跑，玩得不亦乐乎。

周余芳在厨房里忙着炸肉丸子、炸莲夹，佟夕上前帮忙，挽起袖子的时候，忽然想到聂修的话。其实手上的伤口已经好得差不多，他给她擦的药膏，对于伤口愈合真是有奇效。

佟夕大病初愈，忙完了觉得有点吃不消，上楼去睡一会儿，一觉醒来已是下午四点钟。她穿好衣服下楼，忽然听见院子里佟桦欣喜若狂的声音："谢谢聂叔叔！"

佟夕脚下一晃，差点崴了脚。她怔怔地站在楼梯上，看着庭院里的那个人——当真是聂修！

他被她的家人像众星捧月似的围着。

佟桦怀里抱着一个半人高的机器人，乐得眉开眼笑，又蹦又跳，跟小复读机似的："谢谢叔叔，谢谢叔叔……"

佟建文手里提着大大小小的礼物，也是笑容可掬："怎么拿这么多礼物来，你爸妈也太客气了，又不是外人。"

佟夕缓过神来，噔噔几步走下楼梯。聂修听见脚步声回过头，看见一张气得花容失色的面孔，笑容却一丝未减，叫了声"七七"，亲切自然。

佟夕当着叔叔婶婶的面不好发火，憋着气问他："你怎么来了？"

聂修眉眼含笑地回答："我妈给佟叔叔打电话，说我过年一个人没地方可去，在佟叔这里蹭几天饭。"

这个理由让佟夕无语到了极点，也无奈到了极点，他居然连他妈都搬出来了。

聂修对佟建文说："这几天要在叔叔家叨扰了。"

佟建文笑道："求之不得呢，过年家里人多，热热闹闹才有年味儿啊。"

周余芳附和："可不是吗，佟鑫今年也不回来。"

佟夕没好气道："我不信你没地方可去，你可以去找莫斐和傅行知啊。"

聂修说："他们毕竟是外人，过年去人家家里打扰不太好。"言下之意，咱们不是外人。

佟夕有种上当受骗的感觉，愤愤道："你这个骗子。"

聂修忍着地反问："我怎么骗你了？"

"你昨天晚上——"佟夕话说到一半，忽然意识到他没骗自己，全是她自己以为的。

聂修："你昨天还答应我，再次见面不会那么严肃，怎么今天就变卦？这是对待救命恩人的态度吗？"

佟建文耳朵尖，立刻扭头问："救命恩人？"

佟夕顿时就没了脾气，忙笑着说："我们开玩笑的呢。"

聂修冲她笑了笑，笑容有点意味深长。

佟夕心里有点生气，可是一点办法也没有。他已经来了，她总不能将他赶走，而且还是她的救命恩人。好在家里人多，她不会和他单独相处，还不至于太尴尬。而且，他的假期马上就要结束了，她忍几天好了。这么一想，她也就平静下来，只当是家里来了个不怎么受欢迎的客人。

不过，看样子，仿佛只有她一个人不欢迎他，其余的几个人全都开心得不行，尤其是佟桦，居然趴到他的怀里，坐到他的腿上，还一口一个"叔叔"，嘴巴像是抹了蜜似的。

几个玩具就把他收买了，这个没见过世面的小孩儿！

佟夕气哼哼地去厨房帮着婶婶一起准备年夜饭，其实中午都准备得差不多了，但是，聂修一来，周余芳又觉得还不够丰盛，打算再做两道菜。

"七七，聂修喜欢吃什么？"

佟夕说："他什么都吃，你随便添一道菜就够了。"

"那怎么行呢，人家是客人，远道而来，还拿了那么多礼物。"

佟夕只好说："他喜欢吃鱼。"

正说着，聂修走了进来："晚饭我来做吧。"

周余芳忙把他往外推："你是客人，怎么能让你动手。"

聂修笑了笑："怎么还把我当客人。"

周余芳一听这话就笑了，还望着佟夕笑。

佟夕又急又窘："聂修，你出去吧，我和婶婶做就行了。"

聂修："你的手没好，我来做。"

周余芳一听，忙问："怎么回事，手怎么了？"

佟夕赶紧说没事，就是手过敏了，然后给聂修递了个眼色，示意他不可以说实话。

周余芳背过身去开冰箱的时候，聂修弯腰附到她的耳边："你瞒着他们？"

真是明知故问，佟夕咬牙："那当然。"

"那你要对我好点，万一我心情不好说漏了嘴……"

佟夕瞪他："你敢威胁我。"

聂修笑笑不答。

因为聂修的到来，年夜饭史无前例的丰盛。

聂修带来一瓶他爸珍藏多年的茅台酒，佟建文一听年份，不舍得打开。聂修说这是父母的心意，请叔叔别客气。

陈年佳酿打开之后，整个屋子酒香四溢。佟建文一高兴就喝多了，面色通红，话也开始多起来。佟夕闻着，觉得酒实在很香，也喝了几杯。她天生酒量好，喝完只是脸颊绯红，更添几分美丽。

吃完年夜饭，佟建文给佟桦发压岁钱，佟夕也给了压岁钱。

佟桦拿着两个红包，喜笑颜开地跳："发财了，发财了，我最喜欢过年了。"

"还有叔叔的。"聂修也拿出一个信封。

小孩儿也不知道客气，接过红包，高高兴兴地说："谢谢叔叔。"

佟夕一怔，忙说："你别破费了。"信封的厚度让她感觉到这压岁钱不合适收下。

佟建文也看出来了，忙让佟桦还给叔叔。

佟桦很乖，又把信封还给聂修。

聂修道："压岁钱怎么能退呢。"

佟建文道："给一张意思意思就行了。"

聂修道："叔叔，这是四年的压岁钱，把以前的补上。以后我少给点。"

佟建文一听就笑了，周余芳也含笑不语。唯独佟夕很急，什么意思？难道他以后每年都给佟桦压岁钱？还有，补上以前的是什么意思？

当着叔叔的面，她也不好明着问，瞪着聂修，用目光询问。聂修回望着她，用眼神告诉她，就是这个意思。

佟建文看着两人"深情对视"，不知道多高兴，忍不住又多喝了几杯。

外面响起爆竹声，腾空绽放的烟花，将窗户照得一片通明。佟桦急不可待地拉着佟建文也去外面放烟花。

佟建文摸摸佟桦的小脑袋，笑盈盈地说："爷爷喝多了，你让叔叔陪你去。我和你小姨聊聊天。"

聂修带着佟桦去院子外面放烟花。佟夕给叔叔冲了一杯解酒的花茶，放到他的手边。

佟建文笑盈盈地叹口气："七七，叔叔今年最高兴，你知道为什么吗？"

"为什么？"

"因为聂修。"

佟夕忙说："叔叔，我和他分手了。"

"我知道，年轻的时候不懂事，动不动闹分手很正常，和好了就成。你姐姐不在了，你哥也不打算结婚，叔叔也就没啥指望了，就盼着你能幸福美满。聂修各方面都优秀，家里条件那么好，却一点也不骄横，还能下厨做饭，我和你婶婶都特别满意。"

佟夕不知如何接话。自打佟鑫离婚、佟春晓去世，佟建文就把全部希望都寄托在她的身上，每次见面都会关心她的婚姻大事。她实在不忍心打击叔叔，也就从来没敢对叔叔说自己不打算结婚。如果她现在说实话，叔叔这个年估计也就过不下去了。

"佟鑫和许琳琅结婚的那天，我打眼一看就觉得两人不合适，咱们家太高攀，你哥在人家面前一看就矮三分，没底气，看着窝囊。可那会儿木已成舟，我反对也迟了。你姐找了蒋文俊那样从山村出来的大学生，我还挺高兴，觉得他高攀咱们家，肯定会让着你姐，婆婆也别想欺负你姐。谁知道，我还是想错了。聂修家的情况不同，他爸就是个不看重门第的男人，当初坚定不移地要娶他妈，就是个证明。他妈是我的同学，知书达理，脾气性格都好，肯定不会亏待你。你能嫁给聂修，我真是特别高兴，比什么都满意。你过了年二十四岁了，也不小了。女孩子找对象的黄金期就这么几年，如果你姐当初二十三四的时候有合适的对象，也不至于到了二十八岁碰到蒋文俊那个混账东西。

佟建文说着说着，突然哭起来：“七七，叔叔后悔死了，叔叔怎么就看错了人，害了你姐。我都不能经常看佟桦，看到他，我就难受，真是扎心窝子一样疼啊。”

周余芳正在收拾东西，急忙把佟建文拉了出去：“喝多了，快去睡觉吧，大过年的，你哭什么啊！”

佟夕的心情骤然低沉起来。外面的鞭炮烟花此起彼落，声声不绝，天空不时闪过五彩斑斓的颜色。

她走到窗前，看见院子外面的石板桥上，聂修正在和佟桦一起放烟花。烟花腾空的那一刻，照亮了两张面孔。佟桦的笑容甜美天真，不谙世事，可爱得像个小天使。

放完了烟火，佟桦心满意足地去睡觉，佟夕陪着婶婶在堂屋里看春晚。半夜十二点的钟声响起，镇子里响起震耳欲聋的爆竹声，开始接年。

佟建文已经酒醉睡熟，周余芳把放鞭炮的任务交给了聂修。

鞭炮声中，除夕已过，又是新的一年。

佟夕站在院门里，看着聂修放完鞭炮走进来，关上了大门。

聂修轻声说：“每年除夕和七夕，我都会想到你。”

佟夕摇头：“夕字不好。夕是古代四角四足的恶兽。它身体庞大，脾气暴躁，凶猛异常，冬天下雪找不到食物，就经常去附近的村里找吃的。嗯，还会吃人。据说七夕出生的人命格不好，《红楼梦》里的巧姐就是七夕的生日。”

聂修看着她：“我从来不信这个。你爸爸这么取名，大概是想着负负得正、以毒攻毒。”

佟夕本来心情不大好，听见负负得正、以毒攻毒几个字忍不住噗地一笑。

“所以，你的命格一定很好。”

“谢谢你金口玉言。”

“你答应过我，不要太严肃。”

佟夕瞥了他一眼，对他飞快地扯了下嘴角：“笑过了，你要是没看到，也不怨我。”

聂修笑：“看到了，很美。”

佟夕扭过脸看着夜空：“你别对我抱有什么幻想。”

聂修眼睛里全是笑：“你连我心里想什么都管啊？”

佟夕瞪他一眼：“我要去睡觉了。”

“七七，新年快乐。”

佟夕回身看着他，一束烟火腾空而起，光影闪过，照亮他清秀动人的眉目，心里仿佛也有一束光照过去，柔软明亮。

她低声说：“新年快乐，聂修。”

楼上的房间还是旧日的模样，家具摆设都没有动过。佟夕的隔壁，是佟春晓曾经住过的房间，是卧房，也是书房。

佟夕轻轻推开房门，在那张宽大的松木书桌后静静地坐下来。

她印象中最深刻的画面，便是姐姐在这张桌子上码字到深夜，十指如飞地在键盘上打字。她不是天赋型的写手，却比别人都勤奋。

她去世之前卖掉影视版权的那本小说是《阿难的幸福》，经过将近四年的筹备，已经官宣。她的梦想终于实现，可是，她看不到了。

佟夕打开手机，在QQ上和微信上分别给春瞳发了一条信息：姐姐，新年快乐！

永远没有回复。

初一的清晨，佟夕是被鞭炮声给震醒的。等下了楼，她才发现自己是全家起得最晚的一个，连佟桦都比她起得早。

小孩儿两手糊了面粉正在帮忙包饺子，当然是帮倒忙，地上、面板上、脸上全都是一片狼藉，反正叔叔婶婶都宠得不行，小家伙闹翻天也不舍得说一句，任由他折腾。

看见佟夕下楼，佟桦兴冲冲地举起一个看不出来形状的小面团："小姨，你看我包的饺子漂不漂亮？"

佟夕明夸暗贬："真是漂亮极了，一会儿你自己吃掉它。"

佟桦虽然人小，却很有审美能力，觉得这个"饺子"难以下口，便说："它太漂亮了，我不舍得吃，我送给爷爷吃。"

周余芳扑哧笑了："这小滑头。"

佟夕上前打算帮忙，周余芳拦住她："都快包完了，你就别下手了。你叔叔在厨房下饺子呢，你去看着他，别又给我偷工减料。"

佟建文拿着碗往锅里添水，一边搅动，一边吐槽："你婶就是个老顽固，非要烧三滚水，少一次都不行，明明滚两次，饺子就熟了。"

佟夕笑："那你就听她的吧。"

"可不是，我什么都得听她的。吃了饭，还要陪她去庙里上香。我可是党员哪，你说让同事看见多不好。"

周余芳信佛，每年初一都去附近的开元寺上香。今年佟夕和聂修也被她一起拉了去。

寺院的外围是一大片空地，每年初一到十五都有庙会，热闹非凡，小摊上卖各种地方小吃，不远处的戏台上还有戏曲表演。

一行五人只有周余芳信佛，她进去上香，佟建文抱着佟桦在寺院外面等候。

佟桦嚷嚷着要去看戏，佟建文对小孩儿素来是百依百顺，马上抱着他朝着戏台走过去。

这里是庙会上最热闹的地方，台下围了不少人。聂修站在后面，说："叔叔，我来抱佟桦吧。"

佟建文年纪大了，也没客气，就把佟桦递给聂修。聂修把小孩儿接过来，高高一举，让他骑到脖子上。

佟桦啊的一声叫唤："叔叔太高了，我害怕，我有恐高症。"

佟建文笑着拍他的小屁股："还不到两米，你恐高个屁啊，男子汉大丈夫就这么点胆子。"

佟夕看着这一幕实在惊讶，聂修在她眼中一向是天之骄子，从来没吃过苦，也没受过累，还有洁癖，现在居然让一个小屁孩骑到脖子上，这也太超出她的想象了。

正感觉不可思议的时候，佟建文扭头对她说："你看，聂修将来肯定是个好爸爸。"

佟夕发窘到无话可说，他是不是好爸爸和我有什么关系，叔叔你想得也太多了。

佟桦马上就问："聂叔叔，你要当爸爸了吗？"

聂修笑："没有，我还没结婚呢。"

佟桦兴奋地说："你可以和我小姨结婚啊，我小姨也没结婚。"

佟建文忍不住笑，真是童言无忌。

佟夕一阵发窘："佟桦，你别胡说，我们走吧。"

佟桦扭着屁股说："我不走，我还没看好呢。"

佟夕一看他在聂修的脖子上乱扭，忙按住他的屁股："快下来，聂叔叔的脖子被你骑坏了，你赔不起的。"

聂修说："没事，坏了也不让你赔，让你小姨赔。"

佟夕咬着唇："……"

佟桦其实根本看不懂，就是看着戏台上的演员穿得花花绿绿，打扮得十分有趣。这一切对他来说十分新鲜，他咬着手指头看得不舍得走。佟夕只好硬着头皮陪着他。

戏台上演的是《追鱼》，刚好在念对白，佟夕还能听懂。

观音："但不知你愿大隐还是小隐？"

鲤鱼精："大隐怎的，小隐何来？"

观音："大隐拔鱼鳞三片，打入凡间受苦，小隐随吾南海修炼，五百年后，得道成仙。”

鲤鱼精：“小妖情愿大隐。”

观音：“却是为何？”

鲤鱼精：“为了张珍，小妖甘愿被打入凡间受苦。”

观音：“那张珍乃凡夫俗子，你为他丢弃千年道行，岂不可惜？”

鲤鱼精：“娘娘，张珍乃至诚君子，与小妖海誓山盟，我若负他，还成什么仙，得什么道？”

佟夕听到这儿终于忍不住了，扯着佟桦的袖子说：“我们走吧，这个不好看。”

聂修低头冲她一笑：“我不累啊。”

佟夕本来就是担心他累，被他点出来却有点发窘，否认道：“他又看不懂。”

佟桦好奇地问：“那她们演的是什么啊？”

佟夕哼道：“这个就是讲一条笨鱼，为了所谓的爱情放弃了得道成仙的机会。将来等这个张珍抛弃她，她就明白自己选错了道路有多可怕。”

聂修明白这话其实不是讲给四岁的佟桦听的，而是说给自己听的。还好，今天演的不是《西厢记》，也不是《金玉奴棒打无情郎》。

四人回到开元寺门口等周余芳。佟桦说他口渴了，想要喝蜂蜜梨饮料。佟建文抱着他去买蜂蜜梨饮料，忽然寺院门口的小摊铺中间乱了起来。

一个孕妇捧着肚子面色痛苦地叫疼，身后一男人扶着她的腰，却没有扶住她，她疼得站不住脚，直往地上倒。

聂修和佟夕几乎同时走了过去，短短一会儿工夫，那孕妇的裤子已经红了，情况很不妙。

佟建文忙问那男人：“这是你爱人吗？怎么了这是？”

男人着急地点着头。

佟建文对男人说：“快送去医院吧。”

聂修问佟夕医院在哪儿。佟夕说不远。聂修立刻把佟桦抱给了佟建文，然后将车钥匙递给佟夕，然后对男人说：“尽量抬平了放到后座。”

佟夕打开后车门，聂修和孕妇的丈夫将孕妇抬了进去。聂修开车，佟夕给他指路，飞快地朝着镇上的医院开过去。

孕妇在后车座上痛苦地呻吟，男人手忙脚乱地说“你忍着点，别叫。”

佟夕回头问他：“她的预产期是什么时候？”

“我不知道。”

“你不知道？”聂修突然怒了，“你怎么当丈夫的？你老婆预产期你都不知道？你妻子都快生了，你还带着她来这种人群密集的地方，你有没有安全意识？”

佟夕是第一次见聂修对着一个陌生人这么发这么大脾气，气势汹汹，不讲情面。

还好镇子不大，也不堵车，几人不到十分钟就到了医院，急救医生把孕妇推了进去。

佟夕松了一口气，这一路短短几分钟的车程，她竟然紧张到出了一头汗。即便是医学发达的今天，生孩子依旧是一场生死考验。如果不是她和聂修刚好在，及时送孕妇来医院，也许就会发生意外。

后排座位上都是血迹。大年初一，镇上的洗车行肯定不开门。佟夕灵机一动，说：“去度假村洗车吧，那里面的车行不放假。”

聂修的车里弥漫着一股血腥气，佟夕忍不住说：“你看，这就是我根本不想结婚的原因。丈夫连妻子的预产期是哪天都不知道，妻子疼得死去活来，他就只会说‘你忍着’。”

聂修沉默了半分钟，说：“我知道你经历这么多事，对婚姻的看法很悲观。不过，情投意合、相濡以沫的婚姻也有很多，比如，我的父母，你的叔叔和婶婶。”

“他们也吵架啊。”

“是啊，可是争吵过后还是很相爱。你叔叔不信佛，却每年陪着你婶婶来庙里上香；我妈有洁癖，可是，我爸喝醉吐了一地，她会亲自收拾。”

“反正我觉得一个人最好。”

聂修默不作声，过了一会儿，忽然说："单身有单身的好，结婚有结婚的好，选择最适合自己的生活方式，就是最好的选择，没有人能勉强你，我也不会。"

佟夕一怔，心想，他这是放弃复合的打算了？那可太好了。

聂修认真地说："总之，我不会是那样的人，我要是结婚了，一定会很爱我的妻子和孩子。"

佟夕不置可否。人心难测，当初蒋文俊和佟春晓谈恋爱的时候看上去也挺好的。

度假村果然过年也照样提供洗车服务，服务生把车子开过去洗，聂修和佟夕坐在大堂里等候。

不少人趁着假期来泡温泉，大堂里人来人往，可见生意不错。

佟夕目光无意地扫向前台，忽然一怔。

一个高挑窈窕的女人和一个男人站在前台开房。那男人的手搂着女人纤细的腰肢，手掌在她的后腰上摩挲，姿势亲密暧昧。

佟夕站了起来，目光直勾勾地盯着那个女人。

聂修随着她的目光看过去，问："怎么了？"

"那个女人是江兰兰，权哥的女朋友。"

聂修并不惊讶，扫了一眼便收回视线，表示知道了。

佟夕气道："沈希权为了她和莫丹离婚，她居然背着沈希权和人开房。我去和她打个招呼。"

聂修一看她的脸色，便把她拦住了："你别过去。"

"权哥病了那么多天，她不管不问，还在外面和别人幽会，我就问问她知不知道权哥病了。"

如果换作别人，佟夕绝对不会多管闲事，可是事关沈希权，她不能忍。

聂修只好说："沈希权的事，不是你想的那样，你别插手。"

佟夕一怔："什么意思？"

"我答应过他，不能告诉你。"聂修很为难地说，"如果你想知道，你可以去问他。"

佟夕睁大了眼睛："你居然对我也保密？"话一出口感到不对，她立刻改口，"他居然对我还保密。"

显然，在佟夕的潜意识里，他们两人之间还应当坦诚。聂修听出这层意思，瞬间眼神便有些不同，温柔如水。

"七七，我是很想告诉你，但我答应过他。你别生气。"

佟夕避开他的目光，看向江兰兰，那两人已经走向电梯。

佟夕拿着手机拍了张照片，虽然只是背影，但是，熟悉江兰兰的人一眼就能认出是她。专业模特出身的她身高一米七八，腰长、腿长，身材出众，这也正是让娇小玲珑的莫丹特别郁闷的地方。

一想到莫丹因为这个女人而经历的痛苦，佟夕更觉得气恼，立刻给沈希权打电话，电话竟然没人接听。佟夕耐心地等了一会儿，再拨打过去，还是没人接。

她越是急着知道真相，越是找不到人。她蹙着眉头寻思沈希权和江兰兰到底是怎么回事，忽然心里一沉，莫非沈希权得了绝症？这个念头一起，她赶紧呸了一声，大过年的，怎么能咒他呢！他才三十多岁，年轻的时候又是打架好手，身体底子肯定不错。

佟夕又拨了沈希权山河苑那套房子里的座机，同样是无人接听。这就奇怪了，沈希权平时睡觉手机都放在枕头边，二十四小时不关机，好方便随时接电话，应付公司的突发事件。

春节放假，他不在家，会去哪儿？佟夕想起他这几天病恹恹的样子，忽然有种不好的预感，忙问聂修："他有没有和你提过他春节的打算？"

聂修道："他说在家养病。"

"在家养病？可是家里电话没人接，他一个人在家，我担心他会不会……"

佟夕话没说完，但是，聂修明白她的意思。新闻中时不时曝出年轻人熬夜猝死、空巢老人突然病发来不及抢救的社会新闻。

聂修安慰她："等会儿他如果还是没消息，我就赶回市里去看看。"

两人正胡思乱想，沈希权回电话过来了。佟夕松了一口气，问道：

“你在哪儿？怎么不接电话？”

沈希权的声音听上去逍遥愉悦：“我在海边冲浪，没拿手机。什么事这么急，给我打了十几个电话。”

冲浪？佟夕有点不敢相信：“你在哪儿？”

沈希权笑：“在海南，和佟鑫一起。”

佟夕又是一惊：“我哥和你在一起？他不是说过年加班吗？”

“其实是你叔不想看见他。两人见面就吵，大家都过不好年，索性我就约他出来玩儿了。”

佟夕：“……”

“怎么了，找我有事？”

佟夕这才想起自己打电话找他是有一件大事：“权哥，你玩得这么开心，头上都绿了，你知道吗？你看一眼微信，我给你发张照片过去。”

佟夕把那张背影照片发给沈希权，过了几秒，沈希权说：“嗯，看到了。”语气很平静，毫无波澜。

佟夕很吃惊：“你居然一点都不生气？”

“我们分手了，还生什么气。”

佟夕更加吃惊：“分手？你们居然分手了？什么时候的事？”

“就年前。”

“为什么分手？”

“因为发现不合适。”

佟夕根本不信：“你骗鬼呢，你离了婚才发现和她不合适，你早干吗去了？大脑被浪冲走了吗？”

沈希权唉了一声：“谁还没个脑子进水的时候呢？你看聂修那么聪明，不也照样干过傻事！”

佟夕被噎了一下，说：“你和聂修能一样吗？你都进化成人精了。”

沈希权和江兰兰相识不是一天两天，当初为了能快些和江兰兰在一起，他不惜分给莫丹一半身家，只求以最快的速度脱身。他不是个头脑简单的男人，绝对不存在被江兰兰欺骗的可能。这中间难道有什么隐情？

"权哥，你不会是……同性恋吧。"

电话里爆发出一阵震耳欲聋的大笑。佟夕把手机拿开了一点，皱着眉头等他笑完。

这个猜想也是临时从脑子里冒出来的，因为堂哥说在单位加班不回来过年，结果却和沈希权跑到海南去度假，导致她有了这个奇葩的猜测，当然，她自己也是不大相信的。

沈希权一边咳，一边笑："你这脑洞有点大啊。放心，我只喜欢女人。我和你哥是纯洁的哥们情谊，你别想歪了。"

佟夕有点窘："那你到底是怎么回事？你那解释，我压根不信。你要是不说，我就把照片发给莫丹。"

沈希权的笑声戛然而止，他忙说道："别。"

"那到底为什么和莫丹离婚，你是不是……得了什么病？"

沈希权在电话里沉默了大约半分钟，佟夕的心一点一点地往下沉。

"你说对了，我的确是有病。"

佟夕脑子一蒙，这是她最不愿意接受的结果，她宁愿他是同性恋，也不是得了绝症。能让他想出这种烂招的病，一定不会是小病。她声音有点颤抖："权哥，你什么病啊？"

"没有生育能力。"

佟夕松了一口气，万幸，不是绝症："莫丹知道吗？"

"如果她知道，肯定不会和我离婚，毕竟我曾经帮过她。如果她因为我有毛病而和我离婚，肯定会被人说三道四，骂她没良心，就连她妈也不会同意。我这个人其实不是个好人，不怎么讲道德，但是，我最恨道德绑架。"

当初莫丹和他结婚，的确是有那么点报恩的意思，当然更多的成分还是喜欢。

那年莫丹的妈妈得了癌症。因为莫父早年离世，莫母一人工作供两个孩子上学，且还是一对双胞胎，家里没有任何积蓄。就在莫丹急得发疯的时候，忽然有人找上门来要买她的画作，说是一家新开业的旅游酒店，需要在房间里摆放一些画作，不需要名家名作，只要画得好看就行，而且价格不菲。

这个买主将莫丹几年间的所有画作都买了，解了她的燃眉之急。莫母顺利做了手术，化疗效果很好。

此事过去半年多，佟夕有一次带着佟桦去浠湖度假村玩，看到饭店的走廊中挂的都是莫丹的画，才知道那位买主竟然是沈希权。莫母生病的消息是佟夕无意间透露给沈希权的。

莫丹得知真相感动至极，坚定不移地要和沈希权结婚。莫母对一对儿女要求严苛，如果换作别的男人，比莫丹大十岁，还大学肄业，莫母是死也不会答应的，然而，知道沈希权就是当初买画的人，她便没再反对。

沈希权说："你也知道莫丹有多喜欢孩子，时常说她有双胞胎基因，一定会生双胞胎。"

佟夕忙宽慰他："现在医学发达，就算你不能生育，你们也能有孩子。"

"接受精子捐赠吗？可我这人比较自私，还没有心胸宽广到去养别人的孩子。但我也不能阻止莫丹生孩子，这对她不公平，所以，离婚是最好的选择。"

"你们就这么离婚，也太遗憾了，如果莫丹愿意为了你不生孩子，你会不会和她复婚？"

沈希权没有一点迟疑，说道："不会。"

"为什么？"

"那样我一辈子都会觉得对不起她、欠了她，这日子我过不好。我也不愿意过这样的日子，我这人比较自私自利，不喜欢委屈自己，更不喜欢欠别人。"

佟夕也没辙了，闷闷地说："权哥，对不起。我前一段时间对你态度十分恶劣。不过，你干吗要瞒着我？你告诉聂修，都不肯告诉我，你跟他比跟我还亲啊？"

"我怕你告诉莫丹，她就不肯和我离婚。再说，不能生孩子对一个男人来说也是挺丢人的，尤其是我这种死要面子的人，不想让别人知道。但是，你因为我和莫丹离婚，变得更加偏激。我想想，还是告诉你得了。”

佟夕明白他的意思。他出轨，的确让她更加坚定了不婚的决心。

沈希权吸了一口椰子汁，说：“虽然我离了婚，但是，我还是要说，结婚其实挺好的，和喜欢的人结婚也挺幸福。我如果没毛病，肯定会和莫丹白头到老。”

佟夕知道他想说什么，沉默着不接话茬。

沈希权自顾自地说下去：“你和聂修之间没什么不能修复的矛盾，就是一个误会而已。”

“你想得太简单了，是他不信任我。”

“信任这个东西非常脆弱，没有你想的那么坚不可摧，你能完全地信任你自己吗？你喝醉了，就可能变成另外一个人，做出你自己都不敢相信的事。等你酒醒了，你都不相信那个人就是自己。要求别人无条件地信你，这不现实。”

“权哥，我说不过你，我挂了啊。”

打完这个很长的电话，佟夕心里真是很难过，何止是莫丹喜欢孩子，沈希权更喜欢小孩儿，见到街上有人推着婴儿车，他都要探头看上一眼。他对佟桦更不必说，时常带着佟桦去游乐场。佟桦喜欢他，甚至超过舅舅。他这样喜欢小孩儿，却偏偏不能生育。

他口头上说自己很自私自利，不愿意养别人的孩子，其实从另一个方面来说，他并不自私，离婚是为莫丹考虑，而且给了她一半家产。

聂修的车子洗好后被送了过来，两人回到佟家，佟桦眼尖，指着聂修的大衣下摆说：“叔叔，你这里有血。”

聂修低头一看，衣角处的确沾了一片血迹，于是脱下来拿去卫生间洗。老宅里没有暖气，卫生间里也没空调，一股冷飕飕的寒意袭来，身上只有一件羊绒衫的他打了个寒战。

“这是我哥的棉袄，你先穿一下。”

聂修转过身，看见佟夕手里拿着一件干净的棉衣，表情不大自然，仿佛怕他多想，不等他开口，便先行解释：“我怕你感冒了传染给佟桦。”

聂修眼睛里带着些笑：“谢谢，你还挺关心我的。”

佟夕无视他“自作多情”的眼神，弯腰从下面的柜子里拿出吹风机：“这天气恐怕两天都干不了，用这个吹吹吧。”

正说着，她手机响了，是高中同桌林浠打来的电话，告诉她今晚聚餐的时间和包厢号。

聂修问：“你有同学聚会？”

佟夕点了个头，便出去了。

第十四章 渐渐习惯你在我身边了

除夕夜佟夕在微信群里给高中同学拜年，大家听说她回来了，就约她一起聚餐。

佟夕好几年没回浠镇，难得大家聚聚，也就没推辞。

聚餐的地方就在镇中心的来福酒店，离佟家很近，聂修要开车送她过去，她说：“没几步路，不麻烦你了。”

回乡过年的同学还挺多，二十多人热热闹闹地吃了一顿饭，喝酒猜拳，又笑又闹，个个都比高中时还要活泼开朗，经过几年的历练，仿佛脸皮都厚了一层，尤其是男生。

佟夕好几年没和同学见面，一开始也特别高兴，到了后半段，就觉得自己不该来。

当年班里暗恋她的人不少，碍于她叔叔，都没敢表示。等上了大学，她陆陆续续地收到不少表白信，那会儿她正和聂修热恋，自然统统拒绝掉了。

这里面最坚持不懈的就是副班长李江州，佟夕当年是班长，和他接触比较多，他总抱有幻想，觉得自己比别人更得佟夕的青睐。

今日再见，佟夕比以往更明艳照人，一颦一笑都美到发光。李江州喝得有些醉，胆子变得很大，趁着真心话大冒险的环节，当着众人的面再次表白。

佟夕十分尴尬，起身说："我还有事，先行一步。"

李江州执意要送她。

佟夕当然不想惹麻烦，直接说不用，拿着包就离开了包厢。李江州在后面追她。

佟夕头也不回，快速下了台阶，突然从旁边走过来一个人，牵住了她的手，竟然是聂修。佟夕吓了一跳，问："你怎么在这儿？"

"我在等你。"

正说着，李江州走到台阶前，看见佟夕身边站着个男人，怔了一下，停住脚步。

聂修也没说话，只是看了他一眼。

佟夕本来想要抽出手，但一想到李江州就在身后，就任由聂修牵着手走了十几米远，才把他的手甩开，很不领情地问："你怎么知道我在这儿吃饭？"

"叔叔让我来接你。"

"几步路，用不着。"

聂修说："我不放心，陪你走回去。"顿了顿，他又说，"而且，幸亏我来了，正好给你当挡箭牌。"

言下之意，他出现得及时而正确。佟夕故意加重语气说了声"谢谢"。

聂修蹙着眉想了想："那个男生有些面熟，好像是你们班的副班长？"

佟夕吃惊不已："你怎么会记得他？"

"当然记得。毕业合影照里，他站在你旁边，把头偏向你这边，挨得非常近。"

佟夕恍然记起，当初她把毕业合影照拿给聂修看，他指着李江州问那人是谁。

佟夕只说是副班长，都没提副班长对自己有好感之事，没想到聂修居然都记得这么清楚。

“学霸的记忆力果然不同凡响。”佟夕的夸奖带有调侃的意味。

聂修却毫不客气地收下了：“过奖。”

佟夕瞥了他一眼：你说你一个前男友还吃什么陈年老醋呢？她岔开了话题：“同学聚会没什么意思，时过境迁，我们都变了。见到故人，反而是失望更多。”

听上去是在说同学，可是，聂修问：“你在说我吗？”

“你想多了。”佟夕玩笑似的问，“你对我难道不也是很失望吗？以前的我可不是现在这样。”

聂修摇了摇头，沉声说：“我没有失望，只有心疼。”夜色中，她看不清他的五官，却很奇异地能感受到他的眼神。

佟夕笑容一僵，慢慢地，眼睛有些发涩，从河面上吹过来的风湿冷刺骨。夜晚的浠镇如同一个梦境之城，远处间或有几声狗吠，不时响起爆竹声，零零落落，不绝于耳。她低头走上小石桥，一级一级的台阶，仿佛一段一段的岁月，她和他各自度过了三年互不问津的时光。她不知道他变了没有，反正她已经变了很多，心态突然间就老了，没了少女心。后来因为工作关系，她经常接触到言情小说，同事捂着胸口嘤嘤地说“我不行了，我的少女心要萌炸了”，可她无动于衷，毫无触动，出现了典型的孤独到老的苗头。

越过桥头，就是佟家所在的巷子。两人转进巷口，突然从巷子里蹿出来两个七八岁的小男孩，扔了几个鞭炮过来。

佟夕正想着心事，猝不及防被吓了一跳，急忙往后一退，不巧一步踏在两块石板的中间，鞋跟竟然卡在了缝隙里。幸好聂修在旁边，及时伸手扶住了她的腰身，她才不至于摔倒。若是正常的情况下，佟夕必定是立刻推开他的搀扶，这次却反常地攀着他的胳膊没撒手。

聂修觉出不对，问她："怎么了？扭到脚了？"

佟夕发窘地说道："鞋跟卡在石缝里了。"她一米七的个子，平素都不穿高跟鞋，今天同学聚会，难得换一双高跟短靴赴宴，结果便出了状况。那鞋跟卡得也是蹊跷，她扶着聂修的胳膊，费了好大的力气居然都拔不出来。

聂修蹲下来，脱了她的鞋子，把她的脚放在自己的鞋面上，然后握着鞋帮使劲一提，倒是将鞋子拔了出来，不过鞋跟断了。

佟夕忍不住心疼："我的七百块啊。"

聂修提着没鞋跟的靴子，笑着安慰："我回去赔你一双。"

佟夕开玩笑说："不用了，我要找市政管理处的人赔。"

"我背你回去。"聂修说完，也没给她犹豫拒绝的机会，弯腰就将她背了起来。

佟夕只穿着一只鞋子，也只好如此。昏暗的巷子里响起沉稳的脚步声，她恍然又想起往事。

高三的那年冬天，他带着她去浠湖边拍照，拍冬天的落日和湖上的冰雪。她想在他面前臭美，穿了一双崭新的高跟鞋，结果两只脚都疼得不行。

聂修背着她，沿着湖边的小径走上度假村的观光道。她搂着他的脖子，在他耳边细声细气地说话。

他说："你别说话，嘴里进风很冷。"其实是她对着他的耳朵说话，呵气如兰，让他心猿意马，难以自持。

"我第一次背你也是在浠镇。"聂修只说了这一句，便没再继续，可佟夕知道，他此刻肯定在脑海中回忆那一幕。两人过去就是这样，常常会想到一块去。奇怪的是，他们分手三年了，居然还这样心有灵犀。

佟夕伏在他的后背上，感觉到他身体细微的变化，那是一种被衣服掩盖着的成熟男人的力道。

走了小一段路，他的手机响了起来。佟夕正要从他的背上下来，他却没停步，让她把手机拿出来，替他接通。

佟夕从他的大衣口袋里摸出手机，接通放在他的耳边，听见他用英语和对方交流。

佟夕的英语也不错，但是他话里太多医学专用词，她听得一知半解，不甚明了，只知道是在说工作上的事。

他打完电话，佟夕忍不住问："你什么时候回英国？"

"初五。"

她天天期盼他快点走，然而，此刻心里涌上来的情绪并不是解脱和高兴。

聂修问："你是不是掰着手指头盼着我赶紧走？"

佟夕窘了一下，低声说："那倒没有。"

"这话我听着明显不像是真话。"

佟夕莞尔："那你要听真话吗？"

"算了，我还是不听，我怕受不了打击要跳河。"

"这河水不深，淹不死人的。"说完，她突然想到自己落水的那一幕，如果不是聂修，只怕现在自己已经不在了。

她心口一软，顿了顿说："真话就是，我并没有掰着手指头盼你快点走。"

聂修半真半假地问："我可以理解为你舍不得吗？"

佟夕解释："你别误会。T 市又不是我的，你想待多久都可以，我没有权利干涉你的去留。"

聂修叹气："这句无论是真话还是假话都一样不好听。"

佟夕忍不住噗地一笑，温热甜香的气息软软地喷到聂修的耳后。他想，真好，她今天晚上笑了两次。

大年初一就这么一晃而过。初二这天是佟建文陪周余芳回娘家的日子。周余芳的娘家就在镇外，往年都是佟建文骑车带着妻子回去，今年聂修在，执意开车送他们过去。

等聂修送了夫妻俩回来，佟夕正陪着佟桦在看动画片。聂修走过去，将佟桦抱起来，放到自己的腿上，问他："要不要和叔叔一起出去玩？"

佟桦高兴地点头："去哪儿玩？"

"度假村。"聂修望着佟夕，"一起去？"

佟夕看着佟桦兴致高昂，也不好阻拦，但是，让聂修一个人带佟桦玩耍，她绝对不放心，即便聂修素来稳重，但是他毕竟是个从来没看过孩子的男人。她就算不想去，也一定要跟着。

天寒地冻，度假村里最受欢迎的项目莫过于泡温泉。聂修要了一个独立的小庭院，围墙内种满了常绿乔木，玻璃暖房外面便是私人温泉池。佟夕此行就是为了陪佟桦，等聂修带着佟桦换好衣服下了温泉池，她便坐在玻璃暖房里，隔着透明玻璃墙，看着外面的一大一小。

因为不放心聂修带小孩儿，玩手机的时候，她时不时地朝着外面瞄一眼。目光所及，她不可避免地会看到聂修的身材。他从初中起就经常打篮球，身体修长结实，而现在的这种结实，明显是在健身房里练出来的，胸肌、腹肌纹理分明，说不出的性感。

佟夕本是无意间看到他，然而，当他的目光和她碰到一起，她还是忍不住窘得脸上发热。他的身体，她也不是第一次见，然而，那时他身为男朋友，她怎么看都合适，现在却是怎么看都不合适。

天地良心，她真的不是要看他，实在是不放心佟桦和他在一起。"监视"了十几分钟后，她感觉他带孩子还算靠谱，便拿着手机，走到了玻璃房右角的休息区。那里摆放了几盆琴叶榕和巴西木，刚好可以遮挡住彼此的视线。

佟夕躺在摇椅上，看着手机视频，耳朵还听着外面的动静。佟桦从出生，佟夕就帮着佟春晓带他，早就养成了耳听八方、眼观六路的习惯。

手机视频看了一半，突然听见佟桦一声尖叫，她腾地一下从摇椅上跳起来，急速走出玻璃房，却听见他"耶"了一声，举起一个胜利的手势。

佟夕还以为他呛了水，赶紧问他："怎么了？"

佟桦笑嘻嘻地说："聂叔叔和我打赌，说我叫一声，小姨会在五秒钟内跑出来。"

佟夕瞪了聂修一眼，捏着佟桦的脸："《狼来了》的故事你忘了吗？"

佟桦眨着大大的眼睛："没忘，可是我没骗人啊。"

佟夕摸摸他的头发："小朋友不能泡太久，赶紧出来吧。"

佟桦赖在水里不肯出来，聂修从池子里站起来，把小孩儿从水里捞出来："我带你去玩别的。"

这一日过得飞快，佟桦在度假村玩得乐不思蜀，不肯回去。晚饭，佟夕请客，吃的自助餐，慰劳辛苦了一天的聂修。亲眼看到他带孩子的细心细致，她不禁也认同了叔叔的说法——他将来肯定是个好爸爸。

晚上八点，三人回到家里。佟建文看见佟夕和聂修一人牵着佟桦一只小手，顿时笑逐颜开："不知道的还以为你们一家三口呢，看着可真和美。"

佟夕窘得无话可说，也没好意思看聂修的表情，赶紧抱起佟桦上了楼。

眨眼间，初三也成为日历上被撕掉的一页。

初四早上，佟夕睁眼看到手机上的日期，心里先是一恍惚，也不知聂修是上午走还是下午走。她昨夜忍着没问，不想让他误会自己惦记着他的归期。

吃早饭的时候，聂修主动对佟建文说自己上午要回市里。

佟建文说："不是明天的飞机吗？"

聂修说："我回去收拾一下行李，几个朋友晚上要请我吃饭。"

佟建文扭头看着佟夕："你初八上班吧？那干脆和聂修一起回去，顺便明天送送他。"

佟夕说："不用我送，他有人送的。"

"你这孩子怎么一点礼节都不懂呢。佟桦等过了元宵节再回去，反正幼儿园开学晚，到时候我送他回 T 市。你今天先和聂修回去吧，刚好搭顺风车。"

佟夕低头搅动着碗里的白粥，噘着嘴说："我还想在家里多住两天呢，回去了，一个人多没意思。"

佟建文无奈，只好不提了。

临行前，佟桦对聂修依依不舍，抱着他的脖子，情真意切地问：“叔叔，你什么时候再回来和我玩儿啊？”

聂修看了看佟夕，说：“你小姨不想让我回来。”

佟夕忙说：“我哪有！”

聂修立刻反问：“那你想让我回来？”

佟夕卡壳：“……”

佟建文把佟桦抱进了院子，让佟夕送一下聂修，明显是给两人留出单独相处的时间。佟建文的撮合之意这么明显，佟夕有点尴尬，想要微笑，却觉得嘴角很僵。她说：“你慢点开车，注意安全。嗯，提前祝你一路顺利。”

聂修目不转睛地看着她：“晚上傅行知和莫斐他们为我饯别，你和我一起去吃顿饭吧。”

佟夕被他恳切的眼神乱了心神，视线垂到他的脚下：“我都和你一起吃了三四天的饭了。加上住院的那几天，都有十天了。”

“这次不同，我要走了，你都不送一送？”聂修的语气里充满了伤心和幽怨。

佟夕几乎没有勇气抬起头，低着头强词夺理地说：“我这不是正在送你吗？”

“……心真狠。”

这句话让人无法招架，佟夕飞快地说了声再见，一闪身便跨进了院门。

大约过了一分钟，外面响起汽车发动的声音，车轮碾过石板路面的声音……又渐渐变得一片沉寂。

佟夕背靠着木板门，悬着的心脏慢慢回落。古老的庭院，光秃秃的葡萄架，空荡荡的荷花缸，枝叶零落的欧月，萧瑟的味道悄无声息地充盈了每一个角落，年的味道这一刻突然消失得无影无踪。一切不过源于骤然间少了一个人而已。他在的时候，她没感觉到家里的热闹，直到此刻，才陡然感受到孤寂和失落。

佟桦举着一台学习机兴高采烈地扑过来：“小姨，这是聂叔叔送给我的新年礼物，他藏在我的玩具箱里！”

听到“聂叔叔”这几个字，佟夕情绪越发地低落，心里像是空了一块，呼呼透着风。

佟建文也说：“多一个人不觉得热闹，少一个人就冷清很多。”

周余芳埋怨：“谁让你不叫佟鑫回来。”

提起儿子，佟建文就变了脸色：“眼不见，心不烦，他不回来更好。”

佟夕教佟桦怎么用学习机，奇诡的是，平时都觉得时间飞快，今天却异常缓慢，仿佛凝固冻结了一般。她无精打采地熬了一个小时，直到接到一通电话，才提起精神。

打电话的人叫张立恒，是房产中介公司的一个业务员。佟春晓过世一年，佟夕找到这家房产中介公司，想要把房子卖了。香樟园的位置不错，周围交通便利，那套房子户型也好，看房的人挺多，但是，一打听那房子里出过事、死过人，便再也没了下文。价钱比同样的房子便宜十万八万也没人肯要。

没想到，张立恒竟然带来一个好消息，有人对香樟园的房子很感兴趣，想要下午去看房。

佟夕问：“那你有没有告诉他房子里出过事？”

以前张立恒都主张瞒着不说，结果好几次都是在签合同之前，对方反悔。佟夕索性让他别隐瞒，以免耽误彼此的时间和精力。

“说了，他不介意。这位吴耀祖先生是个美裔华人，近期回国创业，公司就在香樟园附近，所以想就近在周围买一套二手房作为员工宿舍。”

原来是当员工宿舍，难怪不介意。佟夕说：“那你和他约个时间吧，我这几天都有空，随时都能带他过去看房。”

“那行，我先和他约好时间，等会儿回复你。”

过了一会儿，张立恒打来电话，说：“今天下午两点钟行不行？”

“没问题，我两点钟在香樟园等你们。”挂了电话，佟夕便对佟建文说自己要赶回市里一趟，有人要看房子。

佟建文忍不住嘟囔：“你说你这丫头多倔，刚才聂修要回市里，你和他一起走不就成了，这会还要去坐大巴。”

佟夕笑：“那会儿不知道有人要看房啊，这电话早打一个小时就好了。”

平时从浠镇去市里的车特别多，两小时一趟，可是春节期间司机休假，只有早八点和下午一点两趟车。佟夕买了下午一点的车票，急忙给张立恒打电话道歉，说自己三点半才能到，让他转告一下那位吴先生。

下午三点钟，大巴车准时开到市里，佟夕下了车径直打车奔向香樟园，比约定的时间提前五分钟到了楼上。

她从包里拿出钥匙，打开房门。久无人住的房间，有一种难以描述的沉闷和孤寂。她的目光落到客厅的某一处，心脏像是被人紧紧地揪住，无法呼吸。

她疾步走到窗前，打开了所有的窗户。冬天的寒风涌进了整个房间。她抱着双臂，迎着风，感觉从心里到身体都是冰冷的。事情过了三年多，她依旧忘不了那一地的血。

房门开着，她听见上楼的脚步声和男人的交谈声，转过身，看见张立恒带着一个年轻的男人走了进来。

男人黑发中挑染了几缕白色头发，身上是时髦的翻毛领大衣，脚上是一双黑色马丁靴。这位吴耀祖先生听名字很传统，没想到真人如此时尚，乍一看，就跟从时尚杂志上走出来的模特一般。

佟夕背对着窗户，整个人被淡淡的一圈光影笼罩着，容光艳绝而清冷，若不是发丝被风吹拂，吴耀祖几乎要把她当成完美无瑕的玉雕美人。

他真是没想到房主竟然是一个如此年轻、如此貌美的姑娘，惊艳到有些失态，竟看呆了。

佟夕走上前和他打招呼，说：“你好，吴先生，我就是房主。”

吴耀祖这才回过神来。他毕竟是国外长大的青年，哇了一声后伸出双手，毫不吝啬地夸赞道：“佟小姐真是太美了。”

佟夕笑了笑，和他握过手，领他看房子。他一边看房子，一边看佟夕，眼神热辣而专注。

房子虽然年限比较久，但是重新装修过，家具也都是新购置的，完全看不出破败。吴耀祖看过房子，又拍了一些照片，貌似非常满意。

张立恒又在旁边舌灿莲花，说香樟园的位置有多便利，附近学校、医院、地铁一应俱全。

吴耀祖连连点头，笑盈盈地看着佟夕："房子我很满意，佟小姐我们加个微信吧，以后有什么事也方便及时沟通。"

佟夕顶着他热辣辣的目光，很明显地感觉到他醉翁之意不在酒，但也没办法拒绝，和他加了微信好友。

看完房子，佟夕送两人下楼。吴耀祖的车子就停在楼下，是一辆非常招眼的红色跑车，和他本人倒真是非常相配。

张立恒是骑电动车来的，车把上还挂着特别花哨的挡风布，和吴耀祖的跑车一对比，真让人感叹投胎是个技术活。

吴耀祖知道佟夕不住这里，殷勤地问："佟小姐住哪儿？我顺路送你。"

佟夕笑："谢谢，不用了，我男朋友一会儿来接我。"

吴耀祖失落的表情也很夸张："你有男朋友了啊？"

佟夕促狭地眨眨眼睛："是啊，你不是夸我漂亮吗，没男朋友的话，你不觉得奇怪？"

吴耀祖笑嘻嘻地点头，说："没错，没错。"然后，他潇洒地挥挥手，开着他招摇的红色小跑车离开了。

佟夕站在楼下，双手插在口袋里，看着那辆红色跑车，不知不觉想起大一那年，聂修送她去报到，借了傅行知的红色跑车，和吴耀祖这一辆很像，也是这般招摇热烈的颜色。那时候，她爱他的心，也是火一般热烈。

她慢慢走出香樟园的大门口，站在路口，四下张望，春节的T市可真是清静，大街上到处都是出租车，招手即停。

此刻再赶回浠镇有点晚，可能也没班车，她打车回到星园小区，刚刚进门，莫丹打来一通电话，问她从芦山乡回来了没有。

佟夕出事也没告诉她，她还以为佟夕和往年一样去了芦山乡。

佟夕说："我在自己家。"

莫丹期期艾艾地问："哦，那个……你知道聂修回来了吗？"

"我知道。"

莫丹声调一拔："你知道？你怎么没告诉我？"

"我以为莫斐早就告诉你了。"佟夕也没想到莫斐居然没提。

"他天天和他的女朋友腻在一起，早就忘了他还有个亲姐，见色忘姐的东西。聂修明天要回英国，晚上傅行知请他吃饭，让莫斐叫上我，我才知道这家伙居然回来十几天了。你们居然都不告诉我，是不是都忘了还有我这个朋友？爱情靠不住，亲情靠不住，友情也靠不住啊。"莫丹说着说着，声音都有点变调了，因为离婚，她最近真是非常脆弱，情绪波动很大。

"我不是故意瞒着你。"佟夕连忙把自己在芦山乡遇险，然后大病一场，在医院住到过年的经历说了一遍。

莫丹听得一头虚汗："我的天哪，怪不得你这段时间都没和我联系。我还以为是山里信号不好。多亏了聂修，不然，真是不堪设想。"

"是啊，多亏了他。"佟夕的声音低了下去。

"我听莫斐说，聂修想和你复合？"

"嗯。"

"那你的意思？"

"我没那个意思。"为了证明自己的决心，佟夕提高了声调，听上去很坚决。

"那你晚上要不要一起去吃饭？"

"……我还是不去了吧。"

莫丹沉默了一会儿，叹道："感情的事真是很烦，剪不断，理还乱。"她在说佟夕，也说她自己。

佟夕低声说："还是当断则断吧。"这句话，佟夕是说给自己听的。

挂了电话，佟夕一个人坐在房间里。石英钟嘀嗒嘀嗒地走动，显得房间里越发孤寂。

她不想承认自己居然习惯了有人陪伴，短短十天的时光，聂修将她三年的习惯打破。她起身去收拾房间，打扫卫生，只有闲的时候才会东想西想，忙到身心俱疲的时候，就不会胡思乱想，这是她的经验。

夜幕一点点降下来，窗外沉入光怪陆离的世界，偶尔有烟花点亮夜空。佟夕把阳台上滴水观音的每一片叶子都擦了一遍。突然间，放在茶几上的手机响起来，她隔着沙发看着手机，迟疑了几秒钟才走过去，看到屏幕上跳动的是莫斐的名字，莫名其妙地心跳加快。聂修此刻正和莫斐在一起。

“新年好。”佟夕语气平静轻松，丝毫听不出心里的波动。

“我听莫丹说你在市里，你既然来都来了，就一起吃顿饭呗，又不是吃你，你怕什么。”电话里面传来说话声，有莫丹的，有傅行知的，可是没有聂修的。

佟夕哼道：“谁说我怕了。”

“不怕那你就来啊，再怎么说，聂修也救了你一命，你就这么对待你的救命恩人啊？你咋这么无情无义呢？”

莫斐在用激将法，佟夕无动于衷，沉默着不回答。

“聂修闷头喝酒，话都不多说一句，我看着都心疼，你过来劝劝他，明天他还要坐飞机呢。”

佟夕沉默了一会儿，说：“有你和傅行知，还有莫丹，几个人都劝不住，我能劝得住吗？”

“一万个我们也抵不上一个你啊，你不知道他心里想什么啊？”

佟夕：“……”

“我把地址发给你。不念过去，也看在现在的分上，你来一趟成不成？”

莫斐挂了电话，给她发了条微信。看到地址，她心里一沉。

浠湖春天四个字，像是一扇通向回忆的窗，那是她和聂修第一次相遇的地方。

佟夕最终还是在犹豫了半个小时后，去了浠湖春天，主要是莫斐说的那句话打动了她，不念过去，也要看在现在的分上。聂修这次回来做了许多事，都让她无法太过绝情。

包厢里热热闹闹，傅行知和莫斐、莫丹都在，却不见聂修的影子。桌上的菜几乎没怎么动，茅台酒瓶却已空了一个。

傅行知眉飞色舞地拍了下桌面："完了！我刚和莫斐打赌你不会来！"

莫斐喜笑颜开地拍手："我就知道佟夕不会这么狠心。"

"哎哟，我去，一年的油钱啊！"傅行知捂着心口，直喊着心疼，却是一脸嬉笑，没见谁输得这么高兴过。

莫丹惨呼："完蛋了，我也赌你不来，我输了一年的电影票！你不是说了不来吗？"她嘴上埋怨着，眉眼间却都是促狭的欢笑。

佟夕有点尴尬，轻声问："他呢？"

莫丹努了努嘴："喝多了，在里间休息。"

佟夕愣了一下，目光扫过那个空酒瓶。他很少喝白酒，也从没听说他喝醉过。

莫斐走到门口，推开房门看了一眼，说："睡了。"

佟夕轻轻走过去，里间里亮着一盏落地灯，灯罩下有橘色的光，投射到地板上，像是一团圆月。聂修躺在长沙发上，一条腿支在地毯上，身上盖着的羽绒服滑落了一半。静悄悄的房间里，他的呼吸有点重，高挺的鼻梁在清俊的脸颊上落下一个阴影。

莫斐正要叫醒他，佟夕拦住莫斐，小声说："让他睡一会儿吧。"

她轻轻走近，将羽绒服拿起来，重新给聂修盖好，而后转身离开，轻轻地带上房门。

莫丹问她吃饭了没有。佟夕说："还没呢。"

"来一起吃吧。"莫丹拉着佟夕坐下，正对面是聂修的位置。他的餐盘里干干净净，什么都没有，旁边放着一碗鱼羹，还剩三分之一的模样。

佟夕忍不住说："空腹喝酒容易醉，你们怎么不拦着他？"

莫斐立刻说："我说拦不住，你还当我是骗你呢？你问问莫丹我们劝了没有。"

莫丹忙说："这事怨我，要是我不提你来了市里就好了。"

"你说你要是在浠镇也就算了，聂修一听莫丹说你来了市里都不肯过来，哎哟，我都不忍看他的表情……"莫斐摇头，叹气。

佟夕硬生生被他说出了几分内疚，连忙解释："我本来是没打算来，刚好今天下午有人要看房子，我这才赶过来了。"

傅行知一听房子，便立刻接话："哪儿的房子？"

其实聂修回来第一天就去找了傅行知，让他出面找人去买房。他对佟春晓的房子了解得一清二楚，不过为了不引起佟夕的怀疑，便装作什么都不知道，明知故问。

佟夕说："我姐的房子，在同季路那边的香樟园小区。"

傅行知立刻以行内人的身份说道："那一片房子应该好卖。同季路那边有个二小，也是不错的学校。现在教育资源比医疗资源还重要，我们新开发的楼盘和实验小学签了合同，简直不要太抢手。"

话题故意朝着实验小学引，佟夕果然关心起来，问房子多少钱一平方米。傅行知报了个价，把佟夕吓一跳，学区房果然价格惊人。

"我正打算买个小户型呢，没想到这么贵。"

傅行知笑嘻嘻地道："你要买的话，肯定给你打折，给你个内部价。"

佟夕又惊又喜："真的吗？"

"当然，就算你和聂修分了手，咱们也还是朋友啊，给你走个内部价没问题。如果不是按揭，直接付全款，还能折上折。"

佟夕忙说："我肯定是付全款。不过，要等香樟园的房子卖了才行。今天看房的人对房子挺满意，我估计能成。只是，就算要卖，等签约办手续再到拿到钱，还得好久，我就担心你那里的房子被人一抢而空了。"

"不急，不急，我这边楼盘刚刚开始出售。我回头给销售经理打声招呼，给你留一套，你要多大面积的？"

"香樟园的房子卖不了高价，估计折算下来，能买你这边一套八十平方米的，不过我还要留点装修的钱，所以，买个六十平方米的差不多了。”

傅行知暗自服气，因为聂修交代的正好是五六十平方米的：“没问题，回头你有时间去挑挑户型。”

莫斐道：“你看，来和朋友聚聚不会吃亏吧，我一年的油钱和电影票也有了，佟桦上学的事也办了。”

佟夕笑嘻嘻地双手合十：“老天保佑，让吴老板赶紧签约把房子买了。”

傅行知端起酒杯，笑盈盈地抿了一口：放心，“我”会保佑的。

佟夕好久没这么高兴过，倒了杯酒送给傅行知，再三感谢。

傅行知接过她的酒杯，却端在手中没喝，一本正经地说：“我刚好也有个小事要找你帮忙。”

佟夕言笑盈盈地一口答应：“我能帮的，一定帮。”

傅行知说：“你肯定能帮。”他还没说什么事，突然身后的房门被打开了，聂修抱着羽绒服走了出来。

佟夕和聂修的视线隔空相撞。他漆黑的眼将她上下打量了一遍，仿佛难以置信。

佟夕扯开嘴角，对他笑了笑：“你醒了。”

聂修没有说话，目不转睛地看着她，仿佛这屋子里没有别人，只有她和他。旁边的三人都看戏似的，默不作声。

佟夕的笑容被淹没在他的目光里，他的眼神中包含着太多情愫，像是汹涌的海潮。她难以承受这样的目光，转而去看傅行知：“你刚才说让我帮忙。”

傅行知如梦初醒似的“哦”了一声，笑嘻嘻地指着聂修：“就是想让你帮忙送他回去。他明天上午去机场，晚上不回梅山别墅，住灵溪路那边。”

聂修走近，拉开傅行知旁边的椅子坐下来，冷静地说：“我叫了代驾，别为难她了。”如果不是沙哑的声音和略显迟缓的动作，很难让人相信他喝多了。

他永远都是沉稳有度、不失分寸、不失风度，耀眼而遥远。大概唯有她见过他最狼狈的样子，满身泥泞，头发凌乱，胡楂初生。

佟夕握着酒杯的手指紧了紧，说："不为难，我送你。"

傅行知和莫斐齐齐露出如释重负的笑容："那我们就放心了。来、来，聂修再吃点东西。"

聂修摇摇头："胃难受，不想吃。"

佟夕道："再点一份粥吧。"

聂修没吭声，也没反对。

傅行知对莫斐挤挤眼睛："你看，果然就听佟夕的话，我们说什么都没用。"

佟夕正觉得尴尬，刚好手机响了，是叔叔的电话，问下午看房的结果如何。佟建文刚说完，手机被佟桦抢了过去，问小姨什么时候回去，然后又撒娇让她给他买小火车。

佟夕一听到佟桦的声音，脸上立刻就带出宠溺温柔的表情，声音温温软软："好，你早点睡觉，不要调皮。"

"我最爱小姨了。"佟桦对着手机很响地亲了一口。

莫丹在旁边也听见了，不禁笑道："好可爱。"

佟夕笑："是啊，两三岁的时候最可爱，肉嘟嘟、香喷喷的，我特别喜欢揉他的小肚皮。"

莫丹托着腮羡慕地说："我妈曾经说过，不生个孩子，你永远都不知道你可以爱一个人爱到什么程度——可以为孩子付出一切，甘愿为他赴汤蹈火，万死不辞，恨不得将心都掏出来给他。"

佟夕含笑点头："是这样。"

莫丹被她一副过来人的样子逗笑了："你没生孩子，是体会不到的。就算你很爱佟桦，把他当成自己的孩子，可还是不一样。"

佟夕笑："是吗？那我可能体会不到了。"

莫丹叹气："和沈希权在一起时，我特别想要孩子，可一直没怀上。

现在我反而特别庆幸，我们没有孩子，不然，离婚就不是这么简单的事了。”

佟夕听到这里，笑容顿消，那个秘密像是一块石头沉甸甸地压在她的心里。莫丹非常渴望生孩子，而沈希权并不想养育一个和自己没有血缘关系的孩子。

这是一个不可解的困局。原先她认为离婚是因为沈希权出轨，所以坚定不移地站在莫丹这边，可是现在知道了真相，她心里又很同情他，她并不认为他很自私。因为她非常清楚养育一个孩子要付出多少心血，不仅仅是金钱和时间，还有爱和责任。小到教他养成良好的生活习惯，大到培育他成才，让他有生存立足的本领。漫长的一生，你都要为他操心。没有血缘关系，真的很难做到那么无私。

吃完饭，一行人离开酒店。傅行知的代驾先到，他先行一步离开。不一会儿，聂修叫来的代驾过来开车。

莫丹凑到佟夕的耳边小声说：“你送他到门口就成了，可别进屋，酒后容易乱性。”

佟夕脸色一红：“你想什么呢？”

莫丹捂着嘴说：“这是一个熟知男人本性的已婚妇女的忠告。我担心你们把持不住，他明天误了飞机。”

佟夕窘得脸色通红，打开车门坐到了后排。

聂修和两人道了再见，也跟着坐到了她的身边。

代驾问具体地址，要开导航，聂修报了星园小区的地址。佟夕忙说：“先把你送回去，我打车回家。”

聂修揉了揉太阳穴：“我没事，只是不能开车，脑子很清醒。”

深夜的街道，几乎没有行人，街道两侧挂着喜庆的红色小宫灯，偶尔能听见稀疏的燃放烟火的声音。

车子停在小区门口，佟夕下了车，聂修也跟着推开车门。佟夕说：“你早点回去休息。”

聂修：“我送你进去。”

佟夕没有反对，和他一起走到楼下，停住脚步。有些话，她在心里憋了一晚上，还是觉得一吐为快比较好。

“聂修，我不是故意不来，只是不想给你希望……如果那样，最终你会很失望。”

聂修笑了笑：“我明白。我希望我们即便不是男女朋友，也还是很好的朋友，不要老死不相往来。”

佟夕垂着眼帘，没有回应。她不是那么小气的人，关于分手，早就不再怨愤。

不愿意和他做朋友，是因为她很清楚自己喜欢什么样的人。这么多年，唯有他让她动心过，而且动心得那么快。她不敢保证自己会不会再次动心，她只有防患于未然。可这个原因，她不能说。

聂修说：“你不要有任何负担，我并没有要求你回报什么，只是想弥补以前该做而没做到的而已。你不和我复合，是我早就预料到的事情。但是，我并不会因为预知这个结果而就此放弃。我做事一向不问结果，只问有没有倾尽全力。”

他越是这样说，佟夕越觉得难受，嗓子里像堵了一团东西，沉甸甸的，一直从喉咙压到心口。

聂修把手放到了她的头发上。她一动未动，任由他的手指沿着头顶慢慢摸下去，直到发梢：“下次见到你，你的头发应该长到第三根肋骨的位置了。”

佟夕咬着唇，不知道为什么突然想哭。下次再见，何年何月，又是何时？

他的手指离开她的发梢，伸到她的面前：“再见，七七。”

佟夕握住了他的手，声音仓促而哽咽：“再见。”

“沈希权说你的心破了洞，希望我下次回来能把它补好。”

佟夕在眼泪涌出之前从他掌心里抽出手，飞快地转身。

远处的烟花在夜空中绽放，璀璨夺目，寒冷的冬夜也有这么美丽的颜色。

第十五章 不好意思，我有男朋友了

新的一年开始，佟夕终于有了否极泰来的感觉，事情开始一件一件顺利起来。

首先是警方找到了肇事逃逸的司机，竟然是蒋文俊的大哥蒋文海。因为这桩肇事逃逸事件性质比较恶劣，蒋文海坐牢是免不了的。他妻子为了能少赔些钱，主动把蒋文俊的下落告诉佟夕。这也许就是冥冥之中的天意。

佟夕没想到蒋文俊在三年前就去了非洲，他有个同学在那边开金矿，难怪这么久都找不到他，她请了私家侦探都没有探听到他的一丁点消息。得知他的下落是个好消息，但是这个消息让她无法开心起来。沈希权陪她一起去的安城县，在回程的路上，劝她："我看这事算了，你总不能追到非洲去。"

"非洲那种地方刚好可以买凶伤人，也不用讲什么法律了。"

沈希权笑："哎哟，没看出来，你比我还厉害啊。"

佟夕笑不出来，她是真的有这种心思，不过不会付诸行动罢了。

沈希权道："他哥坐牢，也算是他得了报应。他嫂子有病不能外出务工，全靠他哥支撑全家的生活。他哥这一进去，一家的日子不好过，他妈也不会好过。"

佟夕不同意沈希权的看法："蒋文海坐牢是罪有应得，如果我那天没有遇见聂修，肯定送命。可是，他就算害死人，也就被判个几年，你不觉得不公平？"

"这世上哪有绝对的公平。就像我，虽然也干了些不怎么光明正大的事，但从来没有害过人，为什么会被老天这么对待呢，我也觉得不服。可是，不服也得憋着啊。"沈希权牵扯了一侧的嘴角，露出惯常的微笑，可是，佟夕看得出他笑容里的落寞。

"权哥，你和莫丹真的没有复合的可能吗？我看得出莫丹还是很爱你的，不然，也不会离婚这么久还这么痛苦。"佟夕顿了顿又说，"聂修走的前一天，我们一起吃饭。我看到她酒喝得很多，酒量涨得很快。"

沈希权跟没听见似的，问："你和聂修这一段时间相处得还不错吧？"

"比较别扭。"

"别扭就对了，不别扭没戏。"

佟夕："……权哥，你现在特像个红娘，你知道吗？聂修到底给了你什么好处啊？"

"好处就是……你将来会知道。"沈希权说了半截话。

佟夕最恨别人说半截话了，可是她了解沈希权，如果他不肯说，她怎么问，他也不会告诉她答案。

于是，晚上她给聂修发了信息问他。结果他回复过来一个问号。她气得把手机扔下就去洗澡了。

洗完了，她对着镜子梳头发，脑子里突然冒出来聂修说过的话："下次见你，头发应该长到第三根肋骨的位置了。"

她看着镜子里的头发，后知后觉自己也够糊涂，这么多年都没留意过头发生长的速度，每天忙忙碌碌，总有做不完的事，尤其是佟桦从浠镇来到她的身边，工作日她忙着工作，周末她更忙，带着他去上兴趣班、去公园、去游乐场、去看电影、去图书馆，两天下来，比上班还累。

所以，许琳琅单身带着一个孩子，依旧过着女神般的生活，绝对不是寻常人可以做到的事情，必须有强大的经济基础。

从卫生间出来，她看到手机上聂修后续发来的微信，他并没有提到沈希权，说的是他自己今天的活动。

佟夕以为他回了英国，一切都该戛然而止，却没想到他并没有中断和她的联系，反而经常性地给她发微信。他话不多说，言简意赅，基本上就是向她报备行踪或是工作进展。那种感觉，就像她是他的领导……或是家属。

佟夕放下梳子，第无数次耐着性子提醒他："你的行踪没有必要向我报备。"

"太寂寞，想找个人说说。"

佟夕回复："你找个女朋友就好了。"

"正在找。"

佟夕有种出拳打在棉花上的感觉，不禁手软无力，连心里都有些软。对他的坚持，她也束手无策，只能寄希望于时间和距离来慢慢打消他的念头。回来的第三天，佟夕再次接到一个好消息，吴耀祖确定下来要买香樟园的房子，而且开价也不低，并没有因为是凶宅而使劲压价，果然是个不差钱的富二代。

两人约好时间在中介公司碰面签合同。佟春晓当年打官司时，担心蒋文俊还有别的债主，把香樟园的房子转给了佟夕，现在户主是佟夕。

签完了合同，吴耀祖邀请佟夕一起吃饭。佟夕推托自己公司还要加班。吴耀祖便说："那我顺路送你回去。"

佟夕忍不住笑："你都不知道我在哪儿上班，怎么就顺路呢？"

吴耀祖却大言不惭道："东南西北我都顺路啊。"

佟夕推辞不掉，只好被他"顺路"送到公司。隔天，他再次约她，她再次推辞。

大家都是成年人，她虽然没明说，但拒绝的意思如此明显，一般人都会知难而退，偏偏这位吴先生是个非常“心大”的人，一点也不在乎被拒绝，反而越挫越勇，连着几天每天下午打电话约她吃饭。

如果换一个人，佟夕索性就挑明了拒绝，可是，吴耀祖一来没说喜欢她要追她，只是单纯地约吃饭；二来又牵扯到房子问题，签约只是第一步，她担心自己态度太冷硬，会让他变卦。这两年来，他是第一个完全不介意香樟园是间凶宅的买主，她急着把房子出手，好去买下傅行知那边的学区房。那边的房子很抢手，纵然傅行知担保会给她留一套，她也不好意思拖得太久。

周五这天，吴耀祖竟然破天荒地没打电话过来。佟夕暗自松了口气，还以为他终于死心，谁知道从公司所在大楼的电梯里出来，便看见吴耀祖在一楼的大堂里等着她，手里还拿着一枝红玫瑰。没错，只是一枝。

佟夕定了定神，面带微笑：“吴先生找我有事吗？”

吴耀祖也不回答，笑盈盈地举着玫瑰花：“听说送一枝玫瑰是一见钟情。”

佟夕不动声色地说：“这我就不清楚了，还没人送过我一枝玫瑰呢，抑或是……一拍两散？”

吴耀祖扑哧笑了：“佟小姐好幽默，我喜欢。”说着，他非常随意地将玫瑰插进了佟夕的皮包里。

显然他特意来她的公司，不会是送一枝玫瑰那么简单。她飞速地在心里想着要找什么借口拒绝他的邀约，正好这时，莫丹及时来了一通电话，要约她一起吃饭。

佟夕心里暗暗感激“及时雨”莫小姐，很抱歉地对吴耀祖说：“不好意思，我朋友刚刚给我打电话，要约我吃饭。”

“正好，我也是来请你吃饭的，要不我们一起？”

“我们一会儿还要逛街，恐怕不大方便。”

“没关系啊，我可以从男性的角度来给你们点参考意见。我眼光超级好，绝对不会让你失望。”

佟夕没辙了，只好说：“那我问问朋友的意思。”

佟夕给莫丹打了个电话，问她是否介意多一个朋友。很遗憾，佟夕听到的回答是“不介意”。

吴耀祖耸耸肩：“我就知道你朋友不会介意。多一个人多热闹，今天我请客，你想吃什么？”

“还是看我朋友想吃什么吧。”

吴耀祖今天换了一辆崭新的奔驰，很有总裁范儿，举止很绅士地替佟夕开了车门，做了个请的手势：“你这个朋友是个女的？”

“是啊。”

“奇怪啊，周末你男朋友不约你，女朋友约你？”吴耀祖上了车，接着说，“我翻了一遍你的朋友圈，发现没有一丝男朋友的迹象，你真的有男朋友？”

佟夕很肯定地说：“有啊。”

“显然，他是个不合格的男朋友，居然下班不来接你，啧啧，如果是我的女朋友，我天天接送。”

佟夕干笑：“……”

“你男朋友是做什么的？”

佟夕没想到他突然会问这个，一时间也没有思索，潜意识里就把聂修代入进了男朋友的角色，说他在读博士。

“哦，不错，很忙？”

“嗯，很忙。”

吴耀祖捶了一下方向盘：“再忙，也不能冷落女朋友啊！”

佟夕再次干笑：“……”

周五傍晚路上比平时都堵车，两人赶到莫丹所说的芙蓉楼，已经迟到了四十分钟。莫丹一个人坐在包厢里，把每一道菜都看了三遍。

佟夕替两人做了介绍。

吴耀祖赞道：“莫小姐真是太美了！”

莫丹当然不知道，第一次见佟夕的时候，吴耀祖说的也是这一句，也同样是惊叹的语气。

离婚让莫丹的自信心受到很大打击，这段时间又一直憋在家里不怎么出门，突然听见一个异性的赞美，而且是一个时尚男士的赞美，她异常高兴，顿时对他好感倍增。

点完菜，吴耀祖看了看手表，对佟夕说："从我去公司接到你到现在，已经两个小时，你男朋友居然连个电话都没有，看来是一点都不关心你啊。"

莫丹一头雾水地看着佟夕："你男朋友？谁啊？"

佟夕暗说糟糕，急忙道："当然是聂修，还能有谁。"

"你们复合了？"

这真是猪队友啊！佟夕只好硬着头皮咬牙承认复合了。

莫丹眼睛发亮，又惊又喜地问："哇，你们什么时候复合的？我怎么没听你说过？"

佟夕被莫丹的好奇心弄得骑虎难下，吴耀祖就在旁边，她只得像模像样地胡说："就前几天，我还没来得及告诉你。"

莫丹继续八卦："你前段时间不是信誓旦旦地决定不和他复合吗，怎么又答应了？"

佟夕只好硬着头皮继续编："被他感动了呗，打算再试一试。"

这已经有点漏洞百出的意思了，佟夕正担心莫丹继续追问就要露馅，吴耀祖接过了话："一般复合的情侣，再次分手的概率是百分之九十九。"

莫丹和佟夕都愣了一下。

佟夕好奇："你这个统计数字哪儿看到的，我怎么从来没听过？"

吴耀祖指着自己的鼻子："我亲自统计的，统计对象包括所有我认识的情侣，还有我自己。"

佟夕忍着笑："哦……原来如此。"

莫丹很有信心地说："那佟夕这一对就是那百分之一。"

吴耀祖看着佟夕："真的吗？我看未必。今天是周末，他没有约你就已经很奇怪，居然连电话都没打一个。"

莫丹解释："这你就不知道了，她男朋友在英国。"

"哦，异国恋啊。"吴耀祖越发严肃得像个学者，"那铁定归于那百分之九十九。"

莫丹不服气："绝对不会，不信咱们走着瞧吧，他们这一对是我认识的所有情侣里，我最看好的，也是最好看的！"

吴耀祖伸出手掌："好，咱们先打个赌，如果我输了，我请你吃饭。"

莫丹信心满满地拍了一下："那你请定了。"

言多必失，佟夕赶紧问莫丹近期的打算，扯开了话题。

莫丹说："我等天气再暖一点就去敦煌，我有个同学在那边修复壁画，我过去帮帮忙，顺便散散心。"

吴耀祖一听敦煌，眼睛亮了起来，十分神往地说："我也想去，你什么时候动身？咱们一起？"

莫丹摇头："我和你不熟，不能和你一起。"

佟夕没忍住，噗地笑了出来。莫丹自打离婚后脾气也变了不少，时不时地露出一点小刺来。

吴耀祖笑嘻嘻的，也不生气，吃了饭，陪着莫丹和佟夕去商厦购物，不仅帮忙提包拿袋子，还尽心尽力地提供建议参考，事后先送了莫丹回家，又把佟夕送到了许琳琅家附近。

佟夕下了车向他道谢。他说："谢就不用了，你下次请我啊。"

话说到这份上，实在无法拒绝，佟夕说："没问题，你定时间吧。"

吴耀祖立刻说："那就明天？"

"周末不行，我需要带孩子。"

吴耀祖一惊："你有孩子了？"

佟夕笑："没有，是我姐姐的孩子。"

吴耀祖拍着心口："吓我一跳，我还以为自己彻底没戏了呢。"

佟夕脸色一红，沉默了片刻说："吴先生，我真的是有男朋友了。"

言下之意不言而喻。

吴耀祖耸耸肩，很无所谓地说："没关系啊，我可以等。我前任女朋友是我小学同学，我等了七年，她终于和她男朋友分手了。不过，后来我们在一起了，才发现还是做朋友更合适，so，现在我们又是朋友了。"

这些年，她陆陆续续收到不少告白，一般对方听说她有男友便知难而退，像吴耀祖这样的追求者，她还是第一次碰到。他像一根弹力无限好的皮筋，居然有过等待七年的"光荣历史"。

她想，聂修此刻在她身边就好了，因为也曾经有过态度坚决的追求者，但见到聂修本人后，立刻打了退堂鼓。

良好的出身和教养，再加上一帆风顺的学业和事业所造就的自信，让他身上带着一种王者气场。比如，那天同学聚会，李江州追出来见到聂修，立刻就停下了步伐。

可惜他不在，不能以"实体"出现给对方造成自卑感。吴耀祖对这个她所说的远在英国的男朋友完全不介意。

佟夕怀着苦恼走到许家别墅区所在的林荫道上。

因为今天被吴耀祖请去吃饭，佟夕给许琳琅打了电话，请她家司机去接许延时，顺便把佟桦也一并接回许家，等自己吃过饭再来接他回去。

走到门岗前，佟夕突然看见许琳琅和一个男人站在离大门不远的花坛前。两人显然是在争吵。这一片别墅区非常安静，再加上是晚上，声音听得十分清晰。

男人背对着佟夕的方向，声音因为愤怒而微微发飘："你的潇洒自由是建立在别人的痛苦上，我从来没见过像你这么自私的人。"

男人看上去气势汹汹得像是一只暴怒的狮子，而一向很有女王气场的许琳琅竟然完全失去气势，双手插在大衣口袋里，几次欲言又止，像是被质问到哑口无言。

佟夕有点担心许琳琅的安危，隔着几步远叫了声"琳琅姐"。

许琳琅抬眼看过来，那个男人也转过身，三十岁出头的年纪，气得眉目都有点变形，不过还是能看得出来，容貌非常英俊。许琳琅看见佟夕，也没和男人说再见，径直拉着佟夕的手走进了门岗。

“许琳琅，这事你必须交代清楚！”身后传来一声怒喝。

许琳琅没有回头，也没有回复，疾步往前走。

佟夕发现她的脸色很不好，没有往日的神采飞扬，史无前例地萎靡不振，仿佛受了很大的打击。

“琳琅姐，我没打扰你吧。我看他那么凶，有点担心。”

许琳琅勉强挤出一丝笑：“没事，是一个朋友。”

保姆开了门，隔着玄关便听见许延和佟桦的笑声。佟夕叫了声佟桦。

小孩儿立刻飞扑了过来，佟夕弯腰抱起他，几天不见，他好像又重了一点，真是长得飞快。

“我一边和许延玩，一边还在思念小姨。”佟桦平时住校，几天没见到佟夕，现在格外亲热，搂着脖子先亲了她一口。

佟夕喜滋滋地说：“哎哟，还会用思念这个词，你好棒哦。”

许延说：“我早就会用了，还有想念。”

许琳琅直勾勾地看着许延，神色很奇怪，一反常态地没有招呼佟夕，一副魂不守舍的样子。

佟夕很敏感地觉出许琳琅的失态一定和刚才那个男人有关，两人必定有过感情纠葛。可是，许琳琅不说，她也不好开口问，虽然这几年两人十分投缘，情同姐妹，但毕竟每个人都有隐私，不便打听。

在回去的路上，佟桦的一句话更让佟夕生出疑惑。他说今天司机叔叔去幼儿园接他和许延的时候，差点和一个叔叔打架。

“为什么呢？”

“因为他跟着我和许延，还问我们谁叫许延。司机叔叔怀疑他是人贩子。可是，我看着不像，那个叔叔看上去很帅，开的是大奔驰。我听宁宁说，人贩子都是开面包车，拿着大麻袋的。”

佟夕若有所思，莫非佟桦说的这个人就是和许琳琅吵架的那个男人？许琳琅一直人缘很好，从不和人结仇，这一点沈希权经常在佟夕面前夸赞，说许琳琅的性格很像个男人，心胸宽广、知人善任，不然当初也不会把度假村的项目交给他去运作。

这是佟夕和许琳琅相识五年来第一次看见她失态，许延生病时，她都没有这么魂不守舍。那个人到底是谁？他居然还骂她自私。

佟夕想来想去，突然冒出一个念头，难道他是许延的亲爹？

佟夕知道许延不是佟鑫的孩子，也是近两年的事。佟鑫离婚后，佟夕依然和许琳琅走得很近，每次给佟桦买东西，都会给许延捎上一份。她是打心眼里喜欢这个聪明漂亮的小侄子。

许延也很喜欢她，经常在同学面前嘚瑟地说自己有个混血的姑姑，长得像仙女一样漂亮。

后来是佟建文实在看不下去了，对佟夕说了实话。佟夕震惊之余还是一如既往地对待许琳琅和许延。感情不是说收就能收的，再者，许琳琅这几年帮了她很多忙。

回到家里，佟夕给佟桦洗了个澡，把他哄睡，接着打算给莫丹打个电话，解释一下复合的误会。从包里拿出手机，她发现聂修二十分钟前发来的微信：听说我们复合了。

佟夕奇怪：你从哪儿听说的？

聂修：朋友圈。

莫丹发了一条十分煽情的、图文并茂的朋友圈：原来世间还是有真爱的。真心替你们高兴，祝你们永远相爱。分别@了佟夕和聂修，配图是一张旧日的合照——佟夕考上T大那年，聂修为她庆贺，几个朋友聚在一起拍了张合照，照片正中是聂修和她。她那天穿着一件天蓝色长裙，聂修穿着藏蓝色衬衣。她偎依在他的怀里，笑靥如花，眼里像含着春水。

下面是一溜儿的点赞和祝贺，傅行知、莫斐，还有几个朋友。佟夕头疼地揉着眉心，耐心地解释了这个误会。聂修听完，半晌没作声。

佟夕说道：对不起。

——那个吴什么，你发张他的照片给我看看。

这语调酸气直冒，佟夕觉得又好笑又好气：我哪有他的照片。

聂修回了句：那还好。

——我去让莫丹删了，因为刚才急着去琳琅姐家接佟桦，还没来得及和她细说。

莫丹接到电话，失望不已：我还以为我又看到了真爱的影子，原来是一场空欢喜。

佟夕莞尔：抱歉，让你失望了。

——失望的不是我，是聂修吧。

没过多久，佟夕惊讶地发现，一向不发朋友圈的聂修，发了一条："论如何从正牌男友沦落为挡箭牌男友。"

配图是一张美国队长的盾牌。佟夕笑盈盈地给他点了个赞。

聂修本来就酸气横溢，看到佟夕点赞，更是"心如刀割"，转而向傅行知兴师问罪：让你找个人过一下手，你倒好，给我找个情敌！你还嫌我这复合的难度不够大是不是！

傅行知给他发了个笑脸：要不是这位吴先生，你连挡箭牌男友都算不上呢。

真是锥心。要不是隔得那么远，聂修都想扔个锅盖过去。

有了挡箭牌男友，佟夕再次和吴耀祖碰面时，就"不经意"地聊几句"我男友"。吴耀祖的反应特别"平和沉稳"，丝毫没有受到打击的样子，一如既往地和佟夕相处，时不时地找机会约吃饭，或是发发微信，但也不会很露骨地表达好感，唯一过火的举动，就是那天送了一枝玫瑰。

佟夕摸不清这人的路数，也就不去琢磨了。

还好，房子交易顺利，四月中旬办完过户手续，拿到全款的时候，佟夕立刻给傅行知打电话，傅行知约了她第二天去看新房。

户型是佟夕春节后选过的，只是不知道傅行知给她留了哪一层。走到小区门口，看到"清华梦园"这个名字，她忍不住笑："这楼盘的名字，真是取到了家长们的心坎上。"

傅知说："没错啊，寓意就是圆梦清华。"

进了电梯，佟夕见他按了一个数字"6"，心想原来是六楼，还不错。

傅行知说："万一有什么特殊情况不能坐电梯，爬上六楼也不累。

再者，这市中心也没什么风景可看，到处都是楼，楼层选太高没必要，而且贵。”

佟夕点头：“傅总考虑得很周全。”

傅行知笑道：“你还是直呼大名吧。聂修嘲讽我的时候，才叫我一声傅总。”

佟夕抿着嘴点头。说也奇怪，傅行知一向狂妄，却独独在聂修面前十分“乖巧”。

精装修的房子，户型非常好，小而紧凑，采光也好。而最让佟夕满意的地方是，楼上装了新风系统，这对很多家长来说非常具有吸引力，难怪这房子卖得好。

佟夕交了房款，佟桦的入学问题圆满解决，她忍不住给许琳琅报了个喜。

许琳琅接到电话说：“佟夕，我正要找你呢，咱们晚上一起吃饭。”

佟夕这一段时间忙着旧房新房的事情，和许琳琅有一个月没见面，一碰面见她瘦了一圈，忍不住说：“琳琅姐，你已经够仙女了，不用再减肥了。”

许琳琅撇了撇嘴：“我没减肥，是最近遇见了一件麻烦的事，被硬生生折磨瘦的！”

佟夕忙问：“什么事？”

许琳琅没回答，先问佟夕五一放不放假。佟夕说：“放三天假。”

“那你能不能帮我个忙？”

“当然，琳琅姐，你只管说。”

“五一我想请你和佟桦跟我一起去香港玩两天。”

佟夕忍不住笑：“琳琅姐，你这是让我帮忙吗？这不是请我们去旅游吗？”

“当真是请你帮忙。”许琳琅表情严肃，不像是说笑。

佟夕露出不解的表情。

许琳琅皱着眉头，揉了揉太阳穴：“你还记得有一天，你去我家接佟桦，碰见我和一个男人在吵架吗？”

佟夕点头：“记得。怎么了？”

许琳琅搅着咖啡，重重地叹了口气：“那个人就是许延的爸爸。”

佟夕虽然已经猜到，但是听许琳琅亲口说出来，还是吃了一惊。

“他是我以前的男友，叫裴正钧。他最近知道许延是他的儿子，和我闹得不可开交。我当然不可能把许延给他，所以只能一再让步。五一他要领许延去玩。我不放心把许延一个人交给他，可是，我跟着他去吧，又觉得很尴尬。”

佟夕明白了许琳琅的意思，爽快地说：“如果琳琅姐觉得我们方便随行的话，我们陪你一起去。”

许琳琅忙说：“当然方便，刚好许延和佟桦两人一起玩。我俩一起，也避免我和他大眼瞪小眼地天天吵。你都不知道，我这一段时间过的什么日子，简直跟罪犯似的，被他各种痛斥怒责，只差把我告上法庭了。一见我就鼻子不是鼻子、眼睛不是眼睛的。”

佟夕打量着她的脸颊：“怪不得你瘦了这么多。”

许琳琅揉着太阳穴：“被他折磨了一个月，我能不瘦吗？我真是悔不当初。”

佟夕小心翼翼地问：“当初……他不知道你是独身主义者？”

“他从一开始就知道。那时候他正在创业，不打算结婚。所以，我才和他在一起好了五年。起先他从来不提结婚的事，后来，事业越来越顺，他也到了而立之年，就向我提到结婚生子的问题。我压根不想结婚，更不想生孩子，就提出分手。我不愿耽误他。”

佟夕点头，这也不算是欺骗，应该算是好聚好散。

“分手后没多久，我爸突发脑溢血，医院下了病危通知书。我妈一着急也住了院。这件事对我刺激很大，看着爸妈在医院里的那个样子，我真的觉得自己很不孝，也很自私。我享受着别人羡慕的生活，出生后没有受过一天的苦。我有钱，不必看任何人的脸色。我买得起我想要的一切，我可以满世界地去旅游，可以自由自在地享受独身，然而，这一切并不是我自己奋斗来的，是父母给我创造的。”

“他们给了我可以任性一辈子的条件，而我对他们没有任何回报。我还惹他们生气，让他们失望。”

许琳琅叹了口气：“我决定妥协。爸妈希望我有个孩子可以继承家业，我就生个孩子给他们。裴正钧的基因也很优秀，所以我就想到了他。主要是，我爱了他五年，也不想生别人的孩子。我和你堂哥结婚，只是走个形式，给父母和大家看，也是给孩子一个名分。许延的身世，我不会告诉他，也不会告诉裴正钧。当时我想得特别简单，就把这个秘密一直带进棺材里，除了我自己，谁也不知道。”

佟夕忍不住问：“那他怎么发现的？”

许琳琅扯了扯嘴角：“怎么发现的，你肯定想不到。他和我分手后，陆陆续续也相过亲，没找到合适的对象，耽误几年也没结婚。去年，他终于找到一个合适的妹子叫叶敏勤，和他门当户对，家境比较好，人也比较精明。订婚前，她找人把他的过去调查了一番。他唯一谈过的对象就是我，然后也不知道她脑子哪根筋不对，怀疑许延是他的儿子，就直接去问了他。”

佟夕听得目瞪口呆。

“裴正钧立刻来找我，我当然否认。他又去找你堂哥，你堂哥也否认了。但是，他还是不死心，要去做亲子鉴定。我严防死守了一个月不让他有机会接近许延，结果，你猜怎么着？”

佟夕跟听故事似的忙问：“怎么着？”

许琳琅呵呵了两声，道：“他居然直接找到了我爹！我爹带着许延去和他做了亲子鉴定。”

佟夕心道：这个裴正钧的思路还真是不一般。

许琳琅捂着额头，一副万念俱灰的表情：“接下来，我的日子，你就可想而知了。”

佟夕同情地看着许琳琅：“……”

许琳琅苦笑：“五一假期你带着佟桦陪我一起，就当是帮了我的大忙。”

佟夕点头：“这事我义不容辞，你放心，琳琅姐，他要是敢欺负你，我替你出气。”

“现在不光是他欺负我的问题了，我爸妈知道许延是他的儿子，开始逼着我和他结婚。”许琳琅撑着额头，“天哪，我以后的日子怎么过！”

“他不是有个未婚妻吗？”

“他告诉那姑娘实话，人家立刻和他拜拜了，谁也不想做后妈啊。所以，他越发恨我了。”

佟夕陪着许琳琅吃了一顿愁云密布的晚餐，也实在想不出解决难题的办法。因为许琳琅坚决不结婚，一家三口团圆的戏码，在这里行不通。

五一那天，佟夕在机场见到了一脸寒霜的裴正钧。

那天夜里，她匆匆一眼没仔细看，再加上当时他一脸怒容，容貌大打折扣。今天她再一看，见他风度翩翩、容貌俊美，只是脸上一丝笑意也无，看见许琳琅就跟看见一只蚊子似的。

佟桦比较胆小，看到冰山一样的裴正钧，直往佟夕身后躲去。许延说：“爸爸，这是我姑姑，这是佟桦。”

“你好，裴先生。”

“佟鑫是你哥？”

佟夕感觉一股寒气扑面而来，点了点头说：“是我堂哥。”

佟桦附到许延的耳边说：“你爸爸好吓人。”

许延小声说：“那是因为我妈在这儿。我爸只要看见我妈，立刻变脸，就和那个……川剧变脸一样，不过，我爸爸的脸比较好看。”

佟夕想笑，又不敢笑。

上了飞机，佟夕发现许琳琅和裴正钧的位置居然挨在一起。

佟夕还是第一次坐头等舱，还没来得及享受一下，就听见后面传来压低了声音的冷笑：“你怎么不带着保镖呢。”

“呵呵，恭喜你猜对了，佟夕就是跆拳道高手！”

佟夕望着窗外的白云，预感到这个五一假期可能会过得很不一般。

第十六章 生日快乐，我回国了

因为五一假期太短，远程长途旅行也不合适，所以才选了去香港。下了飞机，安排一下住宿，三个大人带着两个小朋友就去了迪士尼。

裴正钧从下了飞机便全程一脸冷漠，目光扫到许琳琅便带着浓浓的火药味。许琳琅挽着佟夕的胳膊寸步不离，完全把佟夕当成了怒火隔离器。

佟夕担任了隔离器和灭火器以及尴尬化解器，为了拉近关系，她把裴先生的称呼改成了裴哥。

两个小朋友倒是无忧无虑，玩得不亦乐乎，晚上回到酒店，累得倒头就睡。

许琳琅被裴正钧怒视一天很郁闷，看许延睡着了，便想去对面房间找佟夕聊聊天。结果刚刚关上房门，她便看到裴正钧站在她的旁边，挂着一脸寒霜。

许琳琅正打算无视他，他先开了口："你就是这么当妈的？孩子睡着了不守在身边，万一他醒了怎么办？万一有意外情况怎么办？”

许琳琅反驳：“在五星级酒店里睡觉，会有什么意外？”

“五星级酒店就没有意外？万一失火了呢？如果他醒了，没看见你，出门去找你呢？”

许琳琅被他质问得心里窝火，说：“你也想得太多了。”

裴正钧冷笑：“孩子睡着了，家长离开，出了多少事，你没看过新闻？我今天观察了你一天，你和佟夕比简直差了十万八千里。人家还不是亲妈，只是一个小姨，但比你细心负责多了。你还不放心我带许延出来玩，我不放心你才对！”

佟夕在房间里已经听见房门口有人说话，只是不确定是谁，等听到自己的名字，她打开房门，就看见许琳琅和裴正钧已经吵上了。

佟夕叫了声“琳琅姐”。

许琳琅瞪了裴正钧一眼，正要进屋，突然被裴正钧拉住胳膊：“把房卡给我，我去看着许延。”

许琳琅气哼哼地把房卡给他，关上门便忍不住向佟夕吐槽：“神经病啊，我只是来对门和你聊一会天儿，他就指责我不负责任。”

佟夕当然不能火上浇油，用调解的语气说：“其实裴哥的做法很对，有很多危险根本预想不到。看孩子就是要寸步不离，不能让他离开你的视线。”

许琳琅态度柔和了一点。说实话，许延虽然是她亲生的，但是基本上都是她妈和保姆在带，她就是负责管教。再加上她大大咧咧的个性，让她心细如发地带孩子，实在有些为难她。

“你和裴哥是许延的爸妈，一直这么像仇人似的也不大好，许延现在还小，等再大一点，夹在你们中间会很为难。”

许琳琅道：“你以为我不想和他好好相处吗，你看看他今天对我那个态度。”

“不论是谁碰见这种事都会很生气啊，你设身处地地想想，如果别人瞒着你突然给你生个孩子，你也会很恼火，对不对？你去和他道个歉。”

许琳琅抱着胳臂哼道："你以为我没道歉吗？他不接受道歉。"

佟夕笑："那你多道歉几次，他就心软了。"

说到这儿，她莫名其妙地想到了聂修。重逢的第一天，她气得连看都不想看他一眼，恨不得一巴掌把他扇到九霄云外，可是后来，还不是慢慢地被他感动了。大概面对和自己相爱过的人，都容易心软。许琳琅毕竟是裴正钧爱过五年的人，相信他也会慢慢消气。

佟夕轻轻碰了碰许琳琅的肩头："你去和他聊聊，他去你房间，肯定是有话要说。"

许琳琅噘着嘴不动。

佟夕笑着拉她起来："琳琅姐，逃避不是办法。这次旅行就是个契机，你好好把握机会，和他解开矛盾，咱俩聊天有的是时间。"

许琳琅不情不愿地打开房门："那好吧，我再去道个歉。"

走到自己的房门口，她正要按铃，忽然想到许延正在睡觉，便改为轻轻叩门。

裴正钧开了门，没好气地瞪了她一眼，并没有转身离开她的房间，而是径直进去坐到了沙发上。

许琳琅想，佟夕说得没错，他估计也是想和自己谈谈。

许琳琅走过去，先看了一下套间卧房里的许延，然后轻轻关上房门，坐到了裴正钧对面的沙发上。

落地窗外就是维多利亚港的夜景，裴正钧没看她，视线飘向窗外，冷着脸保持沉默。

许琳琅纠结了一会儿，先开口说了声"对不起"。

裴正钧置若罔闻，隔了几秒钟，视线才从窗外移过来，落到她的脸上。他声音冷冰冰的，带着怨气："有些问题不是说个对不起就能解决，你说亿万次也于事无补。"

"事已至此，你让我怎么办？我总不能把许延再塞回肚子里。"

许琳琅后知后觉这句话很是不妥，果然裴正钧恼羞成怒："许琳琅，你还有理是吧！你有没有想过我的感受？你知道你有多自私吗？你凭什么把我的生活打乱？”

许琳琅连忙小声说：“你别吵醒许延了。”

裴正钧压低了声音：“这件事不是道歉能解决的。”

“那你想怎么解决？”

“只有一个解决办法，就是按你父母的意思办。”裴正钧气得呼吸不畅，用食指揉着太阳穴。

许琳琅陡然沉默下来，父母的意思就是让她和裴正钧结婚。

裴正钧皱眉盯着她的脸，看着她，神情由激动慢慢变得低沉。

“我不想结婚，你是知道的。这个想法，是从我很小的时候就有的，不是我成年后才有的。”

裴正钧又被激怒了：“对！我当然知道！可是，我绝对不能知道了许延的存在而放任他不管。如果你不肯结婚也无所谓，你把许延交给我。”

“那不可能。”

“许琳琅，你不要逼我用极端的手段。”

“我不想逼你，这件事是我的错。可是，我的本意并不是想给你的生活造成困扰和麻烦。我可以和你共同抚养许延，你也可以随时来看他，只要你未来的妻子不介意。”

裴正钧冷笑：“你觉得我还会有未来的妻子？”

许琳琅被噎了一下。裴正钧本来就很挑剔，难得碰到一个适婚对象因为她和许延而瞬间泡汤，以后想必也不可能轻易找到合适的伴侣，毕竟条件优越的女孩子都不想当后妈。

许琳琅缓了口气说：“其实，我并不觉得组成家庭是让孩子健康成长的唯一方式。比如我，在外人眼里，我父母应该是夫妻恩爱、同舟共济的典范，事实上，在我上初一那年，他们差点离婚。”

“那会儿，我父亲的生意做得很大，经常忙到几天都不着家，我妈开始有很多怨言，两人好不容易见一次面，但是见面就是吵。我妈埋怨我爸不顾家，对我们不够关心；我爸埋怨我妈不理解他在外拼搏的辛苦，只会寻衅滋事。再后来，我爸希望我妈生个孩子，一来可以转移她的注意力，二来他希望有个儿子可以继承家业，帮他分担。我妈那时已经快四十岁了，不肯再生。两人过不下去，决定离婚。最终他们没有离成，不是因为情缘未了，而是因为找了律师来分财产的时候，谁都不想放弃公司股权，最后他们各退一步，继续过下去。”

“虽然他们现在和和美美的，可是我知道这几十年的光阴里，他们之间有过很多的矛盾和争执。我夹在他们的争吵中度过我的童年和青春期，我不想让我的孩子过这样的生活。我也不想过那样的生活。”

裴正钧和她相恋五年，这是第一次听到她说起这些，感到很意外。许世安身为T市首屈一指的富豪，没有绯闻，没有外室，和妻子相濡以沫几十年，恩爱如初。这是外人眼中的许世安夫妇。

许琳琅看着他略显惊异的表情：“你没想到吧，婚姻不仅仅指的是互相忠诚，即便没有背叛，也有很多矛盾。说实话，婚姻的样子一点都不美。”

裴正钧看着许琳琅，没有出声。

许琳琅说：“比如我们，短短一天的时间里，因为许延发生了三次争吵。你认为这个天气吃冰激凌不太好，我认为冬天吃也没关系。你认为他应该独自去点餐，我认为他太小，会被挤到。你认为他睡着了，我也应该守着，我觉得一门之隔没必要。你看，我们如果在一起，就会这样不停争吵，矛盾无处不在，我厌倦这些，我不想让争吵磨灭掉彼此美好的回忆。”

裴正钧微微眯起眼：“你认为我们之间的回忆是美好的？”

许琳琅点了点头：“我从来就没有否认过。”

裴正钧沉默了片刻，站起身走出了房间。

许琳琅不知道他是否理解自己的感受，是否接受自己的道歉。但是第二天，他的态度明显好了许多。佟夕也感觉出来不同，小声对许琳琅说：“琳琅姐，你看裴哥的态度有好转了呢。”

许琳琅是个遇强则强、遇软则软的个性，裴正钧对她态度有所缓和，她也对他好了起来。尤其是看到他对孩子非常细心爱护，她的心里也不禁感慨万千。

许延一出生，许琳琅就和佟鑫离了婚，许延对佟鑫这个爸爸几乎没有任何印象，许琳琅也刻意不在他跟前提及佟鑫。所以，突然冒出来个裴正钧，他并没有排斥，很快就接受了他这个爸爸，毕竟血缘关系在那里。

他们在逛纪念品商店的时候，发生了一个小小的插曲。许延看到一艘海盗船，刚刚拿到手里，就被一个五六岁的孩子抢了过去。

许延不高兴地问："你干吗抢我的东西？"

那孩子说了一句粤语出来，许延和许琳琅都没听懂。许琳琅忍不住对孩子的家长说："货架上还有很多，请把这个还给我孩子。"

孩子妈撇了撇嘴，把海盗船从自己孩子手上拿过来，往许延的手里一塞，说了一句粤语。

许琳琅听不懂，可是裴正钧听得懂，听到她说"大陆人没素质"这一句就恼了，用粤语说："你给他们道歉。"

孩子妈看到他身形高大，一脸寒气，嘟囔着说："对不起。"

裴正钧冷冷地道："你家的孩子也需要向我儿子道歉。"

许延本来不高兴地噘着小嘴，等那母子俩走了，立刻喜笑颜开："爸爸，你好厉害。"

"是不是比妈妈厉害？"

"嗯，比妈妈厉害。"

许琳琅顿时柳眉倒竖，充满了戒备。

裴正钧故意说："爸爸小学时连跳两级，中学时也跳了一级。以后你有什么学习问题都可以问我，不要问你妈，她学习不好。"

许琳琅马上就奓毛了："胡说，我也是大学毕业好不好！"

裴正钧无视了她的不满，问许延："她二十二岁大学毕业，我二十二岁研究生毕业，你说谁厉害？"

"爸爸厉害。"

"那以后多和爸爸在一起。"

"裴正钧……你……你这样是挑拨离间啊。"

裴正钧哼道："你把别人想得太坏了，我只是想让我儿子将来也成为学霸。"

佟夕带着佟桦从卫生间出来，就看见两人正面对面，一脸严肃。她急匆匆走到跟前，发现他们是在进行友好的辩论，而不是吵架。

"即便单身也一样会面对很多问题，要去解决很多问题，只是，问题以不同的方式出现而已。"

"可是单身，问题至少要减少一半。"

"如果有伴侣，他会分担至少一半，或者全部。"

许琳琅撇撇嘴："那要看伴侣是什么样儿的，也许是添乱的，或是谋财害命的。"

裴正钧冷笑："你觉得我会是添乱的，还是谋财害命的？"

许琳琅："……"

裴正钧哼了一声。

两人的关系很不稳定，时而友好，时而翻脸。还好，因为有佟夕在，他们并没有发生激烈的矛盾和争吵，算是"和平友好"地度过了短暂的假期。

回到T市，佟夕累到腰酸背痛，晚上收到聂修的微信，向她汇报行踪。佟夕累得字都不想打，只回复：已阅。

一会儿后，聂修发来一条消息：陛下，您对臣不再说点什么？

佟夕回：跪安吧。

洗完澡，佟夕准备睡觉，躺在床上定闹钟的时候，习惯性地翻一遍朋友圈，发现聂修竟然将那一段对话，截图发了朋友圈，下面还有聂修的一条回复：最爱。

她觉得有些奇怪，忍不住问：最爱？什么意思？

聂修：有人问我陛下是谁。

佟夕握着手机，心脏像是被这两个字刺到，不痛，只是悸动。

六一儿童节这天刚好是周末，许琳琅再次约佟夕带佟桦一起去近海庄园里玩。佟夕抱着"乐于助人"的态度欣然前往。

时隔一月，她再见许琳琅和裴正钧，发现他们两人之间的关系显然已经缓和许多，不像在香港那样剑拔弩张。若是留意观察，还能发现两人之间有微妙的暧昧，类似聂修和她在春节期间的那种感觉，别别扭扭的。

沈希权说，别扭才有戏，不别扭就没戏。佟夕打心里不服，可是此刻看到裴正钧和许琳琅这样，又觉得沈希权这话颇有几分道理。

裴正钧对许琳琅不再咄咄逼人，对佟夕的态度也非常友好，中午一起吃饭的时候，他随口说了句："原来你是聂修的女朋友，聂修和我是校友。"

佟夕窘了一下，连忙解释是以前的女朋友。裴正钧看了看许琳琅："你情报有误？"

许琳琅说："奇怪，我上次碰见江阿姨，她说你和聂修和好了啊，还说聂修为了你，打算回国发展。"

佟夕连忙否认。至于回国发展的事，聂修更是没提过。

许琳琅啼笑皆非："那江阿姨是从哪里得到的消息，总不会是聂修骗她吧。"

佟夕笑道："我真不清楚。"

许琳琅问："那你们经常联系吗？"

佟夕如实回答："经常。"

聂修和她联系得很频繁，刚回英国那会儿还是两三天一汇报，现在是每天都会发微信，甚至一天还发好几次，不管她回不回复。而且，他还偶尔发条朋友圈，隐晦地暗示自己有女朋友。

有一次佟夕实在是好奇，问他："你不是从来不发朋友圈的吗？"

"最近有个同事对我有好感，我也需要一个挡箭牌女朋友，你介意吗？"

怪不得。佟夕莫名有点不高兴，故意说："介意。"

"介意的话，那就把挡箭牌三个字去掉。"

那就成了女朋友……佟夕心里乱乱的，不知道如何回复，自此很明智地再也不提。反正她和他辩论肯定是辩不赢的，他反应很快。

午休了一会儿，裴正钧带着许延去骑马。许琳琅说佟桦太小，让佟夕领着他在旁边看。

小孩儿一开始看得津津有味，可过了一小会，脑袋突然耷拉下来。佟夕还以为他也想骑马，就揉揉他的头发说："别急，等你明年再长高一点，就可以骑了。"

"小姨，我也想有爸爸妈妈。"

佟夕突然听到这个，心被重重一击，差点眼泪飙出来。她扭过脸缓了缓，然后蹲下来，将佟桦搂到了怀里："小姨会像妈妈一样爱你。"

"可是，我还是没有爸爸。我想要一个聂叔叔或者沈叔叔那样的爸爸，裴叔叔这样的……也行。幼儿园的小朋友个个都有爸爸妈妈。圣诞节的时候，老师请小朋友的爸爸妈妈一起看我们表演节目，宁宁问我的爸爸妈妈怎么没有去，是不是不爱我。"

佟夕搂着佟桦，嗓子发紧："才不是，你妈妈特别特别爱你。"

佟桦小声说："许延现在也有爸爸了，有爸爸真好。"

佟夕紧紧地抱着孩子，心一阵一阵抽疼。她明白佟桦的感受。

原先许延也"没有"爸爸，所以佟桦和他在一起并没有比较，现在他有了裴正钧这个父亲，裴正钧又十分刻意地想要把过去没有尽到的责任都补上，那种疼爱越发让佟桦感觉到了失落和难过。

佟夕原先并不知道小孩子也会如此敏感，看着佟桦羡慕的眼神，第一次感到了无能为力。即便她给他再多的爱，可是有些方面依旧无法填补。

七月初幼儿园放了暑假，去年的这个时候，许琳琅把佟桦接到家里，和许延一起过假期，也等于是帮了佟夕的忙。可是，今年，裴正钧要带许延去夏威夷。许琳琅虽然提出带着佟桦一起去，可是佟夕觉得不合适，一来考虑到费用问题，虽然许琳琅压根不介意这点钱，就算佟夕给钱，她也不会收。但是，钱还不是最主要的问题，他们是一家三口出行，佟桦去了等于是盏小电灯泡，而且看着许延有爸爸妈妈宠爱陪伴，他一个人孤零零的，对比之下肯定会比较失落。

于是，佟夕把佟桦送回了浠镇，等忙完手头的项目，有十天的年假，她也带着佟桦出去旅游。

公司最近投拍了一部戏在下属县的一个海岛上拍摄，佟夕和制片人王艺时不时要去探班，忙得脚不沾地。拿到了新房的钥匙，她都没空去收拾，一直忙碌到七夕那天。

佟夕在宾馆里醒过来，看到手机上聂修发来的“生日快乐”，时间卡在半夜零点刚过，那会儿她已经进入了梦乡。

她的身份证上写的是阳历生日，只有家人和少数几个人知道七夕是她的阴历生日，聂修是第一个给她发来生日祝福的人。说起来，生日也是他们的相识纪念日，她第一次见他就是在七夕那天，在浠湖春天。

剧组那天拍摄得很顺利，导演提前收工，让大家过节。王艺要赶回市里陪女朋友过七夕，佟夕搭了他的顺风车。回程的路上十分不顺，开到半途，突然下起大雨，还碰上一起追尾事故，在路上堵了一个小时。他的女朋友在饭店里等得火冒三丈，连着打了三个电话，把他骂了个狗血淋头。

王艺赔着笑脸说：“亲爱的，你放心，我爬也会爬回去。”

佟夕噗地笑出来，那边的女朋友听见声音，又恼了：“老实交代你和谁在一起？”

“我同事啊！还能有谁！除了你，我还敢有谁！”

佟夕笑也不敢笑了，低头看着手机，很巧，聂修来了一条微信，问她在哪儿。

佟夕回道：在路上。

——不出去过节吗？

单身狗过什么节，这不是明知故问吗？佟夕没好气地回复：没人和我过节。

终于赶在晚上七点回到了市里，王艺长舒一口气：“今晚不用跪键盘了。”佟夕说：“你赶紧去赴约吧。”

王艺道：“反正已经晚了，都被骂过了，索性先送你回家吧，下雨不好打车。”

等车子开到星园小区，大雨竟然停了下来，佟夕推门下车，用手试了一下，只有零星的雨，忍不住笑起来：“王艺，雨停了啊，你这运气咋这么好呢！”

王艺气道：“我怀疑这是单身狗的怨气引发的一场雨。”

佟夕笑得不行，送走王艺，转过身，听见身后有人叫她。她还以为自己听错了，也没回头，径直上了台阶。

“佟夕。”

她确定无疑是叫她，而且声音像极了聂修的。

佟夕难以置信地回过头，透过玻璃墙看见聂修撑着一把伞站在台阶下，瞬间就定在原地。这不是梦吗？她甚至有点恍惚，直到他收了伞，走到她面前。

“你什么时候回来的？”佟夕差点咬到舌头，心口处近乎有种抽搐的感觉。

聂修绷着脸说：“昨天回来的。在北京待了一天，今天本来想早点赶回来给你过生日，没想到飞机晚点。”

佟夕说不感动，说不激动，都是假的，可是，看到他一脸不快，感动和激动都化为了乌有。她立刻猜到他肯定误会自己在骗他。

她一个小时前还说自己没和任何人过节，转眼就被他看到自己被一个男人送回来。

今天这个日子比较特殊，既是情人节，也是她的生日。当年他就是见到她和沈希权一起，不分青红皂白就给她戴上劈腿的帽子，直接分手，如今还是老样子。

佟夕一恼，也不想解释，转身去按电梯。

聂修跟着她进来，她这才看见他手里提着一个袋子，里面有玫瑰，还有几个盒子，想必是生日礼物。前几天他在微信上说过，要给她过生日，她当时以为他只是随口说说，竟没想到他当真不远万里地飞回来。

佟夕心里又软下来，看了他一眼："我和同事一起刚刚从剧组回来，他不知道今天是我的生日，我没和他一起过节，也没和他一起过生日。"

聂修点头："我知道你和他没什么。"

"那你生什么气？"

聂修看看她："你和我在一起总是板着脸，笑一下都难，看到你和他说说笑笑的，我心里不舒服。"

佟夕没好气道："你能不能不那么小心眼？"

聂修垂眼："没办法，碰见这种事，就忍不住小心眼，对别人都挺宽容大度，就对你……"

佟夕无语："你这是不讲理。"

聂修嗯了一声，居然很坦然地承认了："我知道，可是这事我没法讲理，就忍不住。"

佟夕："……"

"我的确很嫉妒你的同事，能天天看到你。我半年来就只能靠……"聂修的声音低了一些，"想。"

最后一个字突如其来地冲入她的耳朵，电梯里的空间仿佛突然变得狭小，静默的空气变得暧昧，她有种缺氧的感觉，心跳得极快。

"你没必要赶回来，你这样，会让我……"

佟夕盯着电梯显示屏上的数字在一个一个往上跳，稀里糊涂地不知自己在说什么，词不达意。

聂修明白她的意思，接过她的半截话说："不是特意为你赶回来的，是有事要回来处理，刚好赶上你过生日。"

佟夕不大相信，问："那你回来有什么事？"

聂修还未回答，楼层到了，佟夕出了电梯。

他跟在身后，说："XH 医院和 T 医大的药物研究所都是业内顶尖的研究所，但区别是一个在北京，一个在本市。"

佟夕从包里拿出钥匙。

“你觉得我选哪个好？”

手里的钥匙掉在了地上，啪的一声像是敲到心脏上，佟夕呆呆地扭头看着聂修。

他弯腰拾起钥匙，替她打开了房门。

佟夕傻了一样：“你要回来？”

聂修点头，将她拉进房间，手臂越过她的肩头，关上了房门，却没收回来，这个姿势像是把她圈在怀里“壁咚”一样。曾经他这样吻过她，在她堂哥的楼上。那是两人的初次接吻。

感应灯亮了灭，灭了又亮，他记不清自己亲了她多久……但是记得那个味道，可以回忆一辈子的味道。

相似的场景，相同的人。半年不见，思念浓烈到面对面看到她，他依旧觉得心里想她想得厉害。

他将手臂收回来的同时，压下某种冲动：“我知道你一定想让我选北京。”

佟夕心里乱成一团，几乎下意识就想要说“你不要回来”，可是看着他灼热的眼神，她说不出口，只能转开脸说：“我没有资格替你做选择。”

“我不太适应北京那边的气候，觉得还是T市好。”其实他已经选好，只是故意问她。

“你为什么要回来呢？”佟夕问出口又后悔，害怕听到他说是因为自己。

聂修懂她的意思，说：“不是因为你。”

佟夕心里乱糟糟的，不知道该不该相信。可是，他妈是那么对许琳琅说的，他是因为她才决定回国发展。

聂修知道她心里想什么，继续打消她的猜测：“选择回国，是经过了深思熟虑的，不是一时冲动。我是很喜欢你，可是我如果一事无成，肯定更追不到你。所以事业对我也很重要，我不会乱来。”

听到后面几句，佟夕越发焦躁，脸色很红：“你走前，我说过的那些话，你要我重复一遍吗？”

“不用，我记着呢。”

他记得又怎么样，还不是该怎么做就怎么做。佟夕无奈地看着他，可是她总不能约束他心里的想法，甚至，她现在连管住自己的心都有点困难。

聂修把袋子里的玫瑰拿出来，递给她：“抱歉，回来得太晚，跑了七家花店才凑齐了这么一束花。”

一束比较缤纷的玫瑰，香槟色、粉色、红色，还有一朵黄色。这样更好，比单纯的红玫瑰让人更容易接受。

佟夕拿着花束去找了个花瓶插上，转身回来时，看见茶几上放着一个小巧玲珑的蛋糕。

聂修说：“生日蛋糕是我妈做的，她最近迷上烘焙了。”

佟夕吃惊又惶恐：“你怎么能这样啊，还让你妈给我准备礼物。”他上次在医院也是，居然“派”他妈给她买衣服，简直让她无地自容。

“不是我让做的，是她一直都记得你的生日，准备好了，让我带上，我总不能说不要。不过，职业病的关系，她建议不要吃太多这类不太健康的食品，所以蛋糕做得很小。”

佟夕忍俊不禁：“哪里小了，我一个人根本吃不完。”

“没事，等会儿我帮你吃。”

佟夕真是觉得压力好大：“那你回去替我谢谢你妈。”

“你回头亲自道谢比较好。”

佟夕觉得他话里有话，没有应声。他带来的袋子里好像还有一样东西，她却没见他拿出来，他随手放在了茶几下。

“没吃饭吧？你想吃什么，我给你做。”

佟夕问：“你吃了吗？”

聂修摇头，昨天他在微信问过她的行程，知道她今天去剧组。他本来打算早点回来去剧组接她，谁知道北京那边飞机晚点，他没来得及。

“那我们下点面条吃吧。”

聂修看着她：“你是怕我累？”

佟夕被他识破，却不肯承认："生日不就是要吃面吗？再说，一会儿还有蛋糕。"

"那好，给你做长寿面。"聂修起身去了厨房。佟夕也不好意思让客人在厨房忙碌，自己在客厅里干等，就站在门口看他需不需要帮忙。

聂修做事一贯手脚麻利，肉片炝锅，添上开水，然后下面，再放进去四个荷包蛋，香味很快散开。他个子高，要弯着腰才能不碰到抽油烟机。锅里的白色水汽被卷进抽油烟机，泛黄的灯光映着他英俊的侧脸，佟夕不明白为什么他做饭的样子居然还有种不食人间烟火的味道。

她看得有些呆住，很奇怪，明明半年没见，却没觉得陌生，反而比春节时更熟悉亲近，大概是因为半年来他每日给她发微信。

十分钟的工夫，面就被端到了餐桌上，荷包蛋上放着两片青绿色的菜叶。聂修把筷子递给她："尝尝可口吗？"

佟夕挑了一口，含在嘴里，点头。

"今年太匆忙，明年给你好好过。"

那口面条在她的舌尖上停住了，明年，他说得那么自然，仿佛年年岁岁都要给她过生日一样。她想说"你别想那么多、那么远"，可是那口面含在嘴里，那些煞风景的话，她一个字都吐不出来。

她把那口面条慢慢咽下去，心里五味杂陈。

今天晚上太多的意外让她措手不及，他说是临时有事赶回来，可是怎么可能那么巧，就在她生日这天。他说回国发展是为了自己的事业，可是为什么不选择留在北京？

太多漏洞经不起推敲。他不想说，是不想给她造成负担，可越是这样，她越觉得欠他太多。

他远在英国的时候，距离给她打造出了一种安全感，她想借助时间去消磨掉他的想法，可是，他现在回来了，她开始害怕起来，怕自己心里的防线彻底崩塌。她知道自己已经在慢慢地溃退，无法像半年前重逢时那样对他冷言冷语，拒之千里。

吃过饭，聂修收拾碗筷要去洗，佟夕不好意思再让他洗碗，两人抢的时候，手和身体碰到了一起。

聂修的眼神陡然一热，视线定在她的脸上，动作迟缓了下来。当年卿卿我我的时候，他的每一个眼神代表什么意思，她都懂。当他视线往下移到她的唇上时，她心跳加速，飞快地转身出了厨房。

她从卫生间的镜子里看见了自己没有化妆的脸，犹如染了粉色，眼神迷离得像是喝过酒。

她束手无策地看着镜子里的自己，心软得像是桌上的那块蛋糕。她得赶紧让他走，不能再待在一起。

聂修从厨房出来，佟夕已经将小蛋糕切出了两块，放在碟子里。

“没许愿？”

佟夕把大的一块儿递给他：“你以为我是佟桦吗？我从十二岁的时候起就不再许愿了。”

因为她十一岁那年的心愿是爸爸妈妈领她去埃及看金字塔，可是那年父母发生了车祸。她自此就不再信那些。

聂修接过碟子尝了口蛋糕，点评说：“我妈的水平有所提高。”

“挺好吃的，一点不腻。”

“那以后肯定经常给你做。”

佟夕忍了忍，终于说：“聂修，我……”

“我知道你想说什么。”聂修似笑非笑，“你不许我喜欢你，所以最好连我妈也不许喜欢你。”

她是这么个意思，但也不全是，被聂修这么直白地说出来，她只觉得很窘，好似自己蛮不讲理，不识好歹。她红着脸解释：“没有，我不是那个意思，你妈是长辈呢，给我做蛋糕，我怎么好意思。”

“我妈喜欢你，给你做个蛋糕都不行吗？她也经常给同事带去分享的，你别多想，更别有什么负担。”聂修含着一口蛋糕，轻声说，“再说了，谁让你这么讨人喜欢呢。”

佟夕耳根开始发热，房间的空调仿佛不制冷。

她把聂修手里的盘子接过去：“你早点回去休息吧。”

“我还没吃完呢。”

“你回家让你妈做吧。”

被下了逐客令的聂修反而笑了。她对他不客气，对他颐指气使，有点像女朋友的架势。

送走聂修，佟夕长出了一口气，好似打了一场仗，整个人都没了力气。她躺在沙发上，忽然瞥见他带来的袋子，里面还有个盒子。

她迟疑了一下，给他打电话，说：“你的东西忘拿了。”

聂修说：“是我送给你的生日礼物。”

他为什么不当面送？是怕她不收？到底送的什么？

佟夕打开袋子，心里莫名地紧张。长方形的盒子，里面是一条项链，心形的吊坠，嵌着两个金色的小数字——7。

寓意太直白，她盯着那颗心形吊坠上的“77”，心里像是翻滚起了浪潮。

这一款独一无二的项链，明显是为她定制的，设计精巧，漂亮别致。她不能违心地说自己不喜欢。可她若是接受，就意味着接受了他的心意。

她犹豫了半晌，最终还是发了条微信给他，表示心意领了，但是礼物太贵重，希望他收回。贵还是其次，关键是太“重”，她没法接受。

——那是为你定制的。

言下之意，只能属于她。

佟夕回复：所以我不能要。

聂修半晌没有回应，后来，终于回了一句：你不要就扔掉吧。

不远万里地赶回来，精心准备的礼物被人拒收，他必定很失望。佟夕想想又有些心软，回了“抱歉”，没有等到他的回复。

不知是不是这件事伤了他的心，此后一连几天他都没和她联系。这是半年来从未有过的情况。以往他再忙，也会发条信息给她，哪怕只有“晚安”两个字。

他不联系她，她本该高兴的，可是心情莫名其妙很低落，甚至王艺都看出来了，问她是不是有什么心事。

佟夕笑笑说：“没有，就是太累了。”

“再坚持几天就杀青了。”

佟夕点头：“刚好休年假，好好歇一歇，出去玩玩。”

王艺抬头看了看头顶的骄阳：“你怎么不在十月份休假，天高气爽，正好出去旅游。这会儿出门多热啊。”

“我小外甥只有寒暑假有空啊，我主要是陪他出去玩。”

正说着，微信响了一声，佟夕急忙滑开屏幕，点开，心往下沉了沉，不是聂修发来的。这是他没联系她的第七天了。

潜移默化地，她已经在不知不觉中被他培养出了一个习惯，习惯与他每天联系，哪怕是只言片语，只要让她感觉到他的存在和陪伴就好。

她一开始是不习惯他突然消失，接下来几天则是担心他病了，或是出了什么事。好几次她都想主动问问，可是拿出手机，还是硬生生地忍住了。

第十七章 你这样真的很讨厌

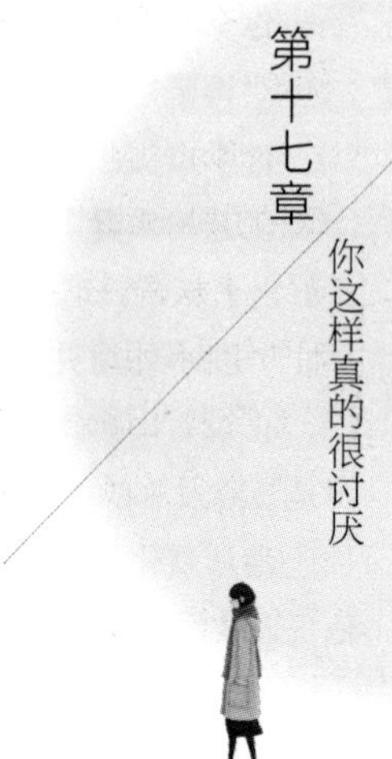

剧组杀青后，佟夕开始休假，八月末的天气依旧炎热。莫丹在敦煌已经待了很久，听说她要带佟桦出门旅行，便约她一起去青海，那边天气凉爽，油菜花开得正好。

佟夕觉得这主意不错，当天便订了高铁票，然后给婶婶打电话说回去接佟桦。

周余芳却说："你不用回来，我明天和你叔叔送佟桦过去。你叔叔最近总说腿麻手麻，我让他去医院，他犟脾气不肯去，昨天抱着佟桦，差点摔一跤，才肯答应去医院。"

佟夕一听腿麻手麻首先就想到了脑梗，因为叔叔有高血压。

第二天一早，佟建文夫妇带着佟桦来了市里，直接就去了省医院。周余芳想着江若菡就在省医院上班，万一有什么情况，有个同学在这里比较放心。做了脑 CT，检查结果出来，果然佟建文得的就是轻微脑梗。医生建议立刻住院，不能再拖延，以免病情加重。

佟夕立刻去办了住院手续，护士安排好病房，给佟建文配好药开始输液。

周余芳知道佟夕已经订了高铁票，说："没事，你只管去吧。你叔叔也不是不能动弹，我陪着他输液就行了。"

"叔叔病了，我们就不去了。"佟夕摸了摸佟桦的头，问他，"我们明年再去吧。"

佟桦也比较乖巧懂事，点点头说："好，反正我明年还有暑假呢。"

佟夕又问："小姨这几天要在医院里陪爷爷，你去许延家住几天好不好？"

佟桦只要听说去许延家，就没有不好的时候，马上眉开眼笑地答应了。

佟夕给许琳琅打了个电话，许琳琅立刻说："许延正念叨着要找佟桦玩呢，你送过来吧。"

佟夕把佟桦送到许琳琅家，再打车回到医院。走进病房，她看见一个穿着白大褂的女大夫正和叔叔婶婶说话，还以为是叔叔的主治医师，再一看，居然是江若菡。

一看见她，便会想到聂修让她给自己买衣服的事儿，还有七夕那天的生日蛋糕，佟夕的脸色不知不觉就红了起来，叫了声阿姨，然后又谢谢她做的生日蛋糕。

江若菡笑着说："以后你想吃了就跟我说一声，我那配方很健康，少吃一点，不会胖。"

佟夕红着脸含含糊糊地嗯了一声，答应了又觉得不对，可是拒绝就更不礼貌了。

江若菡对佟建文夫妇说："我今天值班，还要回去接诊，你们有什么事尽管给我打电话，老同学别客气。"

佟建文忙说："你忙去吧，我这没事的，就是输液。要不是老周大惊小怪的，我都不来检查。"

"生病就怕拖，及早治疗是对的，你这都来晚了，有一点征兆就该来检查。”

送走了江若菡，佟建文问佟夕：“刚刚她说聂修住院了，怎么没听你提过？你们是不是吵架了？”

“住院？”佟夕吃惊到脸色发白，急忙问，“他什么病？”

“阑尾炎，动了手术，就在二十三楼，你去看看他吧。”

佟夕急匆匆地上了二十三楼，问了护士，说是在132病房。房门虚掩着，留有一条缝，佟夕一路上走得太急，心怦怦直跳，缓了一口气，轻轻推开。

房间里只有聂修一个人，躺在靠窗户的床位上，拉了一半的窗帘，挡住了夕阳。病床的小桌上放着笔记本电脑，他微皱眉头，一只手撑着下颌，另一只手在拨弄鼠标，投入得没有注意到她进来。

佟夕望着他清瘦了许多的面颊，心里乱成一团：“聂修。”声音像是从绷得很紧的琴弦上拨出，打破了寂静。

聂修抬起头，眸中闪过一丝惊异的亮光，而后微微一沉，幽幽地看着她，没出声，也没微笑。

佟夕被他的反应弄得微微一愣，轻声问：“你生病了怎么不说一声？”

聂修把视线收回，落到屏幕上，低声说：“你又不关心我，说了也是自作多情。”

佟夕的话脱口而出：“我当然关……”那个“心”字卡在喉咙里被她吞了回去。

聂修在她开口说到“当然”时，抬起了眼眸，等了两秒钟没听见最后一个字，期待的眼神暗淡下去，嘴角露出一抹自嘲的淡笑：“我没事，谢谢你来看我。你回去忙吧。”

佟夕被他自怨自艾的神情和语气弄得心里又酸又堵，走也不是，留也不是。她真的没想到他会生病开刀，更没想到，再次见面，他和生日那晚的态度发生了一百八十度的大转变，好像是在赌气，又好像在生气。

“我不忙，我休年假。”

“你不是要带佟桦出去旅游吗？”

“我叔叔在住院，我不去了。”

聂修终于扭过脸，问：“叔叔怎么了？”

“轻微脑梗。”

“哦，那你赶紧去陪你叔叔吧。”

“是他让我来看你的。”

聂修自言自语般说：“我就说呢，你怎么肯舍得来看我。”

佟夕看他黯然失意的眉眼，歉疚地说：“我不知道你病了，你又没告诉我。”

“我知道你很烦我，这半年厚颜无耻地纠缠你，肯定给你带来很多困扰，所以，生病了也很有自知之明，没敢告诉你。”

“聂修……”佟夕顿了顿，低声说，“我没有觉得你烦，只是不想给你希望。破损过的东西，就是修复，也依旧有裂痕在。”

“所以，你连试一试的机会都不肯给我。”

佟夕默不作声，不知如何说起。

聂修关了笔记本电脑，把小桌子收起来，放到一边，然后抬眼看着她：“我这些天仔细回忆了一下，这半年来，每天都是我主动找你说话，每次联系时的最后一句话也是我来说的。你从来都没有主动和我联系过。这次，我就想试试看，我不主动找你，你会不会来过问一声，结果……”说到这儿，他目光垂下去，微微扯了下嘴角，“我如果死了，估计你也不知道吧。”

佟夕心里又软又难过，着急道：“你胡说什么！”

聂修语气失落低沉：“没胡说，陈述事实。”

佟夕咬着唇，一动不动地看着他，心像是被什么给抓住了，沉甸甸地往下坠。

认真地算起来，她认识他有十一年之久，第一次和第二次的偶遇不算，正经相恋两年的时光里，她从来没见他这么颓废过，轻描淡写的语气里全是酸涩的味道。

拉了一半的窗帘，将洒入房内的光线一分为二，病床上的小桌刚好成为分界线，一端是明媚，另一端是阴暗。他坐在阴影里，面容清减。

以往见面时，他都是目不转睛地看着她，眼睛里全是亮光，可是今天他一直看着别处，仿佛是真的被她伤透了心。

她不知道说什么才好，静悄悄地看着他，被内疚折磨得不行，也后悔得不行，谁会知道他生病开刀呢，没有一点征兆，他一向身体好，感冒的次数都很少。

聂修再次说："你回去吧，不用管我。"

看着他自怨自艾、低迷颓废的样子，佟夕心软得一塌糊涂，忍不住说："那条项链我没扔。"

聂修抬起视线，脸上的颓废之色一扫而空，问："你收下了？"

佟夕低头看着鞋尖，很艰难地说："那么贵的东西当然没法扔，什么时候你想通了，我还给你。"如果换一个寻常的礼物，她也不会那么较真，收就收了，可是那个礼物的意义不同。

聂修脸色一沉，作势要下床。佟夕忙上前两步，按住他的手说："你别动。"

聂修停住动作，望进她的眼睛，那里面含着的担心和紧张没法作假，她也从来不会作假。他明明看得到希望，那希望却缥缈不定，让他怎么都抓不住。

他感伤而无措地叫了声"七七"，声音低柔得仿佛生出钩子来，哀哀地钩住佟夕的心。她后知后觉两人之间的距离近到咫尺，松了手想往后退，却被他抢先一步，拽住了手腕。她抽了两下，见他眉头一紧，又怕牵动他的伤口，不敢再动，就任凭他握着。

聂修的手指按在她脉搏跳动的地方，眼睛一眨不眨地望着她："要么收下，要么扔掉，没有第三个选择。"

佟夕无奈："你别这么不讲理。"

"我讲理的话，就一点机会都没有了。"聂修索性坦白，"我生病不告诉你，除了想看看你是不是会主动找我，还有就是……想让你知道后感到内疚心软。”

佟夕的确很内疚：“你下次有什么事可以告诉我。”她说得很真诚。

聂修盯着她：“告诉你，然后呢？”

佟夕不得不答：“我也会照顾你。”礼尚往来，她应该报他的救命之恩。

“你怎么照顾我？像我那样吗？”

佟夕被逼出一个嗯字。

“不论什么时候？”

这个问题显然不那么简单，佟夕有种高考答试卷的感觉，生怕说错一个字，犹豫着没有回答。

聂修微微叹了一口气，除了失望，还是失望。

寂静的房间里，只有空调发出的微弱的风声，凉气一丝丝地吹过来，她后背上出了薄薄一层汗，不知是紧张，还是别的原因。

聂修的大拇指在她的手背上摩挲了一下，哑声问：“你还记得我回英国的时候说过的话吗？”

佟夕心里一恍惚，默默地点了点头。他说过很多话，可是她和他心有灵犀，知道他指的是哪一句。他说：“沈希权说你的心破了洞，希望我下次回来能把它补好。”

聂修的手从她的手腕滑下，改为握住她整只手：“你让我试一试好不好？”

佟夕躲避着他恳求的眼神。他说那句话时，她还以为他的下次回来只是休假，没想到他会回来工作。他说不是为了她，可是她能肯定至少有一半是因为她。

除了救命之恩，还有事业上的舍弃，这两样沉甸甸地压在她的心里，让她进退两难。

聂修握着她的手往前一拉，她身子一晃，视线被牵了回来，对上了他漆黑的眼眸。他再次重复：“让我试试。”

她不由自主地问：“怎么试？”

“我们像以前那样相处一段时间，如果你觉得可以接受我，那我们就重新在一起。”

“如果不行呢？”

“不行，我就死心。”他没说实话。不行就继续，一年、两年、八年、十年，总有一天他会打动她。

佟夕心乱如麻地望着他清亮坚毅的眼眸，无奈、无措，心里犹如被一根绳牵着拽着。从被他救了的那一天起，她就开始充满了愧疚，总觉得欠了他什么，而且眼看要越欠越多，她越是躲着、避着，越是拒绝，就欠得越多。

聂修的眼神让她无法拒绝，她迟疑地说：“那就……试一个月。你说话算数，不行就放弃。”

“一个月太短，试用期都是三个月。”

“三个月……”

聂修没等她迟疑反悔便立刻强调：“不能再短。”

佟夕犹犹豫豫地说：“那好，三个月后，如果还是不行，你别再对我抱有希望了，你去找新的女朋友。”

聂修点头，说：“好。”

佟夕答应了立刻后悔，总觉得哪里不对，心里一急，使劲将手从聂修的手里抽出来。

聂修轻轻地咝了一声。

佟夕忙问：“牵动伤口了？很疼吗？”

“疼，不过是这里疼。”聂修指了指心口。

佟夕脸上一热，说：“今天是二十号，你记住了。”

聂修说：“我当然记得。高考那年暑假，你上完课，我送你回去，在堂哥公寓的楼道里……”他第一次亲她。

佟夕却没想到日期这么巧，脸一红，飞快地打断他：“对了，你什么时候出院？”

聂修说：“明天。”

佟夕一怔："明天？"

聂修看着她不由自主露出的一点欢欣，忍不住问："你是高兴我出院，还是高兴不用再过来看我。"

被他点破，佟夕脸色有点窘，索性实话实说："两者都有。"

聂修无奈地苦笑，算了，来日方长。生了一场病换来三个月的"试用期"已经是意外之喜，他该知足。

短暂的静默被打破，病房里又来了一个新病号，一个六七十岁的老大爷，被儿女扶着颤颤巍巍地走进来。护士过来铺床，拿被子，房间里一下子热闹起来。

聂修眼看也不方便说话，便让佟夕先回去。

佟夕回到叔叔这边的病房。等佟建文输完液，已经快要晚上九点钟，佟夕带着周余芳回家休息。等安顿好婶婶，她才看到二十分钟前聂修发来的微信：我以为你晚上会过来看看，等到现在。

佟夕连忙回复：抱歉，我带着婶婶回家休息，没有顾上。

——没关系，你早点休息吧。

佟夕握着手机，仿佛看见了他失望的样子，一时不忍心，又多发了一条：你也早点休息，晚安。

第二天吃了早饭，佟夕和周余芳打车去了医院，护士正在给佟建文量血压。

见到佟夕，佟建文便说："对了，刚才聂修来看我。他今天要出院。"

佟夕问："他走了吗？"

"不清楚，你问问看。"

佟夕走出房间，拨通电话，问聂修走了没有。

聂修说："没有。"——你没来，我怎么走。

佟夕问："你出院的手续办好了吗？怎么回去？"

"我爸过来接我。"

佟夕本来还想上去，一听他爸要来接他，顿时就打消了念头："哦，那你保重，回去好好休养几天。"

“你不过来一下？”聂修说完，又补了句，“不想过来，就不要勉强了。”

他这么一提，佟夕只好说：“我没说不去啊，我不是怕你已经走了吗？”

佟夕也不是不愿意跑一趟，主要是很怕碰到聂修的爸爸。走到病房门口，她紧张得不行，意外的是，病房里只有聂修和隔壁床的病号和家属，并不见聂修的父亲。

佟夕莫名松了口气，问：“你爸爸呢？”

“他和司机下去等我了。我知道你不想看见他。”

佟夕发窘道：“没有啊。”她否认得很心虚。

聂修看她发红的脸颊，心说，又不是没见过，紧张什么，每次见到他妈也是，脸红得像个见了老师的小学生。

“你的东西都拿齐了吗？没落下什么吧？”

“司机带下去了。我们走吧。”

佟夕才知道他当真是单单等着她来“送”他出院的，又无奈又心软，默默地跟着他到了电梯前。

他昨天穿的还是病号服，今天换了自己的衣服，半袖衫和七分裤都是黑色，脚下是一双白色板鞋，没穿袜子，干净清爽，高挑俊美，真是丝毫看不出来是个刚刚出院的病人。

聂修默默地进了电梯，佟夕知道他在生闷气，正想着说点什么缓和一下气氛。电梯门又开了，呼啦啦进来一群人，两个护士推进来一张病号床，跟着四五个家属。

佟夕自动自发地往后退，被挤到了角落里。聂修站在她的旁边，将她往自己身边一捞，手臂横在她的腰前，挡着床的栏杆。

佟夕缩着肩膀，靠在他胸前的位置，熟悉的感觉勾起了回忆。

相恋时的画面，自主自发地、一个一个地往脑海里跳。他那时特别喜欢用这样的姿势抱着她，冬天的时候，手插到她的大衣口袋里，焐着她的手。

终于，电梯到了，护士推着床出去，家属也跟着离开，缩在角落的佟夕正要出去，聂修牵住了她，不是牵的手指，而是手腕。

佟夕怀疑他是怕自己把手抽出去，她试着抽出手腕，没有成功。他的手指纤长，她的手腕很细，就那么松松地被他握在掌心里，却没办法抽出来。她只好半推半就地这么被他牵着走出了电梯，走出了住院部的大楼。

外面又是一个艳阳天，上午九点钟的光线已经很刺眼，聂修站在台阶下，微微眯起眼睛，看着佟夕："我住东里那边的房子。"言下之意，他就在市里，不在郊外的梅山别墅，她想去看他很方便。

佟夕却好像没听懂他的意思，说："你回去好好休养。"

聂修只好点明："你有空了可以过来看我。"

佟夕抱歉地说："我可能没空。"

聂修："我看你有空也不会来的。"

佟夕："……"

潜意识里的想法被他看出来，她有点窘，只好补了一句："我会抽时间去的。"

聂修蹙着眉头望着她，显然对这个回复不满意，也不大信。

不远处停着的黑色车辆，车窗开始慢慢打开。佟夕急忙说："我一定会去的。你快走吧，你爸该等急了。"

聂修等到这句话，才转身下了台阶。也许是穿着一身黑衣的缘故，他的身影显得清瘦颀长，开车门的时候，他用手抚了下腹部。

佟夕心里又是一软。当初她生病住院，他寸步不离、衣不解带地照顾她一周，可是他生病开刀，她却不闻不问，毫不知情，连一天都没陪护，昨晚上甚至都没过去问候一声，今天上午又差点错过他出院，真的是有点过分。

佟夕回到病房，佟建文正在输液。周余芳对佟夕招了招手，带着她走到外面的走廊，小声说："等会儿佟鑫过来，咱俩回去，留他们爷俩在这儿。"

佟夕小声问："哥过来了，叔叔会不会生气？"昨天周余芳说佟鑫要请假过来，佟建文发了脾气说不许他来。

周余芳说："他嘴上说不让佟鑫来，可毕竟是亲儿子，总不能真的断绝父子关系。趁着这个机会，让佟鑫过来侍候他几天，让父子俩解开心结。"

佟夕觉得也有道理。人生病的时候往往比平时脆弱，比如聂修，平时那么高冷骄傲的一个人，居然也有那么自怨自艾的时候，她要不是亲眼见到，真难以想象。她再一想，自己也是，多少困难都独自扛着忍着，春节住院的时候，居然会趴在聂修的怀里痛哭到失控，事后回想起来，都觉得尴尬不已，那会儿也不知道怎么了，脆弱得一塌糊涂，好像平时坚强的壳都被敲碎了似的。

佟鑫昨天接到消息，请了假从外地赶来医院。佟夕担心叔叔会像以前那样，见到堂哥就让他滚。出乎意料的是，这次佟建文居然没发脾气，只是也没理会他，冷着脸跟没看见似的。

周余芳为了让父子俩单独相处，说要去看看佟夕买的新房。佟夕明白婶婶的意思，带着她打车去了清华梦园。收了新房子之后，她一直忙碌，没顾得上添家具，房间里空荡荡的，什么都没有，倒显得面积很大。

周余芳看着十分满意，直夸佟夕能干，这一下佟桦上学问题不愁了，而且上的还是最好的小学。

佟夕不好意思地说："都是一个朋友的功劳。"

周余芳细问起来，知道是聂修的朋友傅行知帮的忙，又忍不住夸起了聂修。

"我和你叔叔对他都特别满意，不光是他人好，家里人也好。咱们中国人的婚姻不单单是夫妻两个人的事，还牵扯到各自的家庭。当年你姐姐找对象的时候，很多人一听你姐姐父母不在了，就连面都不见了。聂修他爸很开明，他妈妈又很喜欢你，这一点特别难得。再者，佟桦一天天长大，有个正常的家庭更利于他生长。过年那阵，聂修住咱们家，我和你叔叔留意观察了一下，看得出来，他对佟桦很有爱心。把佟桦放在浠镇上学吧，你又不肯，要让他接受最好的教育资源，我也支持。但是，你一个没结婚的小姑娘，带着个孩子，还要上班，我也是过来人，知道有多辛苦。你要是结了婚，聂修就能帮你分担很多。”

周余芳开始说起聂修时，佟夕还无动于衷，可是听到佟桦那部分，便忍不住心里有了点波动。她想起六一儿童节那天，在近海庄园，看着许延有爸爸妈妈陪伴，佟桦羡慕的眼神，他说他也很想有个爸爸。

看完了房子，周余芳回了星园小区，没有去医院。第二天，她索性就回了浠镇，临走时还特意交代佟夕不要去医院照顾佟建文，就让他们父子俩待在一起。

佟夕不放心，下午忍不住去医院看看叔叔和堂哥是不是在冷战或是吵架。果不其然，两人正在吵。佟夕站在病房门外，听得一清二楚。

“爸，从小你就教我要诚实，我不能为了有个孩子就去欺骗一个女人和我结婚，这样我一辈子都心里不安。”

“你以为我让你结婚生孩子就是为了抱孙子吗？我不是为了我，是为了你！你总有一天会老，你生病了，谁管你？到时候我和你妈都不在了，你孤零零的一个人，你是叫我死都死不安心啊。”

佟建文话音很高，说到最后，突然变得哽咽：“我一想到你老了、病了，没人问没人管就愁得一宿一宿都睡不着啊，佟鑫。”

佟夕听到这儿，心里一酸，推门就说：“叔叔，你放心，哥老了不会没人管，有我和佟桦呢。”

佟建文见到佟夕，用手背抹了一下眼角，又恢复了以往那种严肃板正的模样：“你们都有自己的家，谁顾得上管他啊。”

“叔叔，你别把哥哥的老年生活想得那么惨。现在的养老院特别高级，有餐厅，有医院，还有各种娱乐活动，环境优美，就跟老年大学似的，一点都不孤单。等我哥老了，我陪着哥一起去住。”

佟建文一听就急了：“你别跟我说你也不想结婚。”

对着叔叔憔悴的眼神和表情，佟夕只好否认没有这个想法。

佟建文叹了一口气：“还算是有一个省心的。有个家最好，再好的养老院，也不如在家里享受天伦之乐。”

佟夕说：“那也没问题啊，等哥老了，跟着我就好了。”

“你愿意，还不知道聂修愿不愿意呢。”

佟建文夫妇都已经把聂修视为侄女婿了，话里话外都透着这个意思，佟夕真是不敢说实话，就怕伤了叔叔的心。佟建文时常在她面前念叨，三个孩子就指望着她有个好结果，希望她能快点成家，让他安心。

佟夕来了，佟建文也不好再跟儿子吵，默不作声地看着电视。他输完液，时间还早，护士过来测了血压，便没什么事了。

佟鑫自打和许琳琅离了婚，没再和父亲一起好好吃一顿饭，便带着老爸和佟夕去了一家很有名气的私房菜馆，点了一桌好菜。

佟建文看着儿子鬓角已经有了几根白头发，心里也有些不忍。他再怎么生气，也只有这么一个儿子，僵持了这么多年，现在除了接受，也别无他法。

吃完饭，佟鑫去结账。佟夕走到门口去叫车，刚下台阶，就看见迎面走过来两个人，竟然是许久不见的吴耀祖和傅行知。

三人视线相碰，都是一愣。傅行知笑容不大自然：“佟夕，你也来这儿吃饭？”

吴耀祖也笑着说：“真巧！”

佟夕本来还只是好奇怎么会这么巧，但是傅行知和吴耀祖的表现有点不正常。两人居然一点都不奇怪自己为什么会认识对方，仿佛早就知道他们彼此认识似的，这就明显不对了。

佟夕疑惑地问：“你们认识？”

傅行知笑着说：“是啊。怎么，你们也认识？”

吴耀祖急忙说：“对啊，我买的就是佟小姐的房子。”

“这可太巧了！”傅行知立刻露出恍然大悟的表情，只是有点夸张。

T 市这么大，怎么就那么巧，买房子的吴耀祖和卖房子的傅行知刚好认识？佟夕不信这样的巧合，只是没继续追问，而是不动声色地说了再见。

佟鑫和佟建文回了医院，佟夕打车径直去了香樟园，上了楼，老房子的门锁都还没换，里面静悄悄的，没一点动静。她走到对面的邻居家，敲了敲门。

对面的老太太认识佟夕，佟夕问什么，她自然也就没有隐瞒，说房子一直空着，没见有人来住。

佟夕谢过老太太，离开了香樟园。

盛夏的夜晚，暮色姗姗来迟，天边的玫瑰色晚霞，美得让人惊叹。

她站在路边，想起那年的夏天，聂修为了送她入学，突然从B市回来。那个夜晚，他和傅行知就站在路口的香樟树下等着她。往事历历在目，回忆一幕幕排山倒海而来，将整个心胸都填满，沉甸甸的，无处释放。

她沿着种满香樟树的道路走到尽头，拦了一辆出租车。

聂家除了梅山别墅，在市里还有两处住房，一处在灵溪路，靠近省医院，平时江若菡夫妇就住在那边，方便上班。东里的房子是聂修大学毕业那年，祖父送的，大部分时间都闲置着，佟夕在大一那年曾经来过几次，还记得路。

出了电梯，她才想起自己一路上神思恍惚，竟然也没有给聂修打电话，不知道他此刻在不在家。

门铃响过的几秒钟，时间被拉长到像是有几分钟。

聂修站在门后，见到佟夕，眼中明显亮了一下："我以为你不会来呢。"虽然是埋怨的语气，他的嘴角却是朝上弯起的。

佟夕看着他，嗓子里堵了一团东西似的，发不出声。

聂修看出她的异样，伸手握住她的手，问她："你怎么了？"

佟夕一动不动地看着他，停了几秒才从嗓子里挤出来一句话："聂修，你认识吴耀祖吗？"

聂修没想到她突然提到吴耀祖，迟疑了一瞬，才说不认识。

话音一落，佟夕转身就走，聂修情急之中一把将她抱住。

佟夕往后一挣，就听见他在身后吸了口气，怀疑自己的胳膊肘碰到了他的伤口，立刻停下所有的动作，一动不动地任凭他的双臂圈住了自己。

聂修抱着她说：“七七，我当真不认识。”

他这么说也不算是说谎，吴耀祖是傅行知的朋友，他并不认识，只知道傅行知找了这么个人。他刚从国外回来，房子的事情还没来得去处理，也没和吴耀祖接触。反正吴耀祖也不急，买房的钱也不是吴耀祖出的。

佟夕见他不肯说实话，便狠狠去推他的胳膊：“你不说，我去问傅行知。他为什么那么巧和吴耀祖认识？吴耀祖说买房做员工宿舍，急匆匆交了钱、买了房，却空着几个月不住人，你给我解释解释。”

聂修一时语塞。

“香樟园的房子到底是这么回事？”

聂修也不敢再隐瞒，实话实说：“是我让傅行知找个人先买下来，回头再转给我。”

“钱是你出的？”

聂修低低地嗯了一声，算是彻底承认了。

佟夕听到这个结果，嗓子里又像是堵了一团东西，喉咙憋得隐隐作痛。这件事如果不是她偶然间发现，可能一辈子都不知道真相。半年来，那些压抑着的情感悉数涌上来，她不想承认的心动和感动，汹涌到再也无法压制。

她转过身，看着聂修，看着他眼中的自己。十八岁时，她在浠镇鹭鸶巷的老房子里和他重逢的那一刻，她敲开院门，他站在门槛里看她的眼神，就是现在这样。

从十二岁时见他第一面，一场缘分，断断续续十余年，像是扯不断的丝线，织成了网，让她不由自主地又陷进去，这么重的“债”，让她怎么还？

佟夕涩涩地说；“房子的钱，我慢慢还你，我现在手上没有那么多的钱。”

聂修忍不住笑：“我买了你的房子，本就该付给你钱。你还什么钱？”

佟夕莫名觉得生气：“你根本就不需要那套房子，你买下来就是想帮我，我不需要你这样，我不想欠你太多，你这样真的……很讨厌。”

聂修又笑：“好，我很讨厌。”

每次都是这样，她出拳打到棉花上，他根本就不接招。她无奈又无力，像是被网缠住。

“七七，我没有别的意思，只是想力所能及地为你做点事，想让你轻松快乐一些，像以前那样。”

佟夕心里一酸：“我已经不是以前的我了。”

时光不曾在他的身上留下太多痕迹，送他的都是锦上添花，而她却被时间留下了很多伤痕。

“你还会是以前的你。”聂修的手指穿过她的头发，沉声说，“我会补好，你相信我。”

佟夕沉默了一会儿，说：“我现在很难相信一个人了。我还记得我第一次见到蒋文俊时，他温和斯文，话语不多，文质彬彬得像个书生。后来，他和我姐谈恋爱，经常来叔叔家吃饭，每次来都会帮忙洗碗收拾，手脚勤快，很会做家务。我姐姐神经衰弱，睡眠不好，他网购了中药包、泡脚盆，给我姐姐泡脚。他看上去一点也不坏，你能想象这样一个人，后来会拿了钱跑路，害死我姐姐吗？你能想象，他几年来对亲生儿子不闻不问吗？我姐不是傻白甜，也不是一时冲动和他结婚，但即便经过了两三年的了解，依旧没有看透他。”

聂修明白她的意思，很确定地说：“我知道你在害怕什么，可是，我不会。”他绝对不会让她受到佟春晓那样的伤害。

佟夕淡淡地笑了笑：“当初你也说很喜欢我，也说过很多关于未来、关于一生一世的事，可是，分手也不过是顷刻之间。”

“是我不好。我错了一次，所以以后不会再犯那样的错。”

“如果我们复合，也许以后某一天，你又会因为什么和我分开。”

聂修打断她：“不会，我们之间不会有第二次分手。”

佟夕摇了摇头：“以后的事，谁也说不准。我无法掌控别人的心，可至少能掌控自己的人生。人生又不是只有爱情，还有事业，还有很多别的东西。这几年我单身过得也很好，并没有觉得有什么缺憾。原本婚姻是要找一个人风雨同舟，可是找不好，就会带来狂风暴雨，将人生全毁掉。我现在很恐婚，而你是要正常恋爱结婚的人，我不想耽误你。”

聂修飞快地说：“我不逼你结婚。”

“即便我和你在一起，我也没法像以前那样……忘我，我会潜意识地先想着自己，要保护自己，这对你不公平。”

“我知道。”聂修很平静地看着她，仿佛对她所说的一切都不意外，也不失望，“我不介意。而且我觉得你这么做没什么不对。”

佟夕被他的让步弄得无话可说。无论什么样的条件，他都依从，委曲求全到了这样的地步，她内疚心软到不行，最后嗫嚅着说：“你可以找到更好的。”

“没有比你更好的。”

他说着忽然低了头，在她唇上落下蜻蜓点水的一个吻。

动作太快，没等佟夕反应过来，他已经离开。那个吻，温柔小心到像是怕碰坏了她的唇，带着安慰痛惜的味道，单纯甜美得仿若少年之吻。

佟夕惊愕，那一刹那的触碰恍惚得像是个梦。

忽然门被推开，响动声让佟夕一惊。她扭过脸便看见江若菡和聂振站在门口。四人面面相觑，倒是江若菡先笑了：“哎呀，我们来得真不是时候。”

佟夕脸色通红，忙叫道：“叔叔，阿姨。”

江若菡还好，毕竟她们见过几次面，聂振却是她多年前在许琳琅婚礼上见过一次，便再也没见过。他看上去也比较严肃，她手脚都不知道怎么摆放了。

聂振知道她紧张，笑呵呵地开起了玩笑：“昨天去医院接聂修的时候，我本来想和你见个面，聂修说你不想见我，非要赶我下楼。”

佟夕整张脸都红了，急忙解释：“叔叔，我没说过这样的话。”然后她忍不住就给聂修投去一个埋怨的眼神。

聂修笑：“七七不是不想见你们，是她比较害羞。”

聂振说："说起来，我和他妈都得谢谢你。我们就这么一个孩子，并不想让他太辛苦，所以强烈要求他回国。他原先犹豫不决，后来也是因为你，才下了决心。"

江若菡说："还是爱情的力量大。"

聂振转头就对妻子笑了笑，那意思是：我当年不也是这样。

佟夕很早以前就听叔叔讲过两人的故事，如今眼睁睁地看着他们夫妻俩那相视一笑，猝不及防被撒了狗粮，不禁羡慕而感慨，真的有童话般的爱情，只是能不能碰上，全凭运气。

江若菡打趣说："我说聂修怎么不回灵溪路那边住，非要一个人住这边。早知道有佟夕照顾你，我们就不过来看你了。"

"阿姨，你误会了，我是临时有事过来问他。"佟夕天生就不会和长辈打交道。

江若菡和聂振那种看儿媳妇的目光让她尴尬不已，她勉强聊了几句，便说："叔叔阿姨，我先走了。"

江若菡说："聂修你送送佟夕。"

佟夕忙说："不用，你别走动。"

聂修说："我送你到电梯口。"

佟夕走出房间，长长地松了一口气，后背竟然出了一层汗。电梯离得不远，房门开着，她听见江若菡喜不自胜的声音："你看七七长得多漂亮，将来给我生个小孙女，肯定跟小仙女似的。"

聂振说："现在小姑娘都不愿意早婚早育，要先拼事业。我看你至少要等三五年。"

佟夕脸烫得不行，聂修忍着笑。

电梯终于到了，佟夕赶紧进去，聂修也跟了进去。

佟夕催他："你回去吧。"

"我想多和你待一会儿，送你到楼下。"

佟夕心一软，便按了关门键。

"你在我爸妈面前不用紧张，他们都很喜欢你。"

“我不会说话。”

聂修笑：“不用说话，我妈光看着你就喜欢得不行。”

佟夕知道，每次江若菡看着自己的眼神都跟追星族看着自己的偶像一样，越是这样，她才越是感到羞涩不安。

电梯到了一楼，聂修拉住了佟夕的手：“你明天来不来？”

“我有空了就来。”

她口头上答应给他机会，心里还是竖着防线，他放松一点，她就立刻远离。聂修太明白这一点，索性直说：“叔叔有堂哥照顾，佟桦有许延陪着，你在休年假不上班，说没空就是找借口，你就是这么对待救命恩人的？”

被他戳穿了，佟夕也很窘，不好意思地说：“那我明天下午过来。”

“上午就来吧。”聂修挑了挑眉，“你要不来，我就去找你，住在你家里。”

佟夕觉得又好笑又好气：“我会早点来的。你快回去休息，别到处走动。”

聂修松开她的手，顺势摸了下她的头，柔声说：“你回去也早点休息。”

佟夕转身走了几步，心有灵犀似的一回头，果然看见电梯的门没合上。聂修站在那儿，一只手按着开门键，一只手插在口袋里，宽松的家居服套在身上，显得松松散散，然而他长得好看，身材修长挺拔，随便怎么样都是好看的。

佟夕恍惚间想起了四五年前，他们异地恋，相处的时间似乎永远不够，在一起时，多看一眼、多待一秒都觉得是一种幸福。每次分别，她也是这样站在电梯里，恋恋不舍地目送他。即便他们分手，时光给彼此都烙下了痕迹，他的一些习惯成了她的，同理，他也一样。

聂修扬起手挥了挥，佟夕在他的视线里心念微动。

晚风吹过来，她的四肢百骸都有一种无法形容的舒畅，是打开了心胸的那一种舒畅。

第十八章 七七，我们约个金婚吧

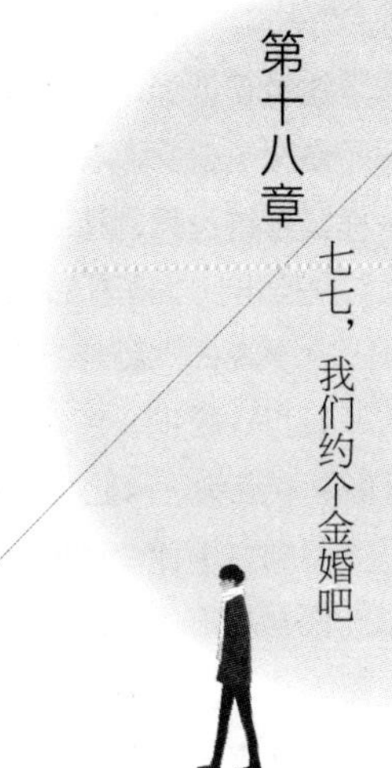

回星园小区的路上，路过许家，佟夕下了车，过去看看佟桦和许延。许世安夫妇不在，楼下只有保姆看着许延和佟桦。

佟夕问许延："你妈妈呢？"

许延指了指二楼："我妈和我爸在楼上吵架呢。"

保姆连忙打圆场说："没有，他们是在谈事，不是吵架。"

许延摇头："不对，他们就是在吵架。因为他们吵架的时候，就会连名带姓地叫许琳琅、裴正钧！平时不吵架的时候，他们就只叫名字——琳琅、正钧。"

许延像模像样地学着两人的腔调，保姆哭笑不得。

佟夕也忍不住被逗乐："那像你这样的姓名，以后你要是和女朋友吵架，我们可就没法区分了。"

许延小脸红了红："小姑姑，我还没有女朋友呢。"

佟夕笑眯眯地捏了捏他的小脸蛋："你长得这么漂亮，很快就会有的。”

这边正说着，身后的楼梯上噔噔地响起脚步声，许延叫了声“爸爸”。

佟夕一扭脸，看见了裴正钧。

裴正钧没想到楼下来了客人，脸上的怒气来不及收起来，急匆匆地对佟夕挤出一丝难看的笑容。

佟夕说：“裴哥，你要走啊？”

裴正钧嗯了一声，摸摸许延的脑袋：“我明天过来。”说着，他便对佟夕点点头，一脸气恼地走了。

不到二十秒，许琳琅气定神闲地从楼上下来。

佟夕忍不住笑：“琳琅姐，你是不是又欺负裴哥了？我看他气得都快变形了。”

许琳琅苦笑：“还不是老一套，催着我结婚呗。我已经做出了让步，打算买套房子和他比邻而居，这样，他既能天天见到许延，我们彼此又都有自己的私密空间，就这样他还不满意，非要住到一个屋檐下。”

佟夕笑道：“裴哥是想要个名分。”

许琳琅耸耸肩：“我也想到了。我说可以办个婚礼，对外宣称我们结了婚。他还不答应，非要领结婚证。”

“可能裴哥没有安全感吧，他需要婚姻来给他信心。”

许琳琅乐了：“他一个大男人需要什么安全感，我一个女人都没这种需求啊。再说，婚姻根本保证不了什么，即便结了婚也一样可以离婚啊。只谈恋爱不结婚，不好吗？只享受权利而不承担义务不好吗？为什么非要那么死心眼？我真是想不明白。”

佟夕笑着打趣：“想要承担责任的男人多么可贵啊，还被嫌弃。”

“那你不也嫌弃聂修。”

佟夕窘了：“我是不想耽误他。”

许琳琅挺认真地说：“佟夕，我和你不同。我是独身主义者，这种信仰不会被改变。你是因为受了刺激才害怕结婚。结婚和不婚只是一种生活方式，有人单身过得很幸福，有人结婚过得也很幸福。我虽然是独身主义者，但是我从来不劝人独身。因为每个人都不同，适合自己的就是最好的。你仔细想想，你不想结婚是真的想要独身，还是因为你姐姐的不幸。如果是后者，那就有点偏激，因为不是所有的男人都是蒋文俊，不要一朝被蛇咬，十年怕井绳。你说是不是？”

佟夕点了点头。

许琳琅挽着她的手，说：“我不会鼓励你独身，也不会怂恿你结婚，我只是希望你别错过幸福的机会。”

许琳琅的话让佟夕很触动，自己到底是真的喜欢独身这种生活方式，还是因为受了刺激才抗拒婚姻呢？

她在与聂修分手之前，从未有过独身的打算，甚至心里很期盼和他结婚。她和佟春晓都是从小缺失父母和家庭的孩子，非常渴望有个家，亲情在她们心里占了非常重的比重。

佟桦出生后，她给聂修打电话报喜，说起佟桦这个名字的来历。聂修在电话的另一端对她说：“你的孩子姓聂好不好？”

不论隔了多少年，她永远都忘不了那一刻的心情，甜蜜羞涩，欢喜向往。当时年少，出于羞涩，她没有回答他，可是，她在心里悄然地说了声“好”。

如果后来蒋文俊没有跑路躲债，他们也就不会因误会分手，或许，今日的她已经和聂修结了婚。可惜，没有如果，世事难料，后来的一切，都偏离了最初的美好想象。

回到家里，佟夕给婶婶打了个电话，让婶婶放心。叔叔和堂哥相处得还不错，基本上算是和解了。

周余芳松了一口气，感慨道：“你叔叔性格要强，不肯接受现实，其实这都是和自己过不去。你看，身体也出了毛病。人要活得乐观点，比起那些失独的父母，我们毕竟还有个健康的孩子守在跟前，而且人品端正、积极上进，还很孝顺，该知足了。”

佟夕不禁说：“婶婶，你心态真好。”

“七七啊，你也要放开心胸，别老想着过去的事，也别因为一个蒋文俊就觉得婚姻很可怕。你看聂修的父母，还有我和你叔叔，不都挺好的。聂修是个不错的男人，你别错过他。”

“嗯，我知道。”

佟夕虽然从来没提过不婚的事，可是花样年华又长得这么漂亮，却迟迟不交男朋友，对感情避而不谈，每每周余芳提到聂修，她都是默不作声不予回答，周余芳难免担忧。今天她又提起聂修，佟夕破天荒地没有躲避话题，竟然给了一个正面回答，她才算是真正放宽了心。

第二天，佟夕去东里前，先去了一趟超市，买些好吃的给他送了过去。聂修没想到她会来得这么早，开门见到她，反而体贴地说：“你怎么不多睡一会儿。”

佟夕半真半假地说：“我怕我来晚了，你跑到我家里去。”

聂修笑着说：“吓唬你的，你还当真。”说着，他伸手去接佟夕手里的袋子。

佟夕挡住他的手：“不用，你别使劲。”

聂修也没勉强，放开袋子，顺势就握住了她的手，说：“放到厨房吧。”

佟夕有点不自在：“我又不是不认识路，你牵着我干吗？”

“喜欢。”聂修简单地吐了两个字。

佟夕更不自在，低声问：“你的伤口恢复得怎么样了？”

聂修没回答，却把衣服往上一撩，说：“你看。”

佟夕猝不及防，忙错开目光，心怦怦直跳，一眼看去，没看清伤口，却看到了腹肌，好像比以前结实性感……穿着衣服却也不明显，原来到底还是和以前不同了……

她胡思乱想着，低头把袋子里的东西往外面拿，一样一样地摆出来。

聂修略略弯了腰，抬手轻轻碰了碰她的脸颊：“脸红什么？”

佟夕脸上越发烫，嘴上却不认输：“我没脸红。嘁，又不是没看过。”

聂修笑着望她的脸。她和别的女孩不同，天生的好肌肤，如雪如玉，玲珑通透，但凡有点绯红之色，便一览无余，连耳垂都粉粉的，只是自己不觉得罢了。

佟夕被他盯着看得心里发虚，赶紧换话题，问他工作上的事情。

“入职手续住院前就办好了，原本定的是下周去单位，动了手术，上班时间又往后推了一个月。”

“那很好啊，你一直很忙，难得有时间好好休息休息。”

聂修点头：“嗯，病得很巧，刚好你休假，不然，你又找要上班的借口，绝对不会过来看我，更别说给我送吃的。”

佟夕有点尴尬，嘀咕说：“看破不说破，不行吗？”

“不行。有话直说，不放在心里。吃过一次亏，我长记性了。”

这自然指的就是分手那次。没想到他聪明一世却有糊涂一时的时候，佟夕想想觉得可笑，低着头不知不觉就笑了起来。

聂修站在她的右侧，目光落在她的脸上。

佟夕抬起视线，对上他的眼神，心里微微一动，问：“你看什么？”

“看你笑。”聂修望着她，眼神温柔炽热得仿佛带着火星，她直觉他是想要吻她，急忙一闪身，从他身边走了出去。

聂修跟着她走到客厅，坐在她的旁边。她拿着手机查菜谱，想着中午做点什么好吃的。

聂修握着她的手，摩挲揉捏，她几次把手从他的手心里抽出来，转瞬又被他拿过去，握在手里。他的的确确是想亲她，却又不敢轻举妄动，那种煎熬，像用钝刀子割肉一般难受。

佟夕的手被他握得出了汗，她忍不住抗议：“你老捏我的手干吗？”

“七七……”聂修嗓子发干，“想亲你一下。”

佟夕整张脸都红了，嗔视着他，调侃：“你比以前胆子小了。”

聂修嗯了一声，继续道：“怕你打我。”

佟夕忍俊不禁，拿起靠垫盖在他的脸上。

他的这个小奢望在一周后才得以实现。

吃过晚饭，佟夕把碗筷收进洗碗机里，对站在厨房门口的聂修说：“我明天不再过来了，我叔叔明天出院，我去医院看一下。”

“那你送了叔叔，还来不来？”

佟夕瞥他一眼：“我以前怎么没发现你这么黏人。”

“以前我错了，以后改。”聂修认真地说。

佟夕脸色一红，从他旁边经过，推他，让他让开一下，别挡在门口。

聂修突然伸手挡住了厨房的门，然后用右手环住了她的腰。

佟夕意识到他是要吻自己，第一反应就是躲避。也不知他是有预谋，还是突然起意，她被堵在门口的位置，左右都躲不开，又不敢使劲推他，怕碰到他的伤口。

她躲了几下，最终……还是被他吻到了。

过了良久……两人分开。

聂修低声问：“明天来吗？”

“不来。”佟夕气息有点不稳，眼睛像是蒙了一层水雾，“佟桦再有两天就开学了，我也该上班了，趁着这两天带他去玩玩。本来是打算带他出去旅游的，结果叔叔生病……你也开刀。”

聂修摸着她的耳垂，说：“算我欠他一次旅行，等明年我们一起去，我来安排。”

佟夕说：“到时候再说吧，我先回去了。”

佟桦开了学，佟夕也刚好假期结束，开始正常上班。没过多久，聂修也去研究所报到。

佟夕暗暗松了一口气，他一忙起来也就不会要求天天见面了。原先异地恋的时候，她没发觉，等同在一个城市，才发现他比佟桦还黏人。也许是吃一堑长一智了，总之，他追她追得特别紧，不时送花过来，有空了就来接她下班。很快，所有的同事都知道她有了男朋友。

十月初，公司的新戏开拍，是一部年代戏，讲一个渔村改革开放后的发展历程，外加男女主的奋斗和相恋。前期为了拍渔村的落后面貌，剧组选了一个比较偏僻的海岛作为拍摄地。佟夕和王艺又去跟组。

小岛的风景极美，就是住宿条件很差，附近几个渔家乐小旅馆都被剧组包了下来。因为房间不够，明星和工作人员住的地方也没什么区别。

明星和助理挤一间屋，佟夕和两个跟组编剧睡在三人间。

夏季是旅游旺季，岛上还有些游客，国庆后天气转凉，很少有人上来，倒是很便于剧组在这儿拍外景。十一月初，天气陡然变冷。剧组收工后，大家也不出去逛了，都窝在房间里。

佟夕趴在床上，看聂修半个小时前发给她的微信。

——听涛阁？这酒店的名字很雅致。

——哪是酒店啊，就是一渔家乐小旅馆。

佟夕给他发了一张旅馆的照片。

那边的床上，编剧小橙在抱怨："今年冬天来得这么早，我新买的秋装还没穿过呢。"

搭档乐乐和她贫嘴："你天天闷在房间里改稿，穿给谁看啊？反正我是不看，你穿不穿都一样，咱们都老夫老妻了，早看腻了。"

小橙笑着去打乐乐。

三人笑闹了一会儿，下楼去吃晚饭，小旅店也没有专门的饭厅，就在一楼就餐。里面摆着四张大圆桌子，几个剧组的男同事坐在靠门口的一桌抽烟，空气里混着菜味儿和烟味儿。

女孩儿怕闻烟味，佟夕隔着桌子和那边的同事打了声招呼，就和小橙、乐乐坐到了距离男同事最远的一桌。

佟夕背对着门口，正和乐乐说话，突然看见小橙眼睛直勾勾地看着她身后。

佟夕晃了晃手："怎么了？看什么呢？"

小橙朝着她身后努了努嘴，小声小气地说："那谁啊？好帅，赶上咱们男一号了。"

佟夕一扭脸，整个人都呆了。

半个小时前，他还在和她发微信，问她住的地方怎么样，吃得怎么样，冷不冷。

现在……人到了跟前。

佟夕做梦似的，晕晕乎乎地站起来："你怎么来了？"

“周末，想过来看看你，顺便给你送点衣服。冷吗？”说着，他就那么旁若无人地去摸她的手，“怎么不多穿点，手这么凉。”

明明是责备的语气，眼神却腻歪得不行。人又长得那么帅，这一幕就活生生跟电视剧里的场景似的。

小橙、乐乐和佟夕年纪相仿，又同吃同住了小半个月，早就混熟了。猝不及防被这么撒狗粮，她俩当即调侃起来：“哎哟，不用吃饭了，狗粮吃撑了。”

“橙子，下次把这个桥段写进去。佟夕，你和你这位先给个授权吧。”

佟夕被两人调笑得脸上发热，把手抽出来，简单地介绍了一下，只说了名字，没介绍身份。

聂修补了句：“我是佟夕的男朋友。”

两个小姑娘笑盈盈地点头：“看出来了，不用补充说明。”

佟夕笑着问他：“你吃饭了吗？”

“没有，下班了就开车往这边赶，怕误了最后一趟船。”海岛每天最晚一趟船就是晚上七点钟出发，到了冬天，下午五点就没了轮渡。

佟夕一看旁边桌的男同事都开始往这边瞄，赶紧说：“那我们去找个地方吃饭吧。”她匆匆把聂修从旅馆里扯出去，待在这儿肯定不合适。

刚刚走出没几步，聂修停了步子，说：“你等等。”

然后，他打开箱子，拿了一件崭新的羊绒大衣出来，说：“先穿上。”

佟夕瞟了一眼箱子，还有几件女式的衣服，笑盈盈地问：“不会又是你让阿姨给我买的吧？”

聂修替她整了整衣领：“这次是我给你挑的，喜欢吗？”

佟夕点头，又问：“好看吗？”

聂修把她的头发从领子里拨出来，认认真真地瞅了几眼：“你穿什么都好看。”

佟夕笑着瞥他，在心里说：你也是。

在岛上待了半个月，佟夕对附近这一片还算熟悉，领着他找到一家小饭馆，点了三道菜。吃上饭又开始犯愁住宿的问题，佟夕问老板岛上还有没有住宿的地方。

老板挺热情，指着门口右边那条路，说："沿着那条路往西走，靠近海边有个家庭旅馆，叫家和，就是有点远。"

聂修低声说："你今晚上和我一起住吧，明早送你回来。"

佟夕咬着筷子，没作声，犹犹豫豫的。两人两周没见，他跑了这么老远来看她，还没说上几句话就把他扔到旅馆，然后自己回去，也有点不舍得。

聂修看她低头不语："我有多君子，你应该知道。"

佟夕脸上一热。他出国前的那个五一，两人在香樟园过了几天小夫妻般的生活，好几次都差临门一脚，最后他都是硬生生忍住了。

吃了饭，结完账，佟夕和聂修去找那个家庭旅馆。

这会儿天色黑了下来，夜晚的海风格外湿冷。

佟夕身上多穿了件聂修带来的大衣，倒是一点不冷，脸却被风吹得冰凉，于是忍不住嘟囔："这么冷，你跑来干吗，要是找不到那个旅馆，你就得去我同事的屋里打地铺。"

"想你了。"

简单的三个字，佟夕所有没说完的抱怨都咽了回去。

聂修牵着她的手，放进自己的口袋，一路走着，一路在口袋里轻捏她的手指，突然叫了声她的名字。

佟夕有点愣怔，私下他都喜欢叫她七七，很少叫她的名字，通常这样，他都是有很重要的事情要说。

"我今天来，其实还有一件事想要告诉你。"聂修的声音沉了些许，"蒋文俊死了。"

佟夕的脚步猛然一顿："你说什么？"

"他嫂子说他去了非洲，我找了人在那边打听，他的确是去投奔了一个开金矿的同学，听说也挣了不少钱。不过，他一个月前死于一场枪战，是被流弹打死的。那边一直很乱，这个消息是从一个保镖公司传过来的，很确切。"

佟夕呆呆地听着这一切，良久没有出声。

聂修将她搂到胸前，她将额头贴在他的胸口，说不出心里是什么感受。

她的确恨蒋文俊害死了她姐，可是，此时此刻，听到他的死讯，她并不轻松，也不高兴，心里无悲无喜，空空落落，竟然是死水一般的寂静，就好像这个人早就在她心里死了一样。

聂修担心她听到这个消息会失控，出乎意料的是，她情绪平稳地从他胸前抬起头，在黑暗中长长地吐出一口气，像是吐掉过去的阴霾。

她轻轻牵着他的手，说："我们走吧。"

过去的终归会被时间湮没，人都是往前走的，不论前面是风，还是雨；是沟壑，还是坦途。

饭馆老板说的那个海边的家庭旅馆的确有点远，他们走了二十分钟才看到一栋非常显眼的白色小楼，位于海边的一处高地上，门口亮着一盏灯，挂了一块木牌，写着"家和旅馆"。

聂修敲了敲门，开门的是一个七十多岁的老先生，看上去也不像是渔民，清癯利落，穿着一件整洁崭新的中式褂衫，笑盈盈的，一脸和善。

"老先生，你好，这里还有房间吗？"

老先生明明挂着一脸笑，说出来的话却让人心里一凉："抱歉啊，我们今天不营业。"

佟夕望着聂修，心想：完了，今天晚上你只能去男同事的房间里打地铺了。

聂修也没想到大老远跑来是这个结果，不甘心地往里面瞄了一眼，发现庭院里的树上挂了不少的红灯笼，红通通的，跟过元宵节似的。

两人正要走，老先生忽然又说："今天是我和老伴儿的金婚纪念日，所以不想接待客人。不过，你们是夫妻吗？夫妻的话，我就破个例。"

佟夕连忙说："是。"

聂修望着佟夕，嘴角忍不住就往上扬。佟夕装没看见他欢喜的表情，用放在他口袋里的手在他的手心挠了一下。

“那进来吧。”

进了小院子，佟夕才发现里面布置得可真喜庆，树上挂着红灯笼，桌上摆了好多孔明灯，一个老太太戴着老花镜，正在往孔明灯上写字。看见佟夕和聂修，老太太笑了笑，算是打了招呼，接着低头继续写，一笔一画，十分认真。

老先生领着佟夕和聂修上了三楼，边走边说：“二楼是两个单人间，三楼是一间双人间，旁边是洗衣房和淋浴室。这是我自己的家，孩子们都在外地，不常回来。我们老两口开客栈，不是为了挣钱，偶尔来个客人留宿，就图个热闹。”

老太太在下面拆台：“说得就跟你不爱钱似的，你不爱钱，那你还存什么私房钱哪。”

老先生把头伸出去辩解：“我那点私房钱就够买两包烟。我啥爱好也没有，就喜欢抽两口烟，你还不让，你说你咋这么狠心呢。”

佟夕和聂修忍不住相视而笑。

老先生打开房门，说：“你们看看房间行不行。”

佟夕一眼看见房间正中一张大双人床，心怦怦跳了几下，可是刚刚说过两人是夫妻，这会儿也不敢再说换个房间的事儿。

聂修说：“挺好，谢谢老人家。”

老先生又指了指旁边的屋子：“那是卫生间和淋浴室，里面有洗衣机，门没锁。”

交代完了，老先生下了楼，问老太太写完了没有。老太太说：“没呢，我写二十五个，你写二十五个。”

佟夕特别好奇两人在孔明灯上写了什么字，在卫生间洗脸的时候，她就竖着耳朵听两人在楼下说话儿。可惜两人都没说，就听见老太太嫌弃老先生字写得难看，老先生则嫌弃老太太写得慢。

洗漱后，时间还早，佟夕窝在沙发上看电视，和聂修有一搭没一搭地聊天，一开始靠在他肩头，后来越来越懒，从他的肩膀上滑下去，索性把头枕在他的腿上。

聂修一只手拿着遥控器，另一只手在她的颈椎上慢慢地按摩。

电视被调成了静音，静悄悄的空气中飘着岁月静好的味道，佟夕舒服到有点犯困，迷迷糊糊间，脑海中飞掠过许多的往事。

忽然间，窗外亮了一下，闪过微弱的红光。

佟夕从聂修怀里坐起来，走到窗边，看见暗沉的天空中亮起一盏盏孔明灯，她拉了聂修出去，站在三楼往下看。

老先生站在院子外的沙滩上，一盏一盏地点着孔明灯。老太太仰着脸看着，笑呵呵地说好看。

院门外的电灯发着昏黄的光，在夜风中摇晃，隐隐照见两人的白发在风里飘扬。

佟夕看着看着，忽然想要落泪，原来，执子之手，与子偕老，就是这样。

聂修在她身后抱着她："等我们老了，也这样。"

佟夕摸着他的手背，停了片刻，低声说："谁知道我们会不会一直在一起。"

"会，就像钱先生说的那样，从今以后，我们没有生离，只有死别。"

佟夕听见那个"死"字，心里一颤，立刻捂住了他的嘴。

聂修将她的手指放在唇上，慢慢地、一个指头一个指头地吻过去。

佟夕痴痴地看着他，良久无言，直到楼下的院门哐当一声。

两位老人家关了院门，坐在院里，分吃一个小蛋糕。

"你分那么多，我就这么点？"

"你少吃点，糖尿病。"

"你有高血压，也不能吃那么多，再给我点。"

"不给。高血压的人能吃，糖尿病的人不能吃。"

"抠门，我一年还不就吃两回，抠死你个老头子。"

佟夕噗地笑起来，被聂修捂着她的嘴，把她抱回去，关了门："别打扰到人家。"

佟夕念念不忘那孔明灯上的字，坐到床上，小声嘀咕："好想知道他们在灯上写的什么。"

聂修见她这么大的人了还跟小孩儿似的满心好奇，忍不住笑："写的肯定是长命百岁，白头偕老。"

佟夕不服："你怎么知道？"

"我神算。"

"我明天问问老人家，要是赌输了……"

"赌输了，我让你咬一口。"

佟夕拿过他的胳膊就咬了一下："你肯定输，我先咬了。"

"好啊，你赖皮。"聂修扑到她的身上，两人闹着闹着，便有点失控……不知何时，笑闹变成了深吻和拥抱。房间的灯啪嗒一声灭了。

她闭上眼睛，听着他的呼吸越来越近，越来越急。他的唇贴在她的唇上，灼热的吻从她的脖颈移下去一路落到胸口。

她听见他对着自己心口的位置轻声说："我爱你。"

曾经，这句话在他心里盘旋过整整两年，他没有说出口，觉得这句话太重，他还年轻，她也很年轻，他们来日方长，有着一辈子的时光。

失而复得的时候，他只想把所有的一切都说出来，错过的、遗憾的，都不再有。

佟夕听见自己的心里有个声音说："我也爱你。"

挡在两人中间的衣服一件件地被脱下，他们肌肤之亲不是第一次，却依旧像第一次那么激动紧张。

"可以吗？"聂修含着她的耳垂低声询问。

她微不可闻地嗯了一声，手摸到他伤口的位置，又突然抓住了他的手腕："不行……你身体可以吗？"

原来她不是临时反悔，聂修气息急促起来，声音含糊地说："当然可以。"

仿佛就为了印证这句话，后来的一切有点失控。佟夕实在受不住了，推着他的腰说："疼。"

聂修立刻停下来，抱着她道歉："没做过，不知道轻重，下次注意。"

佟夕羞窘得不行，心想：还下次呢……

聂修将她汗湿的头发拨开，借着一点微弱的光，看着她："七七，我答应过不逼你结婚，也不催你，可是，我这会儿……我真是很想结婚，特别想。恨不得五十年后的今天，就是我们的金婚纪念日。"

佟夕没说话，也没回答，却在脑海中默默地设想那一天，奇怪的是，她没有惧怕，反而很期待。

聂修见怀里的人没应声，没有继续说下去，只是将她抱得更紧。

佟夕又累又困，很快就睡过去。

聂修却毫无睡意，心心念念的宝贝终于得到，那种感觉无法言喻，迷迷糊糊睡不踏实，总觉得会是一场梦，生怕睡了醒来，身边落空。

佟夕身体终归是不太舒服，也睡得不大安稳，清晨时分醒过来，睁开眼，身边却没人。

枕头上放着一张纸：我在顶楼。

大概是怕她突然醒来找不到人，他才留下的。

佟夕走上楼顶，几颗星星若隐若现于青灰色的天空中。风从遥远的海面上吹过来，咸湿清寒。

聂修把她拥在身前，打开大衣，将她裹在里面，像裹着一只小袋鼠。

"太阳快出来了。"

海面无边无际，非常空阔，光从遥远的云中透出来，天空和云都被染成了金色。

佟夕缩在他的身前，看着远处的海平面，其实，这是她第一次看日出，她不爱早起。

万丈金光铺展开，仿佛一张巨大的网，当阳光越来越亮，越来越近，佟夕忽然看见楼前的沙滩上有很大的几行字——

一生。

两人。

三餐。

四季。

我和你。

佟夕心里一震，转身问：“是你写的？”

聂修点头，晨曦中的眉目有一种染了浓墨重彩般的俊美。

佟夕说不出话来，她想，她此生此世都不会忘记这一刻。

他也不会忘。

心有灵犀的对视中，他轻轻托起她的下颌，说：“七七，我们约个金婚吧。”

佟夕没有回答，千言万语在心中翻滚，潮水般汹涌。

番外

我想与你共度余生

婚礼定在五月末的一天，一切从简。

两人好了几年，佟夕都不提结婚的事。聂修当初也答应过不催，可是眼看着身边的朋友一个个都结婚生子，甚至连傅行知都结了婚，他怎能不急。

可惜，当初承诺过，就算再心急火燎，他也不能违背诺言，就这么没名没分地熬着。直到前段时间，佟夕突然松口说要结婚，他欣喜如狂，什么条件都一口答应，什么婚礼从简，不搞繁复的仪式，蜜月等什么时候有空再说。

一切，他都答应。

婚礼说是一切从简，也只是减了来宾的人数和婚礼的程序。婚宴的规格和婚礼现场的布置，是绝对看不出一丝一毫的“从简”。

莫斐和傅行知结婚的时候，朋友们都闹了一番，轮到聂修，这么“静悄悄的”，两人有点不乐意，非要聂修和佟夕当众接吻。

聂修还怕佟夕害羞，没想到她大大方方地扯着他，来了个法式热吻，算是圆满结束了婚礼的程序，婚宴正式开席。

莫丹和莫斐、傅行知等几个关系要好的朋友坐在一起，聂修牵了佟夕的手走到那一桌落座。

佟夕的相貌本来就带着异域风情的美，穿上婚纱简直就是活生生的仙女。

莫丹就像当年第一眼看见佟夕那样，直勾勾地望着她：“我是个女人都要爱上你了，真的美得让人咬牙切齿。”

聂修含着笑望着自己的老婆，眼睛里全是光。

佟夕和他当众热吻都不害羞，却被他这么含情脉脉地盯着，看得脸颊发热，走到旁边去逗莫丹的两个小宝宝。

莫丹和江少柠结婚后，如愿以偿地生了一对双胞胎，还是龙凤胎。两个小娃娃刚刚出生时，佟夕和聂修去医院看过，到现在已经有四个月没见了，他们比刚出生时胖了不少，白白嫩嫩的，躺在一起啃着自己的小拳头，简直让人的心都化了。

佟夕忍不住摸了这个，又摸那个，一连声地说：“哎，真好看，真可爱。”

莫丹笑盈盈地说：“那你赶紧生一个，和我做亲家。”

佟夕还没开口，聂修就接了句：“好啊。”然后他又一本正经地说，“刚好你这是龙凤胎，我和佟夕生男孩或生女孩都行。”

佟夕瞟了他一眼，脸蛋红扑扑的。

莫丹又说：“佟桦都小学二年级了，你和聂修的生孩子计划也该提上日程了。原先我妈说，不生个孩子，你永远都不知道你能爱一个人爱到什么地步，现在我才明白。我原先觉得我挺爱老公的，现在生了宝宝，我才发现我对老公的爱，可能也就是对宝宝的爱的五分之一吧。”

她的老公江少柠就在身边。

佟夕笑了：“这话别当着江少柠的面说啊，人家还不得伤心死。”

江少柠笑："这话两个月前就当我的面说过了，那会儿说的可是十分之一呢！我还不是坚强地活了下来。"

莫丹瞥着他："你这段时间努力带孩子、做家务，表现不错，给你涨到五分之一，继续努力吧。"

江少柠是莫斐的同学，暗恋莫丹多年。可惜莫丹一直喜欢成熟大叔型的男人，对同龄的男生没兴趣。直到她和沈希权离婚后，江少柠才有了机会，两人修成正果。

一群朋友围着两个小宝宝各种夸赞羡慕，把江少柠乐得合不拢嘴。

佟夕不知不觉地想起了沈希权，轻声说："权哥知道你们夫妻要来，提前给我送了礼金，说不过来参加婚礼，免得你们尴尬。"

莫丹恍惚了一下："他最近……怎么样？"

"挺好的。"

莫丹沉默片刻，又问："他找到伴儿了吗？"

佟夕笑着摇摇头："权哥一直埋怨我不该告诉你。"

莫丹说："这事不怨你，都过去好几年了，说了也没什么。"

两年前，江少柠决定向莫丹求婚。他知道莫丹喜欢浪漫隆重，特意请了一家策划公司设计求婚仪式，场面盛大，如梦如幻。当时佟夕和聂修，还有一群朋友都在，都觉得莫丹一定会感动，事实却恰恰相反。

事后，佟夕才知道她拒绝的原因。

莫丹说："一朝被蛇咬，十年怕井绳，我对婚姻一点信心都没有。当初沈希权对我那么好，转眼就出轨。现在，我对男人的誓言和承诺，已经形成生理性的反感了。江少柠的求婚仪式那么隆重，我一点都没感动，反而很反感。因为我想起了当年沈希权向我求婚的时候，那个场面你是知道的，我还被感动得流了半桶眼泪。"

佟夕没想到时隔三年，莫丹还对沈希权的"背叛"有心理阴影，为了解开她心里的疙瘩，就把憋在心里好几年的真相告诉了她。

莫丹这才知道沈希权为什么和自己离婚后却没和那个模特在一起。但是，知道了真相又如何，她已经有了江少柠，也不可能和沈希权复合。

往事已矣，物是人非。遗憾就是遗憾，不是所有的遗憾都能弥补，幸运如佟夕和聂修的毕竟是少数。

婚礼结束，聂修和佟夕回了梅山别墅。

佟夕一向不喜欢午睡，今天可能是累了，从下午两点多一直睡到五点。醒来，她就看见聂修坐在窗前，阳光落了一肩。

他从光影里走出来，弯腰坐到她的床边，问她渴不渴。

佟夕点点头，聂修去小冰箱里拿了一瓶橙汁儿递给她。

佟夕说："我不喝凉的，你给我一杯温水。"

聂修倒了一杯温水过来。

佟夕靠在他的怀里，喝完水，杯子被他接过去，放在一旁，手被他握着。

她的无名指上戴着他送的婚戒。他托着她的手，拇指在那个戒指上轻轻地打圈，像是在确认一般，语气也有点感慨："真没想到这么快。"

佟夕故意说："你不是说你不急？"

"当然急。你上次说，等佟桦上中学再结婚，我的心都碎了，没敢吭声而已。"

佟夕瞥着他笑："我给你自由不好吗？"

"自由得让我害怕。"

佟夕忍俊不禁。

聂修抱着她，坦诚地交代："有好几次，我抱着侥幸的心理，想让你意外怀孕，这样我们就可以马上结婚。"

佟夕似笑非笑又似怒非怒地捶了他一拳。

聂修握着她的手，包裹在掌心里："不过，今天一听莫丹的话，我就犹豫了，等有了宝宝，我就成了五分之一，甚至十分之一，我还是多享受享受眼下的百分百吧。"

佟夕看了看他，脸色微微红起来："你现在这么想……有点晚了。"

聂修猛然一怔："什么意思？"

"我本来想三十岁以后再考虑结婚，生宝宝……"佟夕的声音越来越小，“谁知道……”

聂修一脸狂喜，几乎难以置信，紧紧地抱住她，忽然又松开手，怕挤到她，手足无措地说：“我收回刚才的话。没事，百分之一也行。”

说着，他弯着腰，小心翼翼地把手放到她的小腹上：“我觉得是个闺女。”

“你怎么知道，你又神算？”

聂修点头：“我妈妈连着几个生日愿望都是我们给她生个孙女。”

佟夕扑哧笑了。

聂修看着她的笑靥、她的眼睛，他会让她一辈子都这样喜乐无忧。

他轻轻吻了吻她的指尖：“五十年后的今天，我们一起过金婚纪念日。”

佟夕含情脉脉地看着他，微笑颔首。

这个世界上，能让她放下一切心结、心甘情愿、甘之如饴地许下一生一世的人，唯他而已。

图书在版编目（CIP）数据

我想与你共度余生 / 是今著. -- 南京 : 江苏凤凰文艺出版社，2018.5
ISBN 978-7-5594-1901-9

Ⅰ. ①我… Ⅱ. ①是… Ⅲ. ①长篇小说－中国－当代
Ⅳ. ①I247.5

中国版本图书馆CIP数据核字（2018）第078960号

书　　名	我想与你共度余生
作　　者	是　今
出版统筹	黄小初　邹立勋
选题策划	黄　山
责任编辑	胡小河　姚　丽
文字编辑	罗妍瑜
责任监制	刘　巍　江伟明
出版发行	江苏凤凰文艺出版社
出版社地址	南京市中央路165号，邮编：210009
出版社网址	http://www.jswenyi.com
印　　刷	湖南关山美印有限公司
开　　本	880 mm×1230 mm 1/32
字　　数	200千字
印　　张	9.5
版　　次	2018年5月第1版，2018年5月第1次印刷
标准书号	ISBN 978-7-5594-1901-9
定　　价	34.80元

（江苏凤凰文艺版图书凡印刷、装订错误可随时向承印厂调换）